U0438418

王崇集

永康文獻叢書

[明]王崇 著

李世揚 章竟成 整理

圖書在版編目(CIP)數據

王崇集／(明)王崇著；李世揚，章竟成整理. —上海：上海古籍出版社，2024.4
（永康文獻叢書）
ISBN 978-7-5732-1064-7

Ⅰ.①王…　Ⅱ.①王…②李…③章…　Ⅲ.①古典詩歌—詩集—中國—明代②古典散文—散文集—中國—明代　Ⅳ.①I214.82

中國國家版本館CIP數據核字(2024)第070062號

永康文獻叢書

王崇集

[明]王　崇　著

李世揚　章竟成　整理

上海古籍出版社出版發行

（上海市閔行區號景路159弄1-5號A座5F　郵政編碼201101）
(1) 網址：www.guji.com.cn
(2) E-mail：guji1@guji.com.cn
(3) 易文網網址：www.ewen.co

浙江新華數碼印刷有限公司印刷

開本710×1000　1/16　印張17　插頁8　字數212,000
2024年4月第1版　2024年4月第1次印刷
印數：1—2,500
ISBN 978-7-5732-1064-7
I·3807　定價：108.00元

如有質量問題，請與承印公司聯繫

永康文獻叢書編纂成員名單

指導委員會

主　任　　　　胡勇春　鄭雲濤

副主任　　　　俞　蘭　施禮幹　胡濰偉　盧　軼

委　員　　　　呂明勇　施一軍　杜奕銘　王洪偉　徐啓波　應巍煒

　　　辦公室主任　　施一軍
　　　副主任　　　　徐湖兵
　　　成　員　　　　應　蕾　朱　丹　陳有福　童奕楠

顧問委員會

主　任　　　　胡德偉

委　員　　　　魯　光　盧敦基　盧禮陽　朱有抗　徐小飛　應寶容

編輯委員會

主　編　　　　李世揚

委　員　　　　朱維安　章竟成　林　毅　麻建成　徐立斌

王崇像

紫泥書出鳳凰城 日日山程更水程
伊邇崦嵫逐裹一鞭多柳夕陽水關
河湟夜覺雄急民社徑心訣驕輕閒置
君王猶盰玄曉閑宮闈問清平

西如山人焚麓氶

王崇手蹟

七言律詩

遼府西園讌集

遼府西園特地開點塵飛不到亭臺郎須竹影松聲入
有清風好月來海鶴查從天上至琪花元向日邊栽相歡
只合神僊侶鐵笛橫于此處吹
郎席殿下索羅村中丞限韻分得清字
新秋洞府薛蘿清落日高歌酒數行楊柳烟屏人共笑池
塘星斗夜初明雄才不惜詩千首逸興何妨皷四更逐客
醉辭關外去東西南北馬蹄經

西園池上有庵衲僧禮佛

池塘不獨禮空王毎扣玄關興味長人影板橋僧自渡石

永康《王氏宗譜》收《麓泉王公遺稿》

王崇墓地遺址

總　　序

永康歷史悠久，人文薈萃。

據南朝宋鄭緝之《東陽記》載，永康於三國赤烏八年（245）置縣。建縣近1800年來，雖經朝代更替，然縣名、治所及區域，庶無大變，風俗名物，班班可考，辭章文獻，卷帙頗豐。

魏晉南北朝至隋唐，是中國經濟重心由北向南轉移的準備階段，永康的風土人情漸次載入各類典籍。北宋以降，永康即以名賢輩出、群星璀璨而著稱婺州。名臣高士，時聞朝野；文采風流，廣播海內。本邑由宋至清，載正史列傳20餘人，科舉進士200餘名。北宋胡則首開進士科名，爲官一任，造福一方；徐無黨受業於歐陽修，深得良史筆意，嘗注《新五代史》，沾溉後學。南宋狀元陳亮創立永康學派，宣導事功，名播四海；樓炤、章服、林大中、應孟明位高權重，憂國憂民，道德文章，著稱南北。元代胡長孺安貧守志，文采斐然，名列"中南八士"。明代榜眼程文德與應典、盧可久，先後講學五峰書院，傳播陽明之學，盛極一時；朱方長期任職府縣，清廉自守，史稱一代廉吏；王崇投筆從戎，巡撫南疆，功勳卓著；徐文通宦游期間與當時文壇鉅子交往密切，吟咏多有佳作。清初才女吳絳雪保境安民，壯烈殉身，名標青史；潘樹棠博聞強記，飽讀詩書，人稱"八婺書櫥"；晚清應寶時主政上海，對申城拓展、繁榮卓有貢獻；胡鳳丹、胡宗楙父子畢生搜羅鄉邦文獻，刊刻《金華叢書》，嘉惠士林。民國呂公望，早年投身辛亥革命，曾任浙江督軍兼省長，公暇與程士毅、盧士希、應均等人結社唱酬，引領一代文風。抗戰期間，方巖成爲浙江省政府臨時駐地，四方賢俊，匯聚於此，文人墨客，以筆代口，爲抗日救亡而吶喊，在永康文化史上留下濃重一筆。

據粗略統計，本邑往哲先賢自北宋到民國時期，所撰經史子集各類著作及裒輯成集者，360餘家，近千種。惜年代久遠，迭經兵燹蟲蠹、水火厄害，相當部分已灰飛烟滅，蕩然無存。現國内外公私圖書館藏有本邑歷代著作僅百餘部，其中收入《四庫全書》及存目、《續修四庫全書》者20餘部。這是歷代先賢留給我們的寶貴精神財富，也是我們傳承文化基因、汲取歷史智慧的重要載體，更是一座有待開發的文化寶藏。

爲整理出版《永康文獻叢書》，多年以來，我市有識之士不懈呼籲，社會各界紛紛提議，希望開展此項工作。新時代政治清明，百業興盛，重教崇文。爲弘揚優秀傳統文化，拓展我市文化内涵，提升城市文化品位，推進永康文化建設，永康市委市政府因勢利導，決定由市委宣傳部牽頭，文廣旅體局組織實施，啓動《永康文獻叢書》出版工程。歷經一年籌備，具體工作於2021年3月正式展開。

整理出版《永康文獻叢書》，以新時代中國特色社會主義思想爲指導，以中共中央《關於整理我國古籍的指示》爲指針，認真貫徹國務院《關於進一步加強古籍保護工作的意見》，繼承與發揚永康學派的優良傳統，着眼永康文化品位、學術氛圍的營造與提升，系統梳理傳統文化資源，讓沉寂在古籍裏的文字鮮活起來，努力展示本邑傳統文化的獨特魅力，積極推進永康文化建設。現擬用八至十年時間，動員組織市内外專業人士和社會各界力量，將永康文學、歷史、哲學、法學、經濟學、社會學、教育學諸方面的重要古籍資料，分批整理完稿；遵循"精選、精編、精印"的原則，總量在50部左右，每年五至六部，分期公開出版，並向全國發行。

《永康文獻叢書》原則上只收録永康現有行政區域内，自建縣以來至中華人民共和國成立之前的文獻遺存。注重近代檔案及其他文史資料的收集整理。在永康生活時間較長,或產生過較大影響的外邑人士的著作,酌情收入。叢書的採編,以搶救挖掘地方文獻中的刻本以及流傳稀少的稿本、抄本爲重點;優先安排影響較大、學術價值較高、原創性較强的著作;對在永康歷史上産生過重大影響的家族譜牒,也適當篩選吸收。

本次叢書整理,在注重現存古籍點校的同時,突出新編功能。一些重要歷史人物的著述已經完全散逸,但尚有大量詩文見諸他人著作或志牒之中,又屢屢被時人和後人提及,則予以輯佚新編。一些歷史人物知名度不高,但留存的詩文較多,以前從未結集,酌情編輯出版。宋元以來,我邑不少先賢,雖無著述單行,但大多有零散詩文傳世,爲免遺珠之憾,也擬彙總結集。

歷史因文化而精彩,文化因歷史而厚重。把永康發展的歷史記錄下來,把永康的文獻典籍整理出來,把優秀傳統文化傳承下去,關乎永康歷史文脉的延續,關乎永康精神的傳承,關乎五金文化名城軟實力的提升。因此,整理出版工作必須堅持政府主導、社會支援、專家負責的工作方針,遂分別建立指導委員會、顧問委員會、編輯委員會,各司其職,相互配合,以確保叢書整理出版計劃的全面落實與高品質實施。

《永康文獻叢書》整理出版的品質,在很大程度上取决於編纂人員的學識、眼光、格局,也取决於編纂人員的工作態度和敬業精神。爲此,編纂團隊將懷敬畏之心、精品意識、服務觀念、奉獻精神,抱着"爲古人行役"的理念,以"功成不必在我"的境界和"功成必定有我"的歷史擔當,甘於寂寞,堅守初心,知難而進,任勞任怨,將《永康文獻叢書》整理好、編輯好、出版好。

《永康文獻叢書》是永康建縣1800年來,首次對本邑古籍文獻進行系統整理,是一套"千年未曾見,百年難再有"的大型歷史文獻,是對永康藴藏豐富的文化資源的深入挖掘、科學梳理和集中展示,是構築全國有影響的文化高地的有效途徑,對於推進永康文化的研究、開發和傳播,有着不可估量的可持續發展潛力。它是一項永康傳統文化的探源工程、搶救工程,是一項功在當代、惠及千秋的傳承工程、鑄魂工程,是一項永康優秀傳統文化的建設工程、形象工程。我們要在傳承經典中守好文化根脉,在扎根本土中豐富精神内涵,在相容並濟中打響文化品牌,爲實現永康經濟社會發展新跨越,爲打造"世界五金之都,品質活力永康",提供强大的精神動力和文化支撑。

《永康文獻叢書》編委會

2021 年 10 月

前　言

　　王崇(1496—1571),字仲德,號麓泉,晚號西如山人,婺州永康城内縣前人。王崇入仕之後,長期任職邊陲省份,外平韃靼入侵,内撫苗民擾亂,爲西北、西南邊疆的社會穩定,作出了突出貢獻。王崇執政安民、領兵打仗、振興文教,功勳卓著,是我國明代中葉文武兼備、頗具才幹的一代名臣。

　　王崇祖先爲今江蘇溧陽人,是宋少師王介後裔。宋紹聖元符間,王樅由京官出守婺州,任滿辭官,定居蘭溪門外花錦地。四世從祖王登居官永康,落籍羅川。後代再移縣前。高祖世延,曾祖兆護,潛德隱行,以農商致富。祖王福,以勤儉仁厚興家,豐田廣畝,店鋪相連,富甲一方。父王科,號雙川,潛修昌世,志行猶卓。弘治九年(1496),王崇就出生在這樣一個富裕家庭。

　　王崇天資聰穎,有别其他兒童,"髫齡横書家塾,日記數千言,試以課句,率口而應,悉中矩矱"。弱冠後,師從蘭溪章楓山門人、工部主事石泉李滄先生,隨之求學於金陵官署。石泉授以理學真傳,王崇"口誦心維,妙契宗旨,及操筆爲舉子文字,天趣逸發,如郢人運斤,不假摹擬,而巧思常在繩墨外"。南京學成後,回永康聚書"麓泉精舍",窮日夜讀,從六經到諸子百家無不涉獵,發爲文辭,縱横吐放,如懸河倒峽。後又入南國子監深造,得明學大家甘泉湛公指授,學識更臻深博,文章更具精卓,時人"以爲賈長沙、蘇欒城再世"。當時甘泉湛公輯《聖學格物通》,覆試六館諸生,挑選學識廣博、見解獨到的文章以備參考,出自王崇的文章多被採用。甘泉大奇之,凡有選擇和編排者,必與商榷,還請至講院,以其平生所自得者相與印證。時人曹忭在《恭賀少司馬麓泉王老先生還朝序》中說:"吾聞公(王崇)理學淵源,直接金華一脈。文章議多,獨見超識,後生罕窺藩籬。"王崇於讀書作文之間,還喜劍盾之事,好王霸大略,兵機利害,概然有經略四方之志。

嘉靖八年(1529),王崇考中進士,授吏部給事中,徑入諫垣,直言讜論,如轟雷迅電,朝廷内外,稱其"朝陽鳴鳳"。嘉靖十年(1531),韃靼侵犯寧夏,總兵趙英擁兵不前,致使明軍大敗,皇帝下旨追責,朝議令王崇依法裁處,特命前往糾查。王崇查清事實,執法如山,按正其罪,衆口稱快。嘉靖十二年(1533),王崇奉旨巡查清州,發現駙馬都尉謝某,侵占馬場、擴建私宅。即以文書呈報朝廷,大家都替王崇捏把汗,結果聖旨下來還是拆除了擴建的宅第,把侵占的馬場還給縣官,同時懲處了門下的辦事人員。

因爲王崇的剛直,一些權勢之人有了恐懼之心,王崇被調到比較偏僻、情況比較複雜的廣東雷廉任僉事。王崇沒有怨悔,到任伊始就"肅紀貞度,起敝振頹,武事既修,文教復撰"。後雖轉補河南睢陳兵備僉事,也同樣是"訓齊卒伍,深有紀律","至於臨民聽斷,口決筆落,如懸明月以照豐蔀,兩造神明不暇"。王崇因爲具有果斷幹練的大將風度,再一次被上級認可而提拔重用。

在調任山西井陘兵備副使,駐節獲鹿期間,王崇親選精兵加強訓練,據險布兵以控咽喉,官兵上下同例受獎,振作了官兵士氣,加強了井陘軍事防衛。一時"燕趙三晉之奇才劍客,聞風蝟集",使韃靼不敢輕舉妄動。王崇還針對獲鹿縣學簡陋荒廢、學風不盛、科舉冷落情況,專門選擇旺地另建縣學,督促鼓勵士子勤學,因此學風大盛,科舉中榜者不斷。此外還興利除弊,引導當地百姓改變陳規陋習。當時部使者薦舉,評價他"學貫天人,才兼文武",朝廷中沒有一個人持不同意見。當地百姓甚至爲王崇建祠繪像膜拜,對他感恩戴德。

嘉靖二十六年(1547),王崇轉任湖廣布政使司右參政。當時湖廣居民與諸苗少數民族錯雜居住,矛盾複雜突出。王崇一到,就嚴分疆界以區別,疏導法規以約束。在此之前苗民曾經發生起事,湖廣貴州守臣平定不了,甚至連印江縣治都被攻破,皇上極爲惱火。王崇馬上建議,要恩威并用,如果安撫不了就一舉蕩平,既有綏靖誠意,又亮出平定決心。不過十天,諸苗害怕,終於接受了安撫教化。因爲這次的有勇有謀,王崇升任了貴州按察使。

西北邊境向來虜騎出没無常,山西邊防不守已久。嘉靖二十九年(1550),韃靼騎兵圍困京城,史稱"庚戌之變"。嘉靖三十二年(1553)山西撫臣缺位,皇帝敕集廷臣朝議,一致認爲王崇久任山西,熟悉西北邊疆,群臣無出其右者,故任命王崇爲山西布政使兼都察院右副都御史,晉位大中丞,巡撫山西,提督雁門等三關,賦以討虜節制之權。王崇又一次臨危受命,慨然以保障一方爲己任,"焚香矢告,期以此身報國"。王崇整修武備,嚴訓隊伍,重賞以鼓士心,必罰以警衆怠。號令風行,威名雷震,三軍士氣高漲。嘉靖三十三年、三十四年兩秋,韃靼四十萬鐵騎大舉入侵。頭年秋,虜内訌,王崇設神鎗火器之法,斬獲尤多。第二年,王崇預料韃靼在秋天必將來犯,就冒暑臨邊,周密部署。秋天虜騎果然來犯,王崇指揮千軍萬馬,轟雷迅電,桴鼓嘯戰,以迅雷不及掩耳之勢,兩戰兩斬韃靼驍勇之帥,橫掃十倍於我之敵。"天子無復西顧之憂者五六年,胡人不敢南向牧馬者三千里",西北邊境得以安寧。

嘉靖三十六年(1557),王崇已經62歲,湖廣川貴苗民又一次爆發起義,朝廷集九卿會推,再次推舉王崇以兵部左侍郎兼都察院右副都御史總督三省。天子特賜節鉞令旗,授之生殺特權。老將率兵前往,鎮撫辰州、沅州等地,控治湖廣川貴苗夷。王崇在當地宣以德音,臨以威武,結以至誠。諸苗畏威懷德,頭領率丁接受安撫,幾十年盤根錯節的矛盾隱患得以消除。正當王崇處於事業巔峰，朝野期盼他早入中樞爲相，更多造福天下蒼生之際，却橫遭忌恨者的惡毒中傷，肆意抹黑，被奪職還家。

王崇還家後，在家側空地壘石栽花，鑿池養魚，日與文人墨客觴詠其間，這才真正放下了政務重擔。王崇歸鄉不久，倭寇侵犯仙居，所過村落，悉遭荼毒，當傳來倭寇將侵犯永康的消息時，人們不知所措。王崇當即以保衛家鄉爲己任，糾集豪俠之士，各率精壯民丁，日夜演練，加強巡邏，相互聯防。倭寇得知，氣勢喪失，乘夜避開永康，從另外路綫退走。

多少年來，永康老百姓的食鹽，十之七八靠肩挑的山商供給，富商巨賈欲與其爭利，就掩飾真相向鹽務官署告狀。由於鹽務官員偏袒富商，禁止山商插足，鹽價因此飛漲，百姓叫苦不迭。王崇分析水陸鹽運的利弊，致書鹽務官署，從而變禁止爲開放，山商叫好，百姓稱快。

永康富室奢靡之風盛行，一桌酒食要花幾兩銀子。王崇會同當時永康最有名望的幾位鄉賢鄉紳，以他們的聲望和影響力，訂立鄉約，倡儀消除奢靡浪費風氣，樹立節儉持家之俗，侈靡之風因此得以改變。

刑部尚書盧勳爲王崇作《行狀》，述其平生，稱王崇"在朝在野，忠孝大節，種種可書，與置心空妙，漫無實用者迥别"。最後評價王崇："風裁在諫垣，政事在藩臬、部臺，豐功偉績在旍常。四方立言君子，與夫石渠天禄載筆之彥，自當大書特書，不一書揭之墜道，載之國史，以表往鏡來。"

王崇一生崇儒守正，事功卓越，其詩文也足可傳世。他賦詩作文，著述宏富，詩擅七律，文長議論，涉及民生、文教、政事、軍旅、邊備、民族等。詩文格調高古，立意高遠，筆鋒翻覆，縱橫吐放，汪洋恣肆。議論多遠見卓識，雄辯犀利，鴻猷民瘼，國之大計，百姓疾苦，頗切時政之弊。往往有感而發，有求而應，絕不無病呻吟。盧勳對其治學、作文作字評價很高："自六籍以至百氏，靡不網羅，尤好《左氏》《國策》《楚騷》《吕覽》及太史公、班孟堅書。陶意匠辭，筆嶂翻覆，如懸崖斷岸，壁立萬仞，有陵厲千古之態。詩取材《騷》《選》，而寄興於山川景物之間，玄機神解，追逼盛唐，大曆以還無論也。至於作字，筆法遒勁，而風姿不減，得晉人三昧。"

對於王崇的著作，盧勳在其王崇行狀中述及"公於捐館前一歲，將生平諸作，端詳閱擇，其猶馴雅者，若叙記，若詩賦，若疏議，及諸雜體，裒集類分，付之治書蒼頭，餘悉火之"。但遍查公私書目，特別是明人文集頗爲賅備的《千頃堂書目》《天一閣書目》《明藝文志》諸書，均無記録，僅見道光《永康縣志》始有記載："王崇有《麓泉文集》行世。"受之影響，編者在20年前就多方尋訪，終獲睹康熙刊本《永康王氏宗譜》，其中第二卷，名以"麓泉公遺稿"，輯録王崇詩文若干。實際上邑志所載《麓泉文集》，即是《永康王氏宗譜》中所録的《麓泉公遺稿》，并無單行刻本傳世。

據王石周先生考證：清康熙年間，羅川王氏與縣前王氏合修過宗譜，纂修王用中在《永康王氏宗譜》跋中首次披露《麓泉公文集》信息，王用中云："《麓泉公文集》，舊譜不詳，已經散失大半。"他所説的"舊譜"，當指萬曆二十八年（1600）初修，萬曆三十五年（1607）又推倒重修的《縣前王氏家譜》。王崇晚年有建祠和修譜兩個心願。建祠在王崇生日之時實現，修譜却因王崇的去世，社會情形和家族情況的變化而遲遲没有進行。直到二十多年後的萬曆二十八年才開始纂修，而所修之譜因家族内部紛争竟成訴訟，折騰十多年，才得以重修，致使王崇文集也在紛争中没有印行，所以有王用中説的"舊譜不詳"。時過百年，歷經朝代更迭，至康熙間王崇文集"已經散失大半"。對於王崇文集的散佚，王用中又説"不敢怠忽"，積極搶救，"乃搜羅數十，不敢遺失者，可增則增，或增或改，編刻三載而後成書"。誠然，其刻本已非王崇手訂原集可比，如作爲文集的重要組成部分的"疏議"等已然不見。王氏不僅搜羅遺稿，以後歷次修譜都鄭重其事，以《麓泉公遺稿》刊刻其中，使王崇部分詩文得以傳世，功德無量。

王崇一生爲官數十載，戎馬倥傯，馳騁南北，閱歷豐富，見識非凡；同僚友朋之間，唱酬頗豐，留下大量詩文。他的文字折射出中國士大夫傳統儒學思想光輝，以及作爲一位封疆大臣的憂國憂民情懷，也反映了明中葉政治、軍事、經濟、文化等社會狀況，頗具文獻價值。

王崇的文集雖然整理過多次，但因其散佚詩文過多，未能做到"應收盡收"，都留下不少缺憾。爲搶救挖掘先賢文化瑰寶，爲廣大讀者、學者呈獻更爲完整的王崇詩文集，這次編者又花了不少的精力。一是收集和補充了更多的散佚詩文以及相關的資料；二是重新編訂了目次和考訂了王崇的年表；三是作了悉心的校點。

新編《王崇集》，以《永康王氏宗譜》之"麓泉公遺稿"爲底本，并吸收前人的研究成果，輔以本次新收集佚詩佚文共52篇（首）和其他資料文字編次而成。本次重編，改變了以往分卷的編輯方法，而是採用正編和附編兩部分的編排方式，同時也剔除了以前印本誤收的王崇8篇詩文。正編收錄王崇詩105首，聯32對，各類文章138篇。附編輯錄與王崇相關的資料文章及新修訂的王崇生平年表。底本中殘缺或難辨的字，本集以"□"符號替代。凡本次新錄詩文均標出處來源。

從目前而言，《王崇集》應該是一本較爲完整的王氏詩文與資料彙編，但由於王崇一生任職地方多，經歷豐富，又是文章高手，所以珠遺各地的情況一定很多，儘管我們拾掇不少，但總歸還有諸多缺憾。因此，也期待後來者進一步拾遺補缺，糾訛正誤。

編　者

2023年5月20日

目　　錄

總　序 ………………………… 《永康文獻叢書》編委會　1

前　言 ………………………………………… 編　者　1

正　編

歌行
從軍行奉命賑恤蒲州度靈石 ……………………………… 3

七言絕句
留別學師徐占山公 ………………………………………… 4

白巖冬雪 …………………………………………………… 4

贈胡一川 …………………………………………………… 4

贈倪燾 ……………………………………………………… 4

百可園 ……………………………………………………… 4

面題鶴橋詩 ………………………………………………… 5

五言律詩
送坦川公之彭澤令 ………………………………………… 6

無題 ………………………………………………………… 6

賈母八秩壽詩 ……………………………………………… 6

1

七言律詩

遼府西園讌集 ……………………………………… 7

即席殿下索羅村中丞限韻分得清字 ………… 7

西園池上有庵衲僧禮佛 ……………………… 7

登晉城南樓 …………………………………… 7

湖廣道中述懷時總督三省軍務 ……………… 8

奉和遼殿下得先字韻 ………………………… 8

春日宴迎雲樓 ………………………………… 8

春日又宴迎雲樓 ……………………………… 8

壽日讌迎雲樓 ………………………………… 9

壽日讌迎雲樓時湖廣川貴三司各以採木至與席 … 9

承二客夜讌小山 ……………………………… 9

又 ……………………………………………… 9

又 ……………………………………………… 9

聞時起舊老 …………………………………… 10

與諸弟游羅莊舍又晚步 ……………………… 10

村居秋興 ……………………………………… 10

中秋夜洛河玩月 ……………………………… 10

春宴 …………………………………………… 11

春暮雨霽書懷 ………………………………… 11

皆春園 ………………………………………… 11

園亭見梅二首 ………………………………… 11

觀梅二首 ……………………………………… 12

抄歲聞爆竹不覺蛩然 ………………………… 12

登高待月用四山韻 …………………………… 12

九日登高用齋韻 ……………………………… 13

山中對月	13
山莊漫興	13
又	13
詠松	13
詠竹	14
詠春風	14
登山	14
立春日	14
元旦試筆	15
首歲書懷	15
元夜二首	15
中秋	15
往事	16
尋春	16
次鶴溪翁柱顧池亭登山泛舟嚴韻	16
得京中諸老書	16
山中	17
小山夜眺	17
又	17
承諸公見過賞蓮	17
又補諸公賞蓮一首	17
承柳溪西塘北川四山小集	18
山居	18
飲世堂歸吟達旦	18
元霄宴會簡謝四山公子	18
十四夜賞月	19

中秋夜對月二首	19
中秋十六夜翫月小集席上占	19
又	19
賞花	20
又	20
看花有感	20
羅莊曉出	20
九日阻雨因集溪樓	21
春日讌迎雲樓	21
又	21
晚步	21
小莊夜坐有感	21
雨霽	22
舟中	22
是日婉溪不至自延其客於萬花園集楚石荷亭	22
賊入興化聞我兵四至圍之約戰賊窘甚	22
臘霽登閣得本兵虛波手書中有"不日蒲輪昔"語感賦	23
奉懷恪庵尚書赴大司馬聶雙江臘末	23
得程魯南寄梅桂八本因聞梅花督撫逮械	23
題覽翠樓	23
又	23
題武林漁莊	24
又	24
郊西別業之游次用四山韻	24
小山登眺	24
新春登閣	25

烏牛山	25
白羊塢	25
東瓜園	25
西葉湖	25
題白峰公小居	26
贈任達州	26
夜興	26
雪後	26
山樓晚眺	27
客至	27
贈松軒公詩	27
送李君雲崖之任順昌	27
諭館中諸生	28
送綉澗先生贊高州政	28

聯對

王氏總聯	29
宗祠頭門聯	29
誥敕亭聯	29
起敬堂聯	29
如在堂聯	29
彝訓堂聯	30
侍郎府聯	30
總督三省門	30
題浙省譙樓	30
德慶堂	31
世禄第	31

天香館 ………………………………………………………… 31

光霽堂 ………………………………………………………… 32

題十八洞假山 ………………………………………………… 32

麓泉書院聯 …………………………………………………… 32

白雲居聯 ……………………………………………………… 33

賦

文賦 …………………………………………………………… 34

古柏賦 ………………………………………………………… 35

説

思存説 册葉思存篆隸字楊秘圖圴筆 …………………………………… 36

烈武王像贊説 ………………………………………………… 37

尊經閣説 ……………………………………………………… 38

醫方約説 ……………………………………………………… 40

昌陽説 ………………………………………………………… 40

木本説 ………………………………………………………… 41

水源説 ………………………………………………………… 43

記

靈城考工記 …………………………………………………… 48

七里橋記 ……………………………………………………… 50

永一公始遷長恬志 …………………………………………… 51

重建褒忠廟記 ………………………………………………… 52

徵德堂記 ……………………………………………………… 53

百可亭記 ……………………………………………………… 54

邑中楊氏祠堂碑記 …………………………………………… 55

留春軒記 ……………………………………………………… 56

雍睦堂記	57
竹鄰劉公祠記	58
平賦記	59
石倉子記	60
梅坡公記	61
世賓鄉飲記	62
四皓二難圖記	62
子游祠記	63
重修密印寺永福浮圖記	64
游連珠洞記	66
仰高祠記	67
沉塘記	69

序

詩序	70
松溪文集序	70
去思集言序	71
太平呂氏文集序	72
陽溪草堂十絕詩序	73
芝英應氏重修家譜序	74
環溪吳氏宗譜序	77
山西鄉試錄後序	78
御製教民榜文疏義序	79
寧河王明教書院序	80
胡氏科目世系序	82
序冒認聖裔案稿	84
贈兩峰公逸相歸雲序	84

瑞粟贈後溪陳侯序	86
贈邑侯陳後溪榮擢序	87
贈陳後溪榮擢序	89
贈永康令陳後溪榮遷州牧序	90
贈龍雲東擢大中丞巡撫大同序	91
贈唐方伯名時英號霽軒序	93
贈陳雙山郡侯考績序	94
懷琴張公入覲贈序	95
贈張懷琴大尹入覲序	96
贈何司教遷冀州學正序	97
贈武義令陳橋龍入覲序	98
贈永康徐二尹擢欽州判官序	99
送曹老先生別駕邵武序	101
贈秦太公乞休序	102
贈黃君東山旌異序	103
壽應晉庵先生七十序	104
贈北川盧君五十序	105
壽弟仲彰五秩序	107
奉慶王母六旬壽序	108
奉賀南峰翁八十安人七十壽序	109
大儲封王公八十壽序	111
奉贈大儲封王母趙安人七十壽序	112
奉賀大姻丈玉成樓公六十壽序	113
桂溪樓翁暨厥配安人朱氏雙壽序	115
壽高白坪母夫人六十序	117
賀司簿北泉樓翁五襃壽序	118

壽金南川先生六十序 …… 119
壽陳方塘七十序 …… 120
壽趙浚谷中丞太夫人七十叙 …… 121
奉贈大隱德伴松俞翁八十壽序 …… 122
嵩源公壽叙 …… 123
贈龍田公六秩壽序 …… 124
壽西崖黃公暨配呂安人偕六十序 …… 125
奉賀大儲湖山金先生尊妹丈壽躋七秩 …… 126
顏母金氏五旬序 …… 127
樓君廷彩年躋七袠文以壽之 …… 128
贈郡侯漢浦周公入覲序 …… 129
嘉靖丁未鄭氏重修譜序 …… 131
黃崗胡氏宗譜重修譜序 …… 132
贈中山盧子隱德序 …… 133
奉賀大秋元濟塘朱君六秩序 …… 134
處士一峰陳君壽旦叙 …… 135
贈賈母惟錫公呂氏安人八旬壽叙 …… 136
贈松月田三九府君八秩序 …… 137
竹庵華七七公壽文 …… 138
又竹庵公六十壽序 …… 139
榮堂舒翁七秩壽序有祝 …… 140
泰百六霽宇五旬壽序 …… 140
泰九十三石屏五十壽序 …… 142
淮二百四十五本明公壽序 …… 143
竹窗君七十壽序 …… 144
贈宮四十四獅巖翁七秩雙壽序 …… 145

壽羅山胡君六秩序 …………………………… 146

壽梅軒陳君七秩序 …………………………… 147

贈貴百六十二金峰楊隱君六衰序 …………… 148

賀朝憲翁八十壽序 …………………………… 149

壽寶峰周翁八十序 …………………………… 150

慶南郊周翁八旬壽序 ………………………… 152

書

與東浙直總督胡梅林書 ……………………… 153

上都察院谷中虛公書 ………………………… 155

與東陽虞坡書 ………………………………… 158

與胡梅林書 …………………………………… 159

與兵部葛侍郎書 ……………………………… 159

啓左東津以中州少藩擢陝西憲使 …………… 160

與朱適齋公簡 ………………………………… 160

傳

贈侍郎豫七府君傳略 ………………………… 162

文明公守義傳 ………………………………… 163

敕封吏科給事中誥贈通議大夫兵部左侍郎雙川府君傳略 …… 163

白峰公安人張氏傳 …………………………… 164

松山隱君傳 …………………………………… 165

祭文

謝官祭墓文 …………………………………… 167

贊

題平海衛學司訓中峰揚公像贊 ……………… 168

五雲江氏九世祖德澤翁贊 …………………… 168

静齋忱公贊 ································· 168

大宋永康茶課司峻公造像贊 ··············· 169

引

鹿峰草堂小引 ································ 170

跋

閩閫汀尚友會規跋 ·························· 172

明經鄉約跋 ···································· 172

行狀

俊六十四公行狀 ····························· 174

明豫九府君行狀 ····························· 174

松軒翁行狀 ···································· 176

明故處士慎庵吕公行狀 ··················· 177

樸庵陳公行狀 ································ 179

汝思徐公行狀 ································ 179

西池黄先生狀略 ····························· 184

少源府君行狀 ································ 185

墓誌銘

思齋公墓誌銘 ································ 186

龍山忍齋處士墓誌銘 ······················ 187

邦鼎公墓銘 ···································· 188

誠齋墓誌銘 ···································· 188

時容公墓誌銘 ································ 189

龍湖公墓誌銘 ································ 191

平十三府君墓誌銘 ·························· 192

規條
 學規 ··· 194

會試問答
 會試第一場問答 ······························· 195
 會試第三場問答 ······························· 197

附　　編

附錄一
 麓泉王崇人物傳 ······························· 203
 恭賀少司馬麓泉王老先生還朝序 ············ 204
 明通議大夫兵部左侍郎麓泉王公行狀 ······· 206
 明通議大夫兵部左侍郎麓泉王公墓誌銘 ···· 211

附錄二
 復王麓泉同年書 ······························· 214
 與王麓泉書 ····································· 214
 王麓泉先生侍郎趙方山先生太守同啓 ······· 215
 贈王麓泉同年使寧夏三首 ····················· 215
 會麓泉子於蒼梧因通前元宵二作愴然言和 ··· 216
 明故雲南右參政致仕適齋朱公暨配封宜人王氏合葬墓誌銘 ···· 216

附錄三　王崇資料彙編 ······················· 220

附錄四　王崇年表 ··························· 234

後　　記 ···························· 李世揚　245

正　編

歌　行

從軍行奉命賑恤蒲州度靈石

紫泥書出鳳凰城，日日山程更水程。
千仞懸崖青徑裊，一堤新柳夕陽明。
關河薄夜霓旌急，民社經心鐵騎輕。
聞道君王猶旰食，曉開閶闔問清平。

七言絕句

留別學師徐占山公

皎皎旌麾關塞外，征袍回首一風烟。
嗟君也是天涯客，却得清閑自在緣。

白巖冬雪

橋頭抔土回添愁，壙野晴雲恨未收。
潭底月明珠有淚，巖前積雪暗荒丘。

贈胡一川

澄川坐對菊花開，渚鷺沙鷗不見猜。
誰道幽偏長避世，小舟時有問奇來。戊辰三月既望書於荷花池館。

贈倪熹

活潑潑來元有本，常惺惺處却如愚。
參透不空長不垢，簞瓢陋巷見真吾。

康熙《永康縣志》

百可園

百可園中結小堂，秋風吹水蓼花香。

道人若解其滋味，月滿寒潭夜未央。

《永康詩録》卷六

面題鶴橋詩

瑤臺逸出几千秋，猶上仙人十二樓。
玉笛一聲江水緑，游鷗飛處度揚州。

民國壬子武義《蜀郡楊氏宗譜》

五言律詩

送坦川公之彭澤令

皎皎徐彭澤，江帆颺素空。
芙蓉芳楚渚，雕鶚起秋風。
陶秋聲標在，堯文屬望同。
知君飛動意，應慰日華東。

無　題

如遞雲山裏，棕蘿自一家。
客來猿鶴引，門掩碧溪斜。
草地逢樵話，高風睟釣槎。
問童如有覓，沿水入松花。

賈母八秩壽詩

老莫酬偕願，青年喪所天。
生人樂安在，從一志彌堅。
兒撫須時久，人長始母憐。
稱觴才壽慶，表節又身捐。

乾隆東陽《賈氏宗譜》

七言律詩

遼府西園讌集

遼府西園特地開，點塵飛不到亭臺。
即須竹影松聲入，惟有清風好月來。
海鶴直從天上至，琪花元向日邊栽。
相歡只合神仙侶，鐵笛橫於此處吹。

即席殿下索羅村中丞限韻分得清字

新秋洞府薜蘿清，落日高歌酒數行。
楊柳烟扉人共笑，池塘星斗夜初明。
雄才不惜詩千首，逸興何妨鼓四更。
逐客醉辭關外去，東西南北馬蹄輕。

西園池上有庵衲僧禮佛

池塘不獨禮空王，每扣玄關興味長。
人影板橋僧自渡，石壇草座月初涼。
道心似水龍湫寂，業火無烟茗宛香。
採芑採蓮舟滿岸，不知遼海有慈航。

登晉城南樓

三月高樓天氣舒，荒烟新柳眇愁予。

浮踪社燕飄飄落，逝景河流滾滾虛。
移宦忽逾千里外，辭家又覺四年餘。
即聞九塞煩戎馬，勛業真慚圯上書。

湖廣道中述懷時總督三省軍務

三關年來邊寇擾，萬里風塵往復還。
到處可曾寬白髮，逢人空自羨青山。
陶潛事業三公上，李廣勛名百戰間。
獨倚南樓問明月，祇應烏鵲一枝間。

奉和遼殿下得先字韻

繁弦脆管亂爭先，小院新涼雨後天。
不斷水迷浮綺席，無端雁字歷晴川。
歌殘日老方酣也，月色蘆花已皎然。
夜好主人清興發，錦聯奇字一篇篇。

春日宴迎雲樓

插漢高樓入望開，荒烟芳靄鬱崔嵬。
仙人疑在銀河上，珠履應從碧落來。
沙暖浴鳬眠個個，柳垂啅雀墜枝枝。
委蛇退食無公事，獨付芳州有所思。

春日又宴迎雲樓

幕府園林盡日開，纖埃飛不到亭臺。
即須竹影松聲入，惟有清風皎月來。
怪石直從三島得，奇花曾傍五雲栽。
中霄只合簫笙侶，坐向白蓮池上吹。

壽日讌迎雲樓

叠叠層樓最上層，振衣談笑幾人曾。
杯浮柏葉供高眺，簾捲江流入短憑。
雲瀲綺疏天咫尺，峰圖劍戟玉稜嶒。
清霄倚漢瞻南極，萬里星橋觸處澄。

壽日讌迎雲樓時湖廣川貴三司各以採木至與席

年年壽日長爲客，卮酒猶開塞上樓。
沅水西來通渤澥，名山北去接丹丘。
空中鼓吹三千閧，海內衣冠第一流。
十二闌干霄漢近，定看瑞氣動星牛。

承二客夜讌小山

茗話情親數見過，況攜樽俎共庭柯。
清秋勝地雖蓬鬢，盛世山人足浩歌。
露下碧梧欄眷重，月生清嶠夜心多。
便將酪酊酬狂興，淹倒其如可笑何。

又

秋深院落已黃昏，有客攜壺上石梁。
拂洞幽香時隱見，繞亭青靄夜微茫。
烟梳荔綫虬髯捲，風展蕉心鳳翅長。
待月只耽勸笑好，不知清露濕衣裳。

又

巀嶪浮空幾百尋，清溪溪上獨登臨。

即窮蒼昊星辰切,一望東溟烟露深。
仙掌松黄巫峽雨,石鯨秋練楚江砧。
峰頭巢有千年鶴,老翮猶懸天外心。

聞時起舊老

檉櫟頭顱早奪冠,鵷棲新護一枝安。
閑身真與滄洲近,世路虛疑蜀道難。
關塞金湯仍漢峙,勳庸鐘鼎是周官。
炎風朔雪俱王土,尺寸何人敢睡鼾。

與諸弟游羅莊舍又晚步

世事年來付水漚,短藜隨處野情幽。
梵鐘幾杵日含閣,村笛一聲風滿樓。
青藹望迷津度日,白雲飛捲隴山秋。
獨看舴艋舟還去,高磧飛瀧夜未休。

村居秋興

莫訝秋風攪歲華,白雲黃葉轉交加。
濃施峰翠寒方顯,淡抹林容曉處佳。
清響露滾池上竹,脆香霜瘦徑中花。
隔籬新酒誰先熟,門對芙蓉第二家。

中秋夜洛河玩月

清洛半秋懸碧月,練船當夕泛銀河。
蒼龍頷底珠皆沒,白帝心邊鏡作魔。
海上幾時霜雪積,人間此夜管絃多。
須知天地爲鑪意,盡取黃金鑄作波。

春　宴

矮几高屏枕簟清，閑中風物倍關情。
吟成題葉鶖鳩語，坐久焚香盧橘生。
匝池竹涼供近爽，拂地花影弄輕晴。
十年往事渾如醉，一倚闌干一解醒。

春暮雨霽書懷

經旬不出啓朝扉，草色遥添雨後肥。
鄰父偶攜烏節杖，山人初試芰荷衣。
汀洲水暖鳬雛浴，楊柳風柔燕子飛。
漫道一春虛自度，皋南紅紫未全稀。

皆春園

林下曾無俗計忙，祇將花事費評章。
夜來舊蕾開多少，日逐新條記短長。
品在幽籬偏有艷，栽當華宇却無香。
争如松竹高巖上，春雨秋霜歲歲蒼。

園亭見梅二首

寒動梅花雪尚頑，春光纔逐數枝還。
半窗疏影冰紈薄，一夜幽香月練間。
黄鶴有樓曾玉笛，白雲何處是孤山。
清班謝却今凡幾，六載滄江憶聖顔。

又

一枝斜插膽瓶寒，贏得詩人帶笑看。

不羨村芳來畫署,爲傳春信上雕欄。
香浮庾嶺登樓易,影落西湖得句難。
風月至今閑滿地,更誰收拾到吟壇。

觀梅二首

高閣寒梅特試花,野橋東畔一枝斜。
能勾清興供詩料,應惹騷人惜歲華。
古樹饑烏三五點,短墻荒日二三家。
寒流十里惟殘雪,只個漁簑立釣槎。

又

初時玉蕊但雙柯,開遍其如淑氣何。
昨日花看前日少,今年香比去年多。
欲將春意供題詠,幸放高懷醉綺羅。
見說嶺南千萬樹,却無車馬遞相過。

杪歲聞爆竹不覺蛩然

林下相將又一年,巾中白髮轉蕭然。
閑雲流水心無事,仙籙丹書老有緣。
南北風塵諸將在,夔龍勛業數上賢。
山人只合酬佳節,菜玉椒花雪勝盤。

登高待月用四山韻

小堂秋色馴鑣來,菊傲重陽尚未開。
共愛佳名曾落帽,欲追高眺故登臺。
溪山不負三竿日,題詠真凌八斗才。
獨訝嫦娥太羞澀,從教簫鼓夜深催。

九日登高用齋韻

松石山高道路偏，三秋爽氣倍森鮮。
孤庭雅稱來明月，佳節深宜照綺筵。
四海交游誰復在，百年親友轉須憐。
但將茰菊酬佳會，瀛島何人果上仙。

山中對月

清秋明月稱良夜，此日金波倍昔時。
光滿石樓人對酒，影翻松唳鶴排詩。
霄間輪靜圓初滿，席上峰高到欲遲。
最喜嬋娟能徹曙，可孤鸚鵡百盈巵。

山莊漫興

特移枕簟到林丘，真見山中事事幽。
日吐多峰圓未滿，雪過絕壁礙還流。
攤書坐對青苔午，拂塵吟看碧樹秋。
不是人道清興發，翠微高處止登樓。

又

莫訝山人日賦詩，幽深元是沁詩脾。
巘開羅幌晴偏好，林抹烟消雨亦奇。
百道飛泉多寶石，千章古木半臨池。
峰高只恐無明月，忽漫清光浸酒巵。

詠 松

寒松聳幹倚蒼岑，緣葉分株自結陰。

丁固夢時還有意，秦皇封日豈無心。
常將正節棲孤鶴，不遣高枝宿衆禽。
好是特凋群木後，護霜凌雪翠踰深。

詠竹

庭竹疏森玉質寒，色包葱碧盡琅玕。
翠筠不染湘娥淚，斑籜堪裁漢主冠。
成韻含風已蕭瑟，媚連凝綠更奕檀。
此君引鳳爲龍日，聳節梢雲直上看。

詠春風

動地經天物不傷，高情逸韻住何方。
扶持燕雀連天去，斷送楊花盡日狂。
繞柱明月過萬户，弄帆暗晚渡三湘。
孤雲雖是無心物，借使吹教到帝鄉。

登山

一望長空絕點埃，攬身萬仞立崔嵬。
洞房不掃雲俱入，石閣常開鶴未回。
逸客祇應瞻魏闕，飛仙曾此度蓬萊。
寧知絕頂千松樹，不有金函玉敕來。

立春日

朝旦微風吹曉霞，散爲和氣滿家家。
不知容貌潛消落，且喜春光動物華。
出問池冰猶塞岸，歸尋園柳未生芽。
摩挲酒甕重封閉，待入新年共賞花。

元旦試筆

寶碧中霄轉化光，山居白髮慶青陽。
朱屏日暖琦葩近，紫閣春深玉樹長。
彩筆興飛珠玉落，瑞爐烟傍薜蘿香。
馮唐不荷君王老，鐵騎鵔鵩尚朔方。

首歲書懷

椒節曾無半晌閑，雨餘風物足怡顏。
堂環近翠聞新竹，門對長春只舊山。
盡日溪聲來几上，有時鶴語落松間。
端居虛空真生白，大道依稀愧一斑。

元夜二首

陽春新自秦中回，午夜笙歌拂落梅。
百道水虬盤地出，千頭珠蕊倚天飛。
錦棚瑞靄遍南極，玉燭龍光接上臺。
最喜廣寒宮殿近，嫦娥也駕月輪來。

又

清時樂事逢元夜，寶蓋珠毬拂絳霄。
雲裏九華翔彩鳳，海中三島戴金鰲。
星辰影動朱樓迥，日月光回碧殿高。
翠管冰紛聽不極，每疑天樂在虹橋。

中　秋

銀漢無聲夜正中，十分秋色小樓東。

空瞻朗月思玄度,誰有高懷似庾公。
把酒金波浮桂樹,捲簾清露滴梧桐。
碧雲何處人如玉,惆悵東欄一笛風。

往　事

漫道山林志願偏,廿年前此已飄然。
從教楓旭千官會,不及松風一覺眠。
家在雲中晴雨好,路當籬畔往來便。
忽思都護三持節,百萬天兵夜控弦。

尋　春

尋春雅興野翁期,盡日郊南任所之。
興逐高雲行未定,幽耽芳草立多時。
藏鶯穠綠堪交坐,冒蝶鬆紅恰滿枝。
可喜東風能愛客,芳菲長不負深卮。

次鶴溪翁枉顧池亭登山泛舟嚴韻

幸依松菊度春秋,況直朋儕洽讌游。
風月萬里開洛社,江山千載續仙舟。
即謝塵寰慚后樂,敢浮滄海道先憂。
南陽舊侶多朱轂,幾向雲林共白頭。

得京中諸老書

天上虛承宰相書,殷勤亟奉到郊居。
花辰偶赴鄰翁約,竹徑權回使者車。
春雨蘼蕪便鹿豕,秋江舟楫有蓴魚。
君歸莫記隆中路,不似當年舊草廬。

山　中

漸無車馬日相過，洞口陰陰滿碧蘿。
趺石每依佳陰久，穿林時見暗香多。
百年野性仍麋鹿，一笑曦光又芰荷。
擬向峰高雲盡處，閑評歲月坐吟哦。

小山夜眺

小院新晴半綠苔，閑心高憤坐崔嵬。
一池星斗風初定，隔樹樓臺雲始開。
野水舟橫漁睡去，石壇月滿鶴飛回。
夜深寂寂無人到，惟有花陰次第來。

又

七月新秋秋氣清，茆堂終日對巉嶔。
烟霞自落詩屏淨，冰雪涼生羽扇輕。
風帶瀧聲能幽續，月臨峰頂更分明。
幽香疏影爭輸日，自笑青山亦世情。

承諸公見過賞蓮

凌波仙子試新粧，縹緲香風襲草堂。
雨過芳漣澄翠蓋，曉來清露濕紅裳。
幸親綺席供三笑，苦傍瓊樓似六郎。
好情修筠深勸客，碧缸不數紫霞觴。

又補諸公賞蓮一首

小池一夜荷花發，寶馬香車集五侯。

碧管未供青玉案,紅粧爭侑紫金甌。
群招博陸呼盧采,細片蓮房作酒籌。
石洞花光檀板净,况謳精雅瑟新秋。

承柳溪西塘北川四山小集

金飄輕展桂亭秋,漉醑美芹盡舊游。
羽扇凉揮蒼島净,荷衣香襯碧羅浮。
乾坤逆旅誰青眼,江漢鴻賓幾白頭。
良會定拼臺上月,清光飛到紫霞甌。

山 居

浮雲天際倏消磨,石上松陰撚指過。
盡日敲詩堪自坐,逢人留酌亦須歌。
軒窗爲甚青山近,歲月其如白髮多。
落葉正深棲鳥下,斷烟殘照集庭柯。

飲世堂歸吟達旦

巾車拂曙赴相知,盡日彤雲欲雪時。
獸炭檀敲寒對酒,綉屏銀燭夜談棋。
衰年不駐青絲髮,逸興何孤碧玉巵。
歸到薰櫳仍達旦,醉中吟穩一聯詩。

元霄宴會簡謝四山公子

青春元望開佳宴,暖律條風動歲華。
白玉勝盤傳柏葉,黃金插貌照梅花。
八龍經笥俱宗印,四海詩名足大家。
龍笛鳳聲笙寶炬,蕊珠官闕醉流霞。

十四夜賞月

月近中秋夜有暉,幽人戀月夜遲遲。
及時光景寧須滿,明日陰晴未可期。
清影一簾金瑣碎,凉聲何處玉參差。
酒闌無限懷人興,都在庭前桂樹枝。

中秋夜對月二首

閑常每羨中秋月,數歲無逾今夜圓。
如意金輪寒出海,中規冰鑑净浮天。
輝流銅柱珠生焰,影見藍田玉有烟。
遥憶螭莖仙掌上,瑶盤甘露更娟娟。

又

天上蟾晶團皡闕,人間兔節屆中秋。
元無皓彩繩今夕,遂有高群勝此游。
冰帳坐寬鸚鵡杓,玉簫吹徹鳳凰樓。
自知衰老眈閑寂,也對清光岸白頭。

中秋十六夜翫月小集席上占

昨夜共翫中秋月,今日重來座上看。
出漢較遲三含許,窺光規損一分寬。
非關莫擬人心別,自是盈虧度數刓。
却念清輝能幾會,溪聲山色望留歡。

又

淑氣催耕轉喉翎,小園初集訝初聽。

賡成林下詩偏逸，飲對花前酒易醒。
不盡雲光看處白，儘多山色坐來青。
尋常共是臨湍月，一笑清輝獨滿庭。

賞花

天上歸來兩鬢影，追隨朋舊即生涯。
一春聚會長逢酒，百歲光陰幾賞花。
有約詎分曾到處，相懽不醉更誰家。
憑君莫聽痴人夢，麟閣雲臺也暮蛙。

又

諸君特地野人家，面水門開抱竹斜。
擷少畦蔬留杖履，坐深山雨話桑麻。
莫辭數到呼廬酒，且喜開新中看花。
共惜流光真撚指，不妨庭樹集昏鴉。

看花有感

不教日日不花開，到處移來手自栽。
階下一莖無剩草，亭前幾處有芳苔。
蝶翻鬆艷高低見，燕蹴飛香遠近來。
凍雪未消尤踏月，可能風雨罷登臺。

羅莊曉出

碧草青苔逐徑侵，一村門巷轉幽森。
閑雲滿樹滾清滴，流水穿花繞曲陰。
竚策凝思聞遠響，面山趺坐見閑心。
人傳丹井留仙液，擬向峰頭問淺深。

九日阻雨因集溪樓

登高佳約擬輕車，小雨金樓興亦賒。
樽畔有臺俱碧滌，亭前無地只黃花。
雲消近叠開芳樹，鳥引長空見遠沙。
不謂西風搖落后，秋光猶在野人家。

春日讌迎雲樓

新結園亭鑿小池，蒼林翠壁斗嶮巇。
香生綠石風來細，凉滿晴蕪日到遲。
沙暖浴鳧眠個個，柳垂啅雀墜枝枝。
委蛇退食無公事，獨對芳州有所思。

又

隙地誅茅可畝餘，堂成猶及燕初飛。
惠風花木開芳樹，淡日簾櫳閱道書。
猴嶺未須開嶰竹，鹿門應不着郊居。
天涯且作隨緣客，莫問樵柯莫問漁。

晚　步

石上青莎款夕暉，霜沉潭水碧光肥。
盤渦岸轉孤亭合，蘭茗峰深一徑微。
地閴狐狸當晝浴，溪喧鸂鶒避人飛。
耽幽不厭林皋晚，月色松陰生滿衣。

小莊夜坐有感

屏迹青林絕市譁，雲中門巷兩三家。

一蛩不語夜自半,雙杵猶懸月正斜。
歌意龍泉愁積雪,夢回彤管訝生花。
滄溟岱岳憐衰鬢,莫向仙槎憶兔罝。

雨霽

曉過鳴雨石壇寬,五月溪聲草閣寒。
一客不來西磵道,兩峰長抱北闌干。
高鳩剩語流書幌,獨樹幽花照鶡冠。
忽報門前新水到,小橋趺坐看波瀾。

舟中

孤蓬四揭草萋萋,天際晴收雨脚低。
春水兩崖回碧樹,夕陽雙鷺下清溪。
望窮遠靄青如拭,坐透群峰峭欲齊。
今夜月明何處泊,杏花墟口石橋西。

是日婉溪不至自延其客於萬花園集楚石荷亭

閑來池上試清游,尊酒橋亭晚未休。
漱色霽收茆店雨,釣絲寒繫客衣秋。
坐窺魚浪依青荇,笑折荷筒起白鷗。
為問多情謝司馬,萬花新會孰風流。

賊入興化聞我兵四至圍之約戰賊窘甚

羽報霄馳戰欲酣,六師殺氣猛飛狻。
天王尺地俱朝貢,丸彈何人敢睡鼾。
邊島旌旗虛劍郡,漢家鐘鼓自長安。
將軍衛霍須勛伐,千載燕然墨未乾。

臘霽登閣得本兵虛波手書中有"不日蒲輪昔"語感賦

千里書來臘正殘,長安直北思漫漫。
白雲湖灩楓林杳,黃鵠霜飃海宇寬。
磻駕未緣周粟美,商輪元爲漢宮安。
籠鵝鼻犢吾儕事,空谷高崗穩畫軒。

奉懷恪庵尚書赴大司馬聶雙江臘末

殘菊清尊竟夕曛,曉窗猶覺逗餘醺。
溪光淡斂濛鬆雨,山靄晴開憒懂雲。
遠道乍寒難作客,扁舟何處倍思君。
想應對榻孤山上,明月梅花夜自分。

得程魯南寄梅桂八本因聞梅花督撫逮械

小院栽花日灌花,野人即此是生涯。
庭芳自覺年來盛,星鬢其如老去髽。
東郊旋喜槽春甕,北闕無芳草相麻。
宦海忽傳驚巨暴,風波應不到山家。

題覽翠樓

不羨秦簫睹鳳翁,綸巾終日對幽芬。
夏檐修竹長疑雨,當戶群峰每勒雲。
晴靄暝烟行處合,溪光野色坐來分。
風淡塵坌知無限,到盡人寰不到君。

又

爲樓幽勝朗高吟,特結層樓到碧岑。

接壑納雲晴亦雨，憑林背日晝常陰。
泉聲欄檻鳧雛近，山色簾櫳燕子深。
却迓風流陶靖節，也將五斗娛初心。

題武林漁莊

武林烟水着扁舟，結得閑盟傲白頭。
霜净碧空秋一笠，日高丹嶠卧雙鷗。
人情弱綫多芳餌，世味枯魚且直鈎。
莫向百花潭上泛，鸂鶒隨浪正沉浮。

又

一葉輕船到處家，絲綸隨意泊汀花。
吟收紺殿疏鐘雨，坐滿殘陽幾樹鴉。
春爛嚴江瞻釣石，秋深牛渚憶星槎。
古來山水元無定，但得高人便是誇。

郊西別業之游次用四山韻

溪上茅堂數不來，深扉今日爲誰開。
高秋皂蓋承佳客，落照清尊共翠臺。
萬樹烟霏投勝覽，千山麋鹿放樗材。
夜闌正好看明月，未許鷄聲取次催。

小山登眺

盍簪野老恣登臨，短策凉飄又此岑。
地迥高氲澄極目，天空清響净遥襟。
蠻巾窟穴聞三代，塞上綸巾款七擒。
鳳鳩不鳴山院午，正堪松柏手成陰。

新春登閣

郊坰夜雨客初稀,高閣晨露風未晞。
饑鳥群呼烟外集,村舂聲遞樹中微。
林橫遠靄青如剪,雪抱寒流碧欲飛。
何事老翁雲潑地,蒙頭衣袖過前扉。

烏牛山

放出初頭便有心,明明六合即桃林。
却師不必焚田火,鎮世何須鑄禹金。
日往月來畔絶迹,樵歌牧唱卧知音。
天閑鑣冷黄姑老,直到於今許一尋。

白羊塢

嫩緑茸茸草漲坡,郡邸卧隱惠風和。
舉頭似覺山林窄,定志不妨歧路多。
振古饒諳身外事,生平懶聽眼前歌。
幾年獨見炎劉節,試問蘇公意若何。

東瓜園

震土由來生意繁,短墻不築自防閑。
風和蔓甕連天碧,露重花饒點地斑。
步履東陵成夢裏,構亭洛水此溪間。
主人胸次多仁術,肯似孫鍾限百蠻。

西葉湖

蕭颯金風鼓樹頭,老紅粧點洞庭秋。

晚隨落雁斜投渚，曉滿新堤急溯流。
天上郎官來舉酒，鏡中范蠡去拏舟。
何時共適遨游興，滌盡塵襟百歲憂。

題白峰公小居

隙地誅茆可畝餘，堂成猶及燕飛初。
惠風花木開芳榭，澹日簾櫳閱道書。
緱嶺未須聞嶰竹，鹿門應不著夷居，
高宗若問膏肓客，不執樵柯便釣漁。

贈任達州

太守先生天下才，手分西蜀一符來。
不辭鳥道凌霄出，却抱葵心向日開。
峽口有天雄漢障，夷陵無地起秦灰。
明時直氣應龍見，好帶巴山風雨回。

夜　興

竟日清閑莫易看，攤書獨坐夜將闌。
壁蛩對語一燈寂，峰月半銜雙杵閑。
馴鶴瘦拳松陰息，野棠香浥露珠團。
明朝車馬仍流水，不放文君酒肆寬。

雪　後

日華遙動碧雲間，冰凍初消雪尚頑。
白滿曲堤斜滾水，青留剩地半侵山。
籬檐鳥下饑窺食，野店途迷晝掩關。
新漲驟來人喚渡，小舟争集舊橋灣。

山樓晚眺

了無拘來布袍輕，日暮登樓散宿醒。
雲去山青情自好，月來窗白卧猶清。
閑日即事惟敲句，夢裏逢人亦濯纓。
不耐吟蛩太相暱，無端四壁起秋聲。

客　至

昔年軒蓋南仍北，此日江湖我亦君。
澗水不渾心似洗，山禽如勸酒初醒。
巖扉秋净無黃葉，蔦道筇空衹白雲。
何事羊裘竟高潔，漢家麟閣幾功勋。

贈松軒公詩

古松挺秀聳高軒，直插云霄孰與齊。
德扗乾坤家法定，名通宇宙子孫傳。
遍交英俊孚光霽，行狀文章溢簡編。
千載如公生氣凛，赤松宮裏侣神仙。

送李君雲崖之任順昌

雲崖名鴻，明正德癸酉舉人，由順昌知縣升南昌同知。

縹緲天風吹客衣，河梁欲別重依依。
上酬君國初心壯，遠隔關山相見稀。
穀黍未青鳩解語，宅桑初緑雉于飛。
縣中好試栽花手，花滿棠陰雨後肥。

《永康詩録》卷六

諭館中諸生

曾孟當年亦布袍,鳳凰千仞快風翱。
六經了處皆糟粕,四海何人得鼻尻。
盎土有春坤象具,洞天無夜月輪高。
足根立定金鼇斷,五百昌期續彥髦。

《獲鹿縣志》

送綉澗先生贊高州政

四月上都花木深,晴光杳靄來烟岑。
郤起入幕南海曲,王粲登樓燕水潯。
雲隼孤飛猶振翮,露葵欲祭先傾心。
仙坡百詠古遺胜,會起清風留好音。

《綉川毛氏宗譜》

聯　對

王氏總聯

郡侯世澤開東婺
宮保家聲起溧陽

宗祠頭門聯

聖帝建維皇之極於萬方宇宙間惟君親至大
老臣望直道之民於九族彝倫內以忠孝爲先

誥敕亭聯

出大將入本兵煥王言於日照月臨以鷹揚四海
上榮封下恩蔭荷帝德於天長地久以燕翼萬年

起敬堂聯

祖父累百餘年積善德光炫耀皎皎乎日月中天
子孫亘千斯世傳芳福澤深長浩浩乎江河行地

如在堂聯

想其儀容恍乎如在其左右元神正氣不待生而存
思其笑語愀然若聞其聲音孝子順孫故隨處必敬

彝訓堂聯

民作聖人氓引養引恬耒耜見羲農之樂利
士爲天子使乃文乃武衣冠親堯舜之都俞

門第本三槐春雨秋霜思烈祖
雲仍森九棘謝蘭竇桂讓華宗

侍郎府聯

螽慶方隆誥敕每追先德重
蟻忠未罄衣冠尚賴後人多

一念畏天善果福田瞻祖父
六經華國人龍文虎望兒孫

義路禮門亘千秋出入日遵華水如斯
鴻麻燕祉累百代盤桓時看雲山長在

此身出入是門無愧何須鬱壘
斯道往來若路能由可遁鬼神

總督三省門

雷轟電掣一怒而安天下
春生秋殺四征以能域中

題浙省譙樓

烟霞影裏見江山圖開輿地

樓臺空中聞鐘鼓樂奏鈞天

德慶堂

位列中卿時供帝饌天顏近
官承喉納日奉王言御墨鮮

世禄第

越府風雲明閥閱
微垣臺門宋衣冠

詩書師聖賢須知此學何事
立心在天地欲求無愧此心

毛穎煥文章學海源中宗孔孟
墨花騰彩霧硯池波裏見蒼斯

芸案且含毫須知紫電驚風雨
茆堂如拭劍擬見春虹上斗牛

天香館

詩書是本分生涯汝惟萬卷
天地亦吾身功課人可三才

鄒魯文章自不睹不聞中流出
唐虞事業從惟精惟一處生來

文章不必推先輩

　　　　德業應須并古人

詩禮可傳家峻門牆長尊孔孟
文章務華國隆勳業每捐伊周

光霽堂
白髮不勝簪著剩東園巾半畝
青山殊可老軒高北隴日三竿

讀罷夜將闌一朵燈花籠月色
吟成天未曉半篇玄草逼星芒

渭水一竿赤手八百年周鼎
傅巖半畝蒼生九萬里商雲

題十八洞假山
怪石直從三島得
奇花長傍五雲栽

鑿得方泉一脈遠通東海
移來怪石諸峰并高南山

麓泉書院聯
清風明月都不用半文錢買
高山流水却原來一幅天成

綠水青山容一老笑談風月

黃扉紫閣聽諸公參贊乾坤

白雲居聯

常教綠水青山在
更喜清風明月來

文獻開先宋衣冠乘慶澤
詩書繼世明簪組荷恩光

君德若天然畢竟得白頭林壑
臣今已老矣向也曾赤手乾坤

賦

文賦

德業者，所以立舉業之根本；舉業者，所以敷德業之英華。上以取士，下以進身，嗚呼文哉，非徒藝也。聚精會神，其文斯鳴；定志養氣，文乃蓋世。看書要得孔孟念頭，下筆自然班韓失色。識得血脈，何愁前後不融通；會作主張，自然輕重隨擺布。沉毅又要悠揚，出奇仍期磊落。眼目既分，自無合掌；根據交發，安得叠床？口頭話，眼前詞，斯爲絕妙作家；章內尋，題上搜，不是尋常手段。帶水拖泥，枉費十年之力；翻天覆地，徒勞一世之心。鋪叙詠嘆，見景生情；大膽小心，隨時着意。束尾尋頭，恰似引兒入市；掉頭見尾，便是開門見山。平正中略見新奇；冲融內常加警拔。開口莫道閑言，自是科甲山斗；臨文便見題目，隨時頭腦冬烘。想人難想，喚作巧思；說人難說，名爲力量。不着色相，還須不離本相；能爲做題，自然不做於題。務去陳言，韓公至論；惟求意勝，杜牧格言。深成精實，須無斧斤之痕；平穩停勻，務消風水之狀。有意必有言，立意所當先也；得辭斯得象，修辭其可緩乎？不可以意狥辭，惟宜以辭達意。通場俱用，務要抛開；舉世不言，無妨說破。句衷緊關，無得順情釋放；題中虛字，亦宜着意揄揚。與題目寫神，爲道理作主。縱橫任意，只因理窟玲瓏；變化隨心，不是場中伎倆。題目初來，且自大寬心境；襟懷既豁，便宜雄著筆鋒。果然立起，造化不同，別樣機關，偶爾奪得魁元，只是此些奧竅。文海詞航，盡歸斯語；詞林藻鑒，不出此篇。聊助長談，偶成短賦。

古柏賦

彼美翠柏，歲寒之姿。聞有出新，甫生冀州。飲漢宮之酒，泛丘國之舟。虞延悉外黃對，穆滿恣大比游。亦有擢華，嶽秀白于。樊衡植之而稱孝，善才研之而幾珠。王宴召變桐之徵，李春奮事刀之志，至若南山見詠於越石，後凋致辭於江夏。仲寶幼彰其佳器，陝西潛兆於徵祺。充山人飯，供仙家餐。李詢樹之而守墓，王褒泣之而變色。既同貢於杶幹，亦入畏於魃像。扈言緒論，非不駭愕乎譚叢，然事出先經名麈，往牒聞者，弗邁見者，多述曾未有，大可三四人圍，陰濃蔽日，高至七八百尺，幹挺參天者也。

余嘗從周大夫鐘吾游，嘯傲烟霞，因游目其太外祖大路金氏之古柏，為東南之珍玩，西北之曠觀。稽彼鼻祖仁齋公，甲治平榜，仕文林郎，行於斯，止於斯，仿殷人立社，植厥木之惟，喬茲柏也。蓋托根大宋肇基之初，等姬籙於八百。垂蔭我明中葉之盛，望朔桃於三十。匪登畈長松，胡八九子圍之而不足；豈淮南桂樹，乃七十士丈之而有餘。玉葉團陰，恍梓拱韓，郊棲碧鳥，金枝翳景，疑桐生魏井，拂元雲峙。以屢臺狎，鳴鳶鷹於灌木；培之大路，來儀鳳於叢林。遠而望之，則翠幌高寨；迫而察之，則銅龍獨距。固宜鵬怒而飛，翔茲霄幹；鶴鳴則和，巢此春珠。投烟賑以急棲，聆風琴而赴調。可以觀，可以憩，寧不可表里宅而樹風聲。

噫嘻！花放尚河陽，遺芳詠木喬，金谷尤卷高情，夫烏知正人如松柏，鮮挺然獨秀，大將登壇者哉。

時隆慶改元八月中秋穀旦，賜進士第通儀大夫兵部左侍郎奉敕提督軍務巡撫湖廣川貴等處都察院右副都御史前禮科左給事中，西如山人眷生麓泉王崇拜撰。

東方《金氏宗譜》文集

説

思存説 册葉思存篆隸字楊秘圖坷筆

説曰：親孰不思，音容居享皆化矣。夫惡乎用其存？即有存焉，亦戔戔乎小矣。顧自以身安從來，親實生我；身安從淑，親實成我。是故一出言而不敢忘，一舉足而不敢忘。不忘也者，思無忝乎其親也。今夫親所以望乎其子，子所以悦乎其親者，天下斯種種然：如禄之以士以大夫與，乃風木不待，則亦蘋薦焉已矣，其無乃一滴能九泉乎？未有見其饗者也。如爵之以士以大夫與，乃生不孔辰，則亦封號焉已矣，其無乃一抔能九仞乎？冥冥未必其有知也。凡此皆存之而不果。於存，思何益哉？然有大焉，斯存之不可以已也。是故之其所出言也，致其信而信焉；之其所舉足也，致其愨而愨焉。及其究也，爲仁人爲君子，後兹人將指之曰"某即某之子也，某即其父母也"，而人爭羡焉。是蓋以仁人君子之榮而榮其親，由是而富也，貴也，壽也，康也，又將指之曰"某也父，某也母"，皆自累於善而隳之。於其子若此，是又不以富貴壽康亦歸本於其親乎？是則爲芳可奕世也，而何所不存？若反是，而非仁人也，不君子也，則雖富貴壽康，耻也，人將鄙棄之不暇，而暇榮其人以及其親乎？朝菌蟪蛄，一過則滅耳，而何存之與？有心齋倪子，聞人也，能文章，善歌吟。其所講習，皆上世先公得於聖門者，家學所謂青出於藍，而冰則水爲之者矣，永感后思。考芝山翁，妣陳安人，彝訓治命，型範我後，人甚盛惕，不敢散逸，務存存之。於是莊嚴登識并諸名家稱述撰著，而裒爲一帙，名之曰"思存"。

夫天地間稱至物可存者，莫大於聖人之道。仁人君子是率聖人之道而路焉者也，少畔則皆蹊也。故孝子之心苟畔是也，則是我不誠於先人，先人望我何如，而我可如此也？於是皇皇然求，恒若有失也，烝烝然進，若未之見也，孳孳然不敢怠，惟是不足也。雖其富貴壽康之必以聽諸其天，而仁人君子之道，則倪子之所自率，不敢少畔而路焉者也。夫是豈不以仁人君子榮其親，而親之所白榮者，不依吾身而存耶？天依身則存，謂可致力乎其我也，我無所用力焉者則皆妄也，皆妄則皆亡也。昔者先公亦以身爲至物，而大其家於聖人之道，使倪氏知有先公至物，而在於聖人之道，務操存之，俾我之後世子孫毋失，則倪子不惟能存親之大，而親之所從大者，亦共宗人存，存存之矣。是則思存者之志也。

隆慶歲在己巳七月望日，賜進士通議大夫兵部左侍郎加俸二級兼都察院副都御史奉敕總督湖廣川貴軍務前禮科左給事中永康麓泉王崇撰。

烈武王像贊說

夫國家當治平之時，則雖一才一行之微，亦得以盡職而效其力。至於變起倉卒，適在變故之衝，苟非奇見卓識，雄才雅量，可當大寄者，何足以勝之？宋自景德之間，契丹傾國入寇，鼙鼓之聲，動地而來，鞁旆犛帳，亘百餘里，澶淵之役，天下已無宋矣。當其時，使如諸人之策，爲川蜀江陵之徙，則去中原日遠，由此而南渡而航海，又豈待於高宗之後而後見哉？幸而有寇平仲爲相，內主其謀，而王以一武弁之士，起而贊襄其說，卒使朝野同心，君臣協德。床子弩發而虜酋就撫，御蓋過河而六軍生氣，兄南弟北，和好遂成，生民之不肝腦塗地者，皆王力也。然則王非武將之第一流者歟？吾意王以勳臣國戚，正當久食其祿，而乃遽致其事而歸。

今觀像贊之文，有如掀天揭地之襃，則雖上古之詔在，有仁宗皇帝贈行之詩在,有一時諸大夫餞行之詩在,史册所載,當與天壤俱敝,未爲無所遺也。後之見斯序者,其尚知所自乎?

嘉靖己丑年,進士兵部侍郎麓泉王崇書。

尊經閣説

獲鹿尊經閣成,師弟子請説。説者曰:六經,聖人之書也,聖人不可得見,所可見者書也,《易》《書》《詩》《春秋》《禮》《樂》是也。尊而閣之者,尊聖人之書,而奉之以高閣也,示隆重也。請者漫然,以爲未竟。崇乃言曰:欲聞所以尊經乎?斲輪者曰:"聖人之書,聖人之糟粕也。"苟知聖人之糟粕者,書也,則知所以尊經矣。

仰曰天,俯曰地,人兹貌焉,然鼎立也,謂其能參天而兩地也。故惟聖人而始得爲人。六經者,聖人所以爲人之道也。故觀於吾身,而六經之所爲備矣;觀於吾心,而聖人之本來面目可見矣;觀於其《易》《春秋》《詩》《書》《禮》《樂》,而知皆吾人之箋釋矣。《易》言乎其命也,《書》言乎其行也,《詩》言乎其思也,《春秋》言乎其識也,《禮》言乎其體分也,《樂》言乎其風氣也,皆聖人之所爲文也。遂義以致命曰"時",通德以紹行曰"中",慎動以辨思曰"正",鑒微以精識曰"公",修則以定分曰"敬",軌物以宣氣曰"和",則皆聖人之所爲旨也。聖人之文,非不足也,然有旨焉。君子弗文也,是故君子能遂義也,而不愆於時,則庶乎其《易》矣;能通德也,而不詭於中,則庶乎《書》矣;能慎動也,而不離於正,則庶乎《詩》矣;能鑒微也,而不闇於公,則庶乎《春秋》矣;能修則也,而不欺於敬,則庶乎《禮》矣;能軌物也,而不戾於和,則庶乎《樂》矣。言皆駸駸乎入之矣,入斯深矣,然而未尊也。

昔者堯以天下讓舜,而舜亦以授禹,湯武以匹夫匹婦之心而臧否天子,乃天下不以爲犯,顧益從之,斯善用夫《易》之時。伯夷太公,若高舉海濱也,而姬伯之歸,復下翔乎周粟,睏亡之拜,固鄭重乎嘉覯也,而互鄉佛肸乃假樂焉,斯善用夫《書》之中。伊尹放其君於桐,以天下擅廢置也，而人不疑。首陽之諫，匹夫犯天下爲之，而人不以爲異。且猶義之，斯善用夫《詩》之正。象，天子弟也，舜能掣其惡於有庳之放，而周公不能以管蔡而寬天下之誅。禹，鯀子也，能以其勳蓋羽山之怨，而堯不能以丹朱而享一日四海之祚，斯善用夫《春秋》之公。不告而娶，禮所不許也。然未聞澫汭之嬪，而稟頑嚚之命，卒以延虞氏百世之祊，天下獨夫受矣，而文王猶以北面之節終焉。比干諫且死，不敢不盡言，以私聖人之竊，斯善用夫《禮》之敬。無懷、葛天之治，以樸爲其道也，民狋然不争，風俗大穆，鳳鳥龜龍巢焉，《擊壤》康衢，至今可想也，斯善用夫《樂》之和。夫羲軒而上無《易》，堯舜而上無《書》，禹湯之前無《詩》，文武周公之前《禮》《樂》尚隱也。然而數聖人者行則度，動則憲，惻怛忠厚，以善夫世累之遭，而不失乎天理人倫之正，俾后世哀然稱篤行焉。炳炳若日星在天，江河行地而未有不以爲經者，彼安求端哉？蓋求端於我而已。人惟以我之不足，而無所與才於天地也，則形器之以也，而我索然小矣。庸詎知夫嘗鼎立也，而分有常尊者哉？夫心之知覺是謂賢，心之神明是謂聖。聖則能作，先天地而體其撰也；賢則能述，後天地而發其蘊也。經之始也，是鼎而立者也。是故心之所極，千聖莫能過之；心之所安，千聖勿能違之。聖人懼夫心之不安也，於是累千萬言不足而有經，經所以極此心之安也。古之人心安則身聽之，貧於是，賤於是，患難生且死於是，而身毋違焉。身所以安，此心之極也，夫天下未有能大於身者，身且聽之，其尊之也至矣。

今夫天人則知尊之，君人則知尊之，皆舉吾身而聽之也。至於經有不然者，彼誠知夫富貴福澤之以爲愛其身也，而所無與於君臣父子之道也。苟知是道之足吾庇也，而富貴福澤反或污焉，則知所以用情矣。君臣父子之道，聖人之道也，天下之物孰有榮於聖人之道者哉？奉其身以聖人之道是尊，其身以聖人也尊之至也。故夫愛身者，能使其身一聽於聖人之道，真若民之於君也，萬物之於天也，亦唯其命而莫之違焉，斯可謂之尊經矣。苟徒以其書也，則誠糟粕已也，其與未畫之前、秦火之後一也，經何爲哉？

醫方約說

天地陰陽之化，人身焉盡之矣，能明乎人身陰陽之化，以對揚天地，黃岐之書盡之矣。黃岐書出，百氏是興，而群言亂，黃岐之道蕪矣。於是四子者繼起，務一剪而盡夷之，東垣、仲景、河澗、丹溪是也。四子之書，書非不多也，有其書而不能讀，猶無書也；讀其書而不能通，猶無讀也。故讀而不能博，不可以言讀；博而不能約，不可以言通。鮑子之《醫方說約》，讀而能通者也。四子各以其所長名家，各家必以其所見立論，約說者各家必從其術業之精，各論必擇其旨要之語。病以門分，而詮次其必是之說；治以類聚，而纂撮其必效之方。簡而不冗，切而不從，病見而必指其源，症見而必防其變，源必沿其所乘，變必窮其所極。從正反之功制助提抑之理，疏息調減之候，可一覽而足也。今夫祝融之墟有大海焉，言濟海者存乎筏，言行筏者存乎風，柁以望斗，針以指南，斯其爲彼岸之登，而篙櫓不與焉。是故人身陰陽之化，猶夫海也；黃岐之書猶筏，而所以行之者風也。然東南西北惟所使之，四子猶夫針也，柁也，審方辨域，不昧從往，鮑子則從而告之曰："某也針，某也柁，若其守之百氏，則篙櫓已矣。"

昌陽說

應子讀書靈巖，巖皆石，周匝虛窪若洞，洞中多昌陽、亡擇、廉邔，類托根於石，而迥出衆芳。應子愛之，盂其數本，登之几上。檽風窗月，意與之偕，翛然也。《神農經》"餌之長生，久則仙去"，以其氣陽，而能昌吾之元陽也。故洞賓爲"純陽道人"，應子之愛無乃是也？嘗曰"樂其與自家意思一般"，殆非謂是也，然又有大於是。陰陽合一，太極也。太極一也，兩之則天地生矣，三之則人参其間矣。非有兩則不能一，不三則不能參伍以變。參伍，陽數也，而陰每居於空虛不用。

故陰不可長，而陽不可消，消長之機，治亂之道也。邃古太樸冲和，萬彙不喻，而自解乎道。庖羲畫卦，則之於天。是時，蓋純乎其天技也。軒轅永端於天，以人修之，然猶純陽用事。堯舜而下，一陰才來，吁咈形矣，忠質互而文矣。陽將極矣，於是作《易》。作《易》者何？嚴消長也。陽不長，則我長之，是昌之也，純以其人者也，昌陽之說昉此矣。周既季，陽微而三陰乘之，上下易位，萬物亂軌。孔子於是作《春秋》。《春秋》猶夫律也，《易》猶令也，令之不從，不得已而付之律也。《易》防其亂盡變以立權也，所以前物而開其用，昌之始也；《春秋》明治援常以正經也，所以後業而成其斷，昌之終也。其爲崇陽一也。今去季周滋遠矣，人心之易如綫，而《春秋》終人事矣。夫人心有《易》，天之性也；事徧《春秋》，非性之罪也。是故君子大則致道於上，昌於八荒，施及後世，是可與皋、夔、周、召者游；小則光於其家，恒於其鄉，際身所邇，皆被之《易》，而《春秋》無所用之，詒永加大，取是足焉。是則孔子徒也，彼純陽之以長生，生其身焉已。若此則長生其心，心生則天地之道存，而功常參。故明有顯聞，幽有馨祀，惠澤流動，百世如在，而神仙不與焉。是則昌陽已矣，應子以爲何如。

嘉靖十九年歲在庚子秋八月望。

木本說

祖宗之始出，溯其本，猶木之有根也；子孫之蕃庶，衍其𣎴，猶幹之有枝也。或詰曰：同一嘉樹也，而華實之榮瘁殊焉；均一祖宗也，而子孫之隆替異焉。何也？余曰：千枝一本，由根達枝，柯莖佶卷，形色、芳味無差別也。然蓓蕾之綻襃蚤暮，穎實之黃（草木子聚生）苃（草木子殘傷）青黃，亦繫於晁杲盬（日色不到）昷（背陰），非陶鈞有私，厚薄於其間也。於此可見子孫能向善者，若枝條先受正陽之氣，故至於榮蒡尊葩，果碩蕤賫，其隆盛宜也；子孫不能向善者，若枝條不受太陽之氣，故至於影芒籔瘁，蠚傷蔕搖，其零替宜也。或又詰曰：樹同果同，使果納於土也，由萌而長，長而幹，幹而枝，枝而葉，葉而花，花而長養，尚獲秀實，而況人爲萬物之靈，而可不善自以蒔封植也乎哉？子思子曰："天之生物，必因其材而篤焉。栽者培之，傾者覆之，亶其然乎？"故觀子孫而崛起者，是善移花而插木者也；觀子孫而零落者，是必尅核鑽核之甚者也。夫核者，果内子。《本草彙載》不曰"核"則曰"實"，不曰"實"則曰"仁"，深有味乎？以實者誠也。《中庸》曰："誠者，天之道也；思誠者，人之道也。故至誠無息，不息則久。"謂天以誠運，故不已；人以誠行，故必達；物以誠動，未有誠而不動者也。然誠莫貴乎以忠信爲主。《易》曰："忠信所以進德也。"人而忠信，則百行皆實踐無虧，如果實入地，日見長進。夫子曰："言忠信，雖蠻貊之邦，行矣。言不忠信，州里行乎哉？"仁人心也，心之德，善之長也，在乾爲元，在時爲春。邵子玩"復卦"，一陽初苞，伏於地下，爲天之根，不然，何氣至葭飛而栗萌於室？此可以驗仁藏其宅，而胎根以觀萬物之出機矣。《象》曰："復，其見天地之心乎？心見則仁見。"天地惟其仁，故能發育萬物而奠位；人惟其仁，故滿腔皆春，始樹立以自成其身。推而至於調元贊化者，此也。孟子謂："惻隱之心，仁之端也。"端若果之露芽，宜養盛自致不可壞。故曰：無惻隱之心，非人也。正夫子所謂："君子去仁，惡乎成名？"而終食之間，造次顛沛，不可違。醫者以半肢偏枯麻木，曰"不仁"。不仁之人，失其本心，而心先已死，徒具軀廓，如核中蠹，本實撥矣。祇將殼下泥，欲甲坼而發生，而長盛也，得乎？噫！嗣是而喻善果以持其念，忠藎以盡其心，閑邪以存其誠，木訥強恕以求其仁。探剝爻不食之蘊，充羔柴不折之情，明橐駝養樹之性，擴武王樾蔭之愛，溥考亭破藩之公，積皋陶邁種之德，則庶乎不忘其本，而本其本焉，卒葆其根而根其根焉。斯樸者完，天者全，常看奕葉交加，花萼後先，樅樅然、彬彬然，使三槐綿瓞，益引以長，以爭重光者，實我之願望於後人也。

康熙《永康儒學志》卷六

水源説

祖宗之所自出也，如水之源；子孫之所分派也，如水之流。故源深者流始長，而泝流以窮其源，則知開於先者有善創。酌水者必思源，而忘源以失其委，則知承於後者無善繼。《書》曰："垂裕後昆。"《詩》曰："繩其祖武。"言述作者貴在有人，良有以也。

嘗觀水之大，莫過於江河。緊江之源，出於岷，河之源，出於星宿，海以其最遠，故名曰"天潢"。其他若淮若漢若濟，沈出濫出，何莫而非其支流，出於山下，皆一脈一炁之所貫通。水有南條北條，猶家有大宗小宗，勢雖有巨細遠近之分，然究其源頭所從來，則會歸於一。

考之譜系，統緒絡絡如斯，可知也。但欲知祖宗源之所以然，非徒知焉而已，豈謂知先人有不貲之膏腴，以遺我後哉？亦豈謂知先人樹無前之勳業，以蔭我後哉？又豈謂知先人貯金玉之寶器，創廣廈之堂堂，以留我後哉？此皆人之易曉而易知也，要在知祖宗之心源而已矣。夫祖宗涵蓄數百年，德澤善慶，而始發洩於後裔，浸浸乎盛大興隆，皆心源有以啓之也。心源何以？粵稽上世，敦尚淳汔，不事澆漓，隄防以治其身，澹泊以明其志，孝心濃液者有之，忠貞凜冽者有之。其居家也，有恩愛浹洽以睦族；其居鄉也，有汪濊餘波以卹鄰；其居官也，有深仁厚澤以及民。在同寅和衷，有共濟之好；在同道汲引，無合污之黨。或以公溥遍海宇，而當砥柱於中流；或以德潛移風俗，而回狂瀾於既倒。或百折必東，而朝宗之誠彌篤；或細流必納，而搏激之怒不形。有洗沉冤於滯獄者；有拯溝瘠於陷溺者；有臨河轉石而開方便之門者；有補塞罅漏而杜侵漁之路者，代不乏人。乃若不忍於殺生，而有懷渡蟻之心；救難於危迫，而有憫涸鱗之意。曾拾遺還金，而不垂涎於苟得可知；曾毀券債貸，而不深刻以苛索可知。有好施常捐資以濟物者，有習醫不計財以活人者，及泐砌康莊以免患淖，修架津梁以免病涉，代有其事。此皆耳濡目染，悉先人累世心源所積之大略。困乎浩蕩,不可涯測,泀所由來者,邈哉邈矣!咸我後人一一當思所以追求,以私淑其身者也。有能發一善念,積而至於念念,類如此;行一善事,積而至於事事,類如此。猶水之涓涓始達,盈科而進,以至於源泉混混,不淵淵其淵乎?或問曰:水之性有順而無逆,有清而無濁。誠如孟子所云:"水無有不下,人無有不善。"

今子孫乃有智有愚,有善有不善者,何也?余曰:子孫均受祖宗之遺體。同是體,則同是心;同是心,則同是性。人心似水,水之爲體也,靜則湛然瑩徹,足以鑒物;而濁者,土與塕洎之也。心本虛靈不昧,而有昏者,私欲蔽之也。水之爲用也,動則沛然潤漬,足以澤物;而逆者,風石激之也。心本和順無窒礙,而有悖者,外誘撓之也。由是而觀,惟人自濬決何如耳。故與其濬數頃無源之水,溷而易涸(塘是);孰若濬數尺有源之水,冽而不竭(井是)。決千層濤浪而生淹患者,是居下流而肆淫雲者也;決千頃汪洋以廣容物者,是據上游而成賢哲者也。以水之利害論之,水能濟人,亦能溺人;水能載舟,亦能覆舟。水何心於禍福也?人自取之。惠迪吉,從逆凶,祖宗何與也?趨吉而避凶,在我澄察識揭厲之,宜預衣袽之戒,不逞憑河之勇,常懷臨淵之懼,慎其所趨,循其故道,不致妄行,橫溢大潰,只復其元初之水,而不失其性,斯善矣!探其元初性善,生於天□,出太清也,止太明也,溥太公也,凝太平也。博施濟衆,其仁也;藏垢納污,其量也。愈下愈益,其謙也,至柔也。金石可以貫(老子曰:攻堅强者,莫之能勝,磨鐵消銅),可斷也,垠鍔不可傷。方圓隨器,無尤也(圓中則圓,方中則方);盈虛惟時,無執也(夏散冬聚)。行止從人,不爭也(壅之則止,決之則行);澤流終古,不伐也。升之爲雨露,高而不危;匯之爲湖海,滿而不溢,此其體德大矣。本其所濚濚,水之積也,遂成巨浸,蛟龍魚鱉生焉。鼻其所從,系善之積也,遂成巨族,冠裳俊彥聚焉。但萬有鱗介,生於水,養於水,而忘其水之源,水族之凡者無怪也。間有子孫,獨稟祖宗清淑靈秀之氣,而一旦變化,身已爲蛟爲龍,而心尚懷爲鯨爲鱷，恣其吞暴，而不卹其魶鯢蝦蟆者，其殆不知同一源，共一族也。推而極之，人亦大塊中一裸蟲耳，視天下一家，中國一人，萬物一體，寓内蠕動，皆吾所當霖蘇者，矧何有於宗派、遠近、親疏之別異焉？而不違天以逆理，出作入息，勤勤而竭己之力；同井并耦，嬉嬉而同人於野。先公後私，事事而職安其分，仁以養勾萌芽，神以主其本，智以明區別深，易以遵其法。守以定經界溝洫，以持其正；忍以多碌磚畲畬，以練其性；業以知稼穡艱難，以重其務。順以勿忘勿助，以俟其成；恕以通力合作，以均其分；儉以粒米狼戾，以思其歉。而一切邪蘗囂習之稂莠，足以亂吾心者，而早以薅蓘之；非幾罔念之螟螣，足以戕吾心者，而陰以祓除之；見小利之莨稗，足以參吾心者，而勇以芟夷之。此則無價之沃土，常稔之良田，不用稅，不可鬻，日能種，歲可熟，人無侵，我常足。以此而遺子孫，雖百世可耕也。故曰：耕堯田者有水慮，耕湯田者有旱憂，耕心田者，無憂無慮，日日豐年。誠使子孫知祖父所遺者，在此而不彼，與我以七尺血肉之軀，即與我以方寸靈苗，藏於一腔性地之内，亦如前人耰之播之，搏之耨之，及其功到時至，萬寶告成也。豈惟穰穰滿家，盈百室貢之，天庖和羹可作也。薦之郊廟，黍稷惟馨也。布之宇内，蒸黎可無饑也。餘貽孫子，式穀可似也。此其利用之，隨没而亡，方爲孝子順孫，種心田之大本也。木本於水而活，必本於土栽根。故人之壽命，專以脾土爲主，乃一身元氣所繫。《書》曰："土爰稼穡，稼穡作甘。"是以甘草，醫名"國老"，以其能和諸藥五味也。人以孝悌，先種心田，則和順自生。心和則氣和，氣和則神和，神和則性和。養極於身，備太和，得長春不老良方，達可上燮天和，下調人和，位居元老，《詩》詠黄耇，《書》言壽考是也。窮可内睦宗族，外和梓里，爲家宗老，鄉稱耆老，邑尊大老，和羹鹽梅，何莫而非方寸田中種出耶？即看果蓏，本草木之子，一陽方動，芽已萌室，若不乘春下地，失水沾濡，雖有芒蘗而乾死矣。人心不種於田，不自戕其生乎？故甲者根植田中，果者木生田下，荄者水上滋草。草栽土上，口

45

念善事,椿萱思報,罔極則思,不出田外,而田恒在心上。務培養芝田靈苗,搛去甫田驕莠,慕虢田之永慕,志莘田而樂志,恥閑田以傷和,學薛田之孔懷。此樣農夫,似續奕葉,承家果,成橋梓濟美,棣萼相輝,蘭桂芬芳,所謂"種瓜還得瓜,種豆還得豆"。時栽時播,勿忘勿助,日熟沃土,萬寶歲臻,大田豐稔。故曰:心如穀種。穀種不入於田,使良田漸至淤塞爲草田,是自斷其終身,秋穫將絕望於後也,必矣。故分枝分派,而枝有枯槁,派有窮涸者,蓋由不能善繼善述,不益培其根,而反拔其根,不益濬其源,而反塞其源,不力糞其田,而顧蕪其田,不思耘己田,而故踐人田。豈知土膏專發有根果,雨露難滋無本草。要之,木有善養,則根本固,枝葉茂,而梁棟之材成;木有善蓄,則源泉壯,流派長,而溉濟之利溥;人有善積,則培植厚,福澤深,而子孫英豪迭出矣。無若豕然。亥屬豕,肖人同,出亥生寅。豕從人仰食,人食之如子。養子代勞豕并不用勞,報我畜字之恩,合殺之,食其肉,亦烏反哺之理。爲人子,若不竭力以事父母,非猪而何有死之道?昔子車氏家養一貑,色粹黑,一產三豚,二子類母粹黑,一子粹白。母惡其不類己,盡噛其肉。況人子不肖,焉免慈母之切齒,恨不得食其肉矣。翟永齡休官,臨卒語曰:"古云不肖子有三變,吾子當五變,首變蠹魚(食書),次變土蠶(食田),三變白蟻(食屋),四變大蟲(食兒女),五變附馬(食妻)。"後果如其言。養空子曰:"士之不材者有七變。始爲白魚(食書),出爲倉鼠(食君穀),旋轉田鼠(食民穀)。榜登龍虎,龍不施雨,乃變蛟而爲害,虎不落中原,乃變豺狼,當道而食人。家有不善變之子,國有不善變之臣,爲君父何樂有是臣子也?探本窮源,君親最大,忠孝爲先。夫人禀天性靈,親生之,君養之,事之如一,移孝爲忠。君猶天也,猶親也,而可以不忠乎?善耕心田者,幹國如家。修之於家者,出而廣種於國。導君以籍田爲先,教民以私田爲後,格君心之螟螣,除民害之稂賊。位居父母公祖之地,保民若子。凡可以植民田疇,寬民田毛,浚其溝洫之泉布,袪其鼠雀之耗菽粟者,無不爲之力。如此豈惟公田有所利賴,國不空虛,而吾福田善果,汪汪萬頃,收受無量矣。及致政歸農,葺祠宇,建祀田,以申報本追遠續養之道,更以穧穗羨餘,惠及族内,或優卹煢獨,或周助讀書,作興子弟。此亦夫子尚謂思與爾鄰里鄉黨,況宗族乎?是乃心體前人,惜樹連枝,合愛萃渙之。公稍效希文義田,澤均苗裔之意,謂之廣孝可也,達孝可也。天必益錫羨之,神明益降福之,先靈益篤祐之。行將應藍田玉樹,森森濟濟,綿瓜瓞於勿艾,饗俎豆於千秋焉。

康熙《永康儒學志》卷六

記

靈城考工記

靈山庶役成，部吏帥董者上圖狀，麓泉子按之貲甚。約數日，未匝歲以爲浮也。乃九月癸丑朔觀營，甲寅又之，大都信矣。

其一城宇，城八百餘丈，崩而浚甃者十之一，缺而葺者半之，雉堞以牖者如其全數。周覆以穿宇，宇六百八間。城六門，其上爲六樓，三仍其舊。樓方廣□□，穿宇以驍銳門焉者樓。每戍夜，樓棲者六處，宇棲者十有八處。樓者居守，宇者行邏，守者擊柝，邏者振鈴，扦揪之吏可以卧考也。城外爲十營，置百番戍。器用皆備，戍者安焉。先是城之高可隱也，諸所懈弛。邑三面距夷，大盜數陵越，剽官藏而奪之金。且歲爲雨潦所圮，百姓弊弊然苦之，夫是以有今役也。

其二儒學，遷城外西南陬，去六峰門百步許。四山周畫，三水襟焉。黌宮面南，中梁冠山之雙峰，其北自龍池山，西北自朝天嶺，相三四十里，而蜿蜒以來，融結最秀。其東有羅陽、泗洲諸山，盤紆弟鬱，隆崇嶔崴。其西有獨石、石碌、石龍諸峰，如柱如幔，蒼蔚造天。東南有鳳凰山，西有轆轤山，二山崇廣，左右對峙，若望黌宮之門而門焉者，其天設乎？三水，一發大龍山陽，曰烏江；一發羅陽大麓，曰南江，夾山并流，環黌宮之左而經其前；一發峰子嶺之陰，是爲石井泉，以繞出其右，南入烏江，會南江而西焉，是爲二水口。水旁有石，如筍巨欹，高可百丈，人以爲文筆也。黌宮之制，中至聖廟，五室重屋，四周以欄，廟後爲"明倫堂"，三室左右，介深廣，視廟而差殺其高，左右掖以齋廡二十六楹。其前爲戟門，爲欞星門，爲成德、達材二坊。西上爲"敬一亭"，亭前爲"文明門"，都宮之西爲複道，達於通衢。臨衢爲"儒學門"。都宮之東有衢，曰"水街"，複道之設，稱水街也。初，學建城東北，人材中落。諸以爲地也，謀遷之，迄三十年矣，而未有任者。今而後士樅樅然可以興矣！

其三海北書院，即儒學故址爲之，爲堂爲寢，爲齋若門，凡三十三穩。庖湢咸具，茲藏修焉。

其四三祠，祠并南向外，同爲都宮中啟聖，左右名宦、鄉賢，可以秩禮矣。

其五守鎮，所制宣德間，歲久湮沒，莽然墟矣。至是爲五室，堂爲三室。左右幕事，爲十室，百戶所六扉。門輪奐規緒，視舊弘拓也。

其六廊肆，長春門外有草著絕壕，吭會諸路，可市也，乃爲肆三十二間。歲官入其廛，以豫城垣穿宇之有茨葺者。

其七學官署堂，寢十舍。

其八捕督廳堂三穩，衛者直房倍之。

其九旗蠹廟。

其十林公祠，皆仍舊，而增其制云。

觀既遍，麓泉子訝曰："貲約則用未紓，日寡則力不足，宜其窊成，不悅於制也。而今乃巖如灰，如翼如炳，如有侈觀焉，何也？"明日以問董者，對曰："厥既令役也，匠藝驪屬，日勤以物，百材非不具盈也。而皆自聚於力，伐埴陶煅，無出售爲貲，以是約也。民且曰：'大夫貴，勿勞者。身以先予，予敢愛力，矧予分也。'於是家齕壯以從，居者役者相半，爲日則寡，而爲力則衆。未匝歲，無乃是也乎？"曰："役所以勞也，而民實厭之，趨之且後，乃相先於茲，何也？"董者曰："靈人私曰：'大夫慎令不勞民，凡以爲者綏予也。'是故爲城，爲營，爲學，爲祠，爲講院，爲公署廊肆，於神則以觀德風遠焉，於仕則以昭庸弘訓焉,於士則以畜德考行焉,於民則以殖生庇家焉,於賈則以豫用久業焉,於戍則以控重馳憂焉。寔肆惠於我百姓,而山川有榮施,是之不務,而又焉從哉?曰相先者,自前其所欲也。"麓泉子蛩然曰:"余宅荒蕪,不若令兹艱大深,自揣其民,以甚己也。而徵怨府幸,方懔懔爾。乃今知不以爲勞,且德上而多其令,爲庸也,何以得此於不穀哉?夫宣志以强物,導和而使不倦,爾董者之謂也。慮好以概謨,分畜以嘉業,則鄉之大夫士耆艾以之,予不穀何有?"是日大犒董者,命部吏觴之酒,而大夫士耆艾與焉。

七里橋記

聖天子飛龍御宇,特篤親藩肆榮王。王於常德,食歲萬石,居黃駕璃,差擬帝者。尊榮富貴,胥此焉極矣。然王賢,乃承奉左右王者,藝事備物,供好於王所者,樸而則,儼冠裳,陳職於王所者,無小大不恪,宫中府中秩如也。故天下之賢親藩者,必曰榮府云。

府北七里許,有巨河。歲溢瀰瀰無際,道衝諸省,涉者病之。嘉靖丁未,余嘗爲楚參知過此。辰常,固楚轄也,則見夫迎者,導者,行呼唱者,介而馳者,擁而衛者,負者,隨者,悉裸以渡。水中人躋蹌,有情而相者、自摘植而索者。頃之,有需於沙者,需於泥者,浮者,溺者,余以出者,號相救者,泣相肩者,譁然雜出。余顧以葉航受輿與諸涉者先後發,見之益恐有虞心。日方午耳,既岸,昃而燎舉,何其濟之難歟?是尚爲吾見者耳矣,其所不見與先後吾者,曰不知其幾也。是尚暑也,而官且爲之津焉,其難也乃爾。若隆冬朝脛,淫雨飛濤,野渡爭舟,舟弗之勝也。落魚腹,問諸其水濱者,歲又不知其幾也。乃者皇上以湖廣、川貴百蠻,亘數千里,叵測易動,簡廷臣,往監諸軍,特受鉞總三省,得專生殺。臣崇實承乏焉,載命入楚,復瀕於前河。是時,日既晡矣,騶衆且十參知矣。余戚戚然向者之渡,而重難從者之涉也,顧侯吏問曰:"水可涉乎?曷勿危乎?"吏報曰:"河業有橋矣,橋而南

□皆石矣。"余詫,夫河若是其涣漫也,矧可橋?自橋距城府,若是其窪陷且遥也,孰能石?訊之,乃知爲榮府宋承奉,治石橋三大券砥通衢竟七里,至則穹然高、坦然周矣。費不貲哉,費不貲哉?王捐金尤五百也。其施乃不博,而濟乃不衆乎?夫中宦稱樂施者,類侈爲禪林福地,結緣輪回。即黃金斗高無益,未有橋券砥衢,惠此元元,造無量功德,結見世緣者也。

昔賢良文學,躋公卿,都將相,其志欲濟衆也,而不能無窮;欲垂後也,而不能不朽,限於遇也。今夫濟者、秉者之於是橋也、衢也,寧有窮耶?朽耶?苟充其善世,當有不自後;夫公卿將相者,充其不伐,當有不自外。夫賢良文學者,承奉其賢乎哉!是可紀矣。

宋名貴,爲右承奉相與贊王者,則左承奉郭名良也,法得并書。嘉靖三十七年撰。

永一公始遷長恬志

邑之東曰長恬者,外大父祖居也。始自宋吏部侍郎景祥公,六世孫永安公遷於此。公行永一,生長雅莊,徙長恬,猶前五雲徙雅莊,大都覽勝山川,而有厚望焉。溯基龍白窖,分枝狀元山,過峽長山,勢擁十里童莊,潛伏而下。歷西姚、趙店、楊家、上蚌腰,一渡飛騰而來。鶴膝一駐,天然方整陽基,左有渠水羅帶,右有西山玉環。西廟看來一仰盂,回龍顧轉二盤谷。章廣羊頭,龜蛇兮水口;前山石塔,鳳凰兮捍門。森森雙溪,縈回鼓桃花之浪;矗矗象山,聳拔起鼎元之峰。松柏長森,崇行名墓。巽乾主向,堂構鍾靈。遠映黃堂,前朝玉案。卜築兮爰居爰處,聚族兮克熾克昌。金釵山內萬羅門,萃英齋中千架帙。登甲第,貯真儒,黼黻皇猷期自待;篤孝友,務忠貞,鼓吹盛世更何疑。蓋實大者聲宏,德修者名立。詒謀繩武,是在後人。

時嘉靖己未年菊月中浣穀旦,賜進士第出身官兵部左侍郎總督雲南貴州四川三省軍務外孫王崇盟手百拜書。

重建褒忠廟記

　　東陽褒忠廟者，祀宋忠臣正節侯李公之廟也，其賜名"褒忠"。明正統間廟燬，正德間議復，越嘉靖廟成。顧規制局隘。祀者方事增廣，會海寇入關，毒痛我江南，浙惟甚。有司者誃曰："必趨民也，貧而懲。"隆慶初，郡二守蔣公署邑事，謁候乃曰："侯一門死節，聲教可蔽穹壤，廟貌匪侈，神觀將百世是詔，風化繫焉，政孰先此。幸時且平矣。"請其事於督府谷公，又如請，下其邑令尹鄭君，行無須後。尹遂慮用計庸，處有其直矣，獨重難董者，博求之。既而召侯裔孫李璘，蓋慎選者。尹即廟語璘："堂於斯，寢於斯，以嚴內外，務別也；奉宜檀於斯，時祼獻於斯，以胥有寧宇，務敬也；工毋慳，材毋易，務久也。"璘唯唯而退，告匠氏。匠氏亦無敢不虔。於是，飭材僦力，爲堂爲寢，爲都爲門，宮高墉峻，巠臨於通衢，軒羨者萬口。尹閱之喜，顧謂璘曰："是足以稱殷祀矣！"其費乎程，所出貲已五倍於官，不圖勞苦，乃費若也。尹償之俸薪。璘曰："侯，吾祖也，惡有以民之祖，數數勤動父母爲哉？向也草莽，今則奄有俎豆；向也卑棲，今則奄有宮室。官所以光侯者渥矣，尚猶有遺私哉？如使其裔孫家足以光侯也，即一榱一桷之不須於官，亦其分也。而須於官者乃爾，尚猶不知足哉？"璘堅辭。尹以其堅辭也，勉從之。第曰："白於行部使，以'敦義'顏其家焉。"工始於隆慶己巳之秋，竣於冬之臘，不再期而告成。東人曰："是惟不民取耳，而人悅於助；是惟不民使耳，而人忘其勞。何也？尹善政善績，子我東人，而子來之誠，固丕應也。"

　　抑亦有大焉，嘗聞諸君子矣，侯死國而民忠之，一門死節而民忠之，殆天衷之相爲感也。夫忠，則盡我以成天下之亹亹焉，上則爲國，下則爲民，而己無與焉者也。苟不幸而遭，而陰陰，而患難，斯以身委之，然非必捐軀而後爲至也。臣而皆龍逢比干，孰與商周我天下？故成則伊周，不成則龍逢比干，其遭不同，志一而已。岳武穆恢復神州，其志不在於受鉞之際,而在於墨衰之先。王師一日未班,猶不敢以左袒恝中國,金牌日十二至,度天下終不可爲也,夫然后以身死之,而萃之一門耳。彼其初將百葉我天王,以鞭笞□□,其忍以皇宋輿圖,博一門旌忠薦哉？侯初得寇警,輒殫智出奇,畢謀勝制,必欲草薙而禽擒之。即力屈時,使得一旅之師應授,亦當不以一門而謝百姓,或保障全蘄,勳伐擅世,未可知也。奈之何天下不以勳臣憖侯,而榮其生；必以忠臣造侯,而成其死。惜哉！雖然,千載而猶廟食,是死而賢於生。彼雲臺麟閣,則垂楊暮鴉已也,而今安在哉？嗚呼！侯滋其不朽矣。

徵德堂記

應氏徵德堂者,大宗祠歲祀禮成,合宗人以餕享也。堂初名"餘餕",尚書黃久庵公易今名,仍手題其榜,顔之"宗人蕃堂",深廣能受。然自天成公獨建,費甚大。人情斗粟尺布不忍予,公能獨建堂。久庵公乃爾,其嘉樂公也。

"徵德"者何？祖宗積洽百餘年,而應氏始大,宗始蕃,實惟德是祚。乃應氏能以其大且蕃也,益祗邇世休,爲邑巨室,以昭受祖宗之成,亦惟德是祚。是故德非必前視其後於吾者,而吾能作之裕；德非必後視其前於吾者,而吾能述之光。爲其述作者而徵之,則其爲德也信矣。然堯、舜之後弗競,顔、冉之先未聞。爲之前者,能必保其述,而爲之後者,可必諉之作乎？此豪傑之士,莫予聞也猶振,況於有所啓佑也？應氏自台遷縉雲,再遷永康,居芝應。自余所知聞,若謂其上世長者,以忠信孝悌起家,率子弟誦法孔孟,修服先王,一時奇杰相項背興,若鶴丘、方塘、芝田、石門、伯宣、天純、克之諸公。今又若古麓、晉庵二老,其間應歲辟,歌鹿鳴,舉進士,或振鐸宮墻,或握符郡縣,或持憲外臺,或列卿尚寶,聞道媲賢者有之,篤學名世者有之,既棠萼以聯輝,亦奕葉而濟美。他如挾册待問,摻瓢飛芬,學士經生,户不勝踵。若庶人也，則家千金，夫千畝者，豈少也哉？

此鴻堂所以聿開，而華冑爲之雲集；俎豆所以輝揚，而鬼神爲之歆饗也。然則登斯堂也，其有不仰止前修，而追思上世者乎？仰止者不曰盛哉，其風澤乎？盛難乎其繼也；追思者不曰盈哉，其庇休乎？盈不可久也。昔我先公之以四德起家，而誦法修服，率是物也，今而吾後人也，容有不順乎其親者耶？容有不敬乎其長者耶？自欺其心，以欺於人，是謂賊忠；自詭其行，以詭於人，是謂奸信。有一於此，而愍或自棄，如風澤之吾斬，何我先公既以其德之世吾祚也？德隆則祚從而隆。今祚且盈矣，溢將伺之，德浮於先，或免耳苟恬；盈未及於溢矣，如庇休之吾去何？是故先王養士，必群之以庠序學校。群可以觀，可以興矣。是堂也，裸於斯，脈於斯，少長疏戚之揖且讓於斯，是猶不可以觀其興乎？矧有神焉聳其上也。夫是知天成公建堂者之功爲烈也，夫是知久庵公名堂者之所爲旨也。

百可亭記

鶴橋楊子謝衡政而歸也，明農於書臺山之墟隙地作園，畦蔬植藕，區芋架瓜，霍阜必毛，不尋丈棄。中有亭翼然，四周花木。客至則出醑而饗焉，豆羹籩實，凡以菜也。亭八窗玲瓏，迎風入月。有時暗香徐來，人影在地，萬籟闃若，一塵不起。客曰："是坐我於太虛者耶？何境界恍洋乎爾也？"楊子曰："無以娛賓，林下款段，唯有此耳。"

一日，麓泉子過之，菜可數畝，種種中擷，乃蛮然喜，顧謂楊子："若學爲圃乎？"曰："吾將老此，曷以名吾亭乎？"麓泉子名之曰"百可亭"，語曰："人生咬得菜根，則百事可做。"義取諸此也。又嘗與楊子處二年，每食飯一盂，疏數色，不掩豆，歲無以易之。欣然若周俎屈芝，諸無如其菜根者，以是名亭，蓋進之也。

夫藿食者智，肉食者鄙。昔者負鼎調梅，食萬鍾，建百世之利，類出於草衣木食之士，而膏粱不與焉。彼其中啖淡薄而甘之，安於其無所求也。於是凌絶物喪,遠覽淵識,而得其治亂之源。遇物當世,若決江河,若人從塵溢,則物化而渚焉已。故能不以天下之物奉其身於豐,則取可使廉;能不以天下之同詭其身於隨,則守可使節;能不以天下之悦苟其身於不韙,則行可使芳。名相須於不落,充其至,則首陽之薇、商山之芝,一也。周粟漢禄,有所未腴;所自腴者,一咀三嚼有餘味者矣。楊子以爲何如?曰:"吾非甘夫菜根,休夫我而已。"麓泉子曰:"旨哉,言乎! 老子曰:'天上天下,唯吾獨尊。'吾尊則天下無兩我之物矣,物不兩我,我固不爲物役也。是故衆人殉物,不知有我者也;君子擇物,不枉我者也;老子無物,直自有夫我者也。君子之言,必不復以我殉物,不以我殉物,則充充然足,由由然適,一我之外,天下無長物矣。矧物各有主,鬼神引之,如未必得,何徒舉我而先之敝耳? 苟敝我也,何以物爲? 以隋珠彈雀,即使得雀,其所棄者大矣。子知休我,願無忘菜根之言!"楊子曰:"味哉! 子苦口我者,請其説於亭。"

百可園中結草堂,秋風吹水蓼花香。

道人若解真滋味,月滿寒潭夜未央。

邑中楊氏祠堂碑記

武邑北隅楊氏宗祠,鶴橋楊公之花圃也。先是,鶴橋以衡山簿歸,構亭廳,植花木,以供游翫。相知如麓泉子者,嘗以"百可"名其亭,而記之矣。

甲子歲一日,至武往訪,終日笑語忘倦,時有感於祠事,請於麓泉子曰:"士庶人家必有祠。予自先世以來,皆祖宗積德,百餘年子姓蕃衍至今日如瀚者,薄叨一命,園林自適。其如祖先無依何? 亟欲率子姓購基一區,營祠奉先。第恐衆志罔同,而予且衰倦力不逮也。盍若以亭改祠,撥田供祭,不識可乎? 如以爲可,子大夫幸爲記之。"麓泉子欣然,樂而從之曰:"允,若兹公誠仁人孝子矣。《詩》曰'孝子不匱,永錫爾類',公其有之。"

夫人本乎祖,胡今之人惟知奔走於名利之場,曷嘗以祖功宗德爲念而舉及此耶?且祠堂之設,本以奉先,要之惟其孝;祭田之助,享祀不忒,要之惟其誠。今捨廳亭六楹,以爲饗堂,捐田六百把,以奉祭祀,誠孝有不盡哉!所賴後之子孫,時而薦祭,時而省修,讀書於斯,行禮於斯,則悠久而遺芳,庶亦爲祖考之光。如或沉湎於斯,怠荒於斯,或污穢而不潔,或傾圮而弗修,若是者不惟爲祖考之羞,抑亦爲祖考之憂。尚冀諸賢哲申之以孝弟,示之以厚倫,糾之以官陰,庶乎可以傳後弗墜也。夫是祠也,是田也,本鶴橋一人之獨捐,而出於麓泉子之秉筆,可見天理民彝之公,自有不可泯者。楊氏子姓登斯祠也,履斯堂也,即思鶴橋誠孝之成斯可矣,又可忘所自哉!是爲記。

嘉靖甲子歲孟冬之吉,永康麓泉王崇撰。

留春軒記

胡子隙地爲園,蒔植花木,無慮數十百。種種數色,購必得之,務色色具。人有求者,輒往應弗厭。應者皆聞人,弗漫往,人以是珍其惠云。園中爲軒,繚以綺疏,周之奇卉,接艷交馨,爭憐索笑,雖霜秋搖落,斕然綴綉,因名其軒曰"留春"。

客有知者告余,余曰:"文武遠而道喪,孔孟没而教忘,舉世所知惟名與利耳。人情希貴逐金,無所不至,蠅技獐竇,畢吾技慧所能。初無遑乎義命,頷頷窮歲,年老且益痼,托情花木者誰哉?"

客因謂:"胡子讀書業舉子已,乃謂天壤間,惟有一我,尚安得以我爲物役焉?於是惡囂譁而慕沉寂,任簡僻而逃幽深,擷秀紉芳,安於山澤之素休夫我而已。"余曰:"蟬蜕浮埃,鴻飛絶漢,物各有志也。充胡子之志,直欲揖晨門荷蕢之徒,而與之游。凌濂溪之清漣,覗彭澤之庭柯,吟白駒,歌黄鵠也,彼名利者孰不曰有華醜我也,能丈夫我也。遂敝我以覬其一得,殊不知有鬼神者司之,未必能使我爲時丈夫，先已自凡其我於匹夫耳。昔有人以隋珠彈雀，即使得雀，其所棄大矣。居今之時，容有以隋珠自蓄其我者乎？胡子特韞之以璿櫃，而昂其爲萬鎰之直者矣。"於是，客隱然而笑，恍然而悟，曰："十萬腰纏，襯汗如雨，馴馬壯飛，襟塵彌斜，其如高人忘世，折巾松下，啜茗花前，麈尾清風，笻頭明月，掉臂伸眉，於造物無盡藏中自老也。胡子其高人與？"或又曰："軒成日，奉其母氏張太孺人宴游其間，留春者介眉壽以長春也。軒名殆謂是與？"曰："然。""則胡子其仁人乎，何以敦孝思也？"余曰："果爾，誠孝思也。"明日客以告胡子，胡子曰："敢不勖哉！"胡名大賓，別號"西崗"，先世八閩人。宋宣和間，諱志寧者爲永康令，因家焉。然代有佳士，弘治以來，曰相、曰大韶者，俱廣文博士。兄大經，嘉靖丙戌進士，領府別駕，是爲奎峰先生。

雍睦堂記

雍睦堂者，衢川舟山樓氏之堂。創自好禮公，後燬於火，而廷榮、德周、德宜、德鎮輩之重新者也。有廳有院，衢水繞其前，五峰障其後。梁棟柱門榱桷之屬，渾然以堅；丹漆紛繪塗塈之屬，爛然以章。蓋瓦級磚土石之屬，翼然以整。廣大尊嚴，端凝峻潔，與山岳而并峙；雲霞掩映，花木秀佳，與日月而爭光。美不踰制，樸不廢觀，於前有承，於後有繼。其凡冠娶、喜慶、哀吊，會於斯；歲正、蠟社，拜於斯；賓客、宴叙，享於斯。老老幼幼，兄友弟恭，以序以讓，不凌不僭，而文墨之士又得時相賡和，譚論玄理，共樂天真於無窮也。嗚呼！此雍睦之所由名也。《堯典》曰："以親九族，九族既睦。"樓氏其得之矣。

有玉成子者，余請爲兒孫師。循循雅飭，有儒者風。菊軒碧湍，善於吟詠，多所自得。而碧湍聞與黃東山大老，約正鄉間，挽回淳風，而正家善俗之功足多。故因玉成子仍匾其雍睦堂，贈以句聯。玉成子與兒姻丈中臺，遂丐予言以爲記，識不朽也，亦以垂庭訓也。

抑聞諸蘇子曰："自多取貲田，欺遺孤而不恤也，而骨肉之恩薄；

自私財貨,犯名義而不顧也,而孝悌之行缺;自矯詐而相訟也,而禮義之節廢;自以妾而加其妻也,而嫡庶之別混;自篤於聲色,父子雜處譁譁而不嚴也,而閨門之政亂;自瀆利無厭,惟富者之爲賢也,而廉恥之路塞。"此六者"雍睦"之所以反也,故取以爲戒。而猶有責成焉,居其堂必思修其業,享其名必思履其事。入而孝,出而弟,是弟子所以學也;率之孝,率之弟,是父兄所以教也。愛其親,而舉之以事君;敬其長,而舉之以事上;孝弟修其身,而舉之齊家治國平天下。此非有加於其常,惟本業之修耳;非有出於其位,惟所居之稱耳。樓氏子姓其尚以此自勖,而六戒之必嚴,繼繼承承,以順以化。登君之堂,日見禮讓,薰爲太和。謝蘭寶桂,八龍五常,森森列列,不替益光。將爲"晝錦",將爲"後樂""綠野",皆斯堂之發軔也,其有望也夫,其有待也夫!是爲記。

竹鄰劉公祠記

湯溪令劉公祠成,邑大夫展犒役者,越諸所從事,賜予有差。人退而自匿,若忘其勞。士民快睹者塞道,咸曰:"昭茲劉侯,今而後無庸鄉墠里像,而社而臘,其舉之於公,以時祀乎?"初,公之治湯也,自邑里肇建,法制草昧,上下姑息。其境土割四鄰金華、蘭溪、龍游、遂昌壤隸之,其民則穎不穎錯處,影賦遮役,百奸藪焉。令左右掌書故者,又從而膠固蔽,易狡詐,用昌良,庶是殆。公乃申畫精明,摻縱有紀,人析户到,務安利之,故一呼而諾者匝境。俗玩,刑憲接摺,死犴狴勿怵。適公辨葉郎誣殺之冤,平潘壯同胞之訟,遂萬口智公,呼"青天",自是訟者不敢復逞其誕。正德戊辰,歲大祲,民命轍鮒,婦子出鬻,兄弟親戚離散。公籌給萬方,相保聚者十餘萬人。越明年己巳,礦賊寇湯溪,兵燹之所,勢若空人國。然公一授方略,草薙而禽擒之,萬井晏然,恃以無恐。他若勸農興學,清賦平徭,修城治塗之屬,當路課之曰"古循良",曰"真清白",美不一足。茲皆善政事也,而祠祀久缺焉。

《祭法》曰："能禦大災則祀之，能捍大患則祀之。"戊辰之饑，己巳之寇，其時幸有公耳。微公，則爲方百里之地，有不離黍爲墟，白骨爲燐者乎？然則室廬田疇，子弟以迄有今日者，皆公之賜也。請祠以祀，前令難之，以爲形己，而顧諉曰："財無從焉。"民於是里爲之像，鄉爲之壇，以歲時舉牲芻也。乃今踰五十年矣，民猶以爲野也，而未能舉公於禮，復懇惻以祠祀請。令尹鄒曰："此積誠也，鬱且久矣。"乃上其辭於郡大夫，於藩臬大夫，具報曰可。令方飭財而鳩力，明日則見其境内之仕者士者、商若賈者，各以其財相焉，惟上所使也；匠人陶人瓬人、堊者繢者、峙楨幹者、任畚鎛者，各以其力相焉，曰："恣君之所使也。"無何而祠成，人曰："此人心也。"夫田賦丁徭，主者以歲任拷掠，民猶逋，而祠則爭輸之恐後，可以知人心矣。若建置之周嚴，規模之宏遠，則鄒尹實營之。尹乃陳其門堂寢廡都宮之制，崇修廣深之數，以圖帙復諸大夫。乃以其圖帙，屬前侍郎王崇紀其事。

夫士君子闇修用世，侈榮施所以戀功德者，不朽也，不則，鳥遺之音，螢示之熠，過則泯耳。若劉公者，功德在湯人，廟貌於赫，俎豆時馨，豐愛永譽，殆與天壤同敝，斯其爲不朽也，大矣。公吳人，發身巍科，家學世授。大父文恭公仕景廟，爲宮詹學士，贈禮部侍郎，文行聞世。今大中丞府羽泉公，又公嗣孫，聖皇軫念，南服暴師，朘骨久矣，特命中丞公節鉞兩浙，而江直閩廣，實周落焉。唯中丞公仰體聖慈，過自菲約，爲百職先，冗兵、冗食，汰去務盡，即一錢斗粟，不忍妄施，尤霆察以持其後，民稍息肩；然後簡養武勇，士氣大奮，山海巨盜，每一怒而斬滅之。只今島嶼廓清，寨砦通道，與江南方數千里蒼生，迨命遺天下安，此又公世澤也，法得并書。公諱桐，字世材，別號"竹鄰"，祠在縣衙西北文廟之右云。

平賦記

曹子令繁昌，政修名起，人惠懷之，若昔未有也。邑邊江役劇，民去其鄉，田去不藝，賦取盈焉，有力能兼并者避，費益困乏。田不能半者倍之，賦以是論冒，民弗勝弊，獄訟滋興，刑罰舛錯，是爲世患也。曹子廉知之，令民上不便狀，嘆曰："民毒是久矣，難緩須臾。"遂修播告，募耆良，授以方略，合境壤履畝而丈計之，籍其主，則因其賦使給焉。鱗輳以周知之，戶挈以鈎稽之，有未善，使各言其傷，爲之讞正，諸所淆雜病公者，悉以薙去。强不得以豪奪，富不得以假劫，奸不得以抗敝巧法，賦乃平，民乃靖，直百世取惠焉。兹惟厚矣。邦人越大夫士，德曹子之庇無窮也，懼久而衰所以，對其令者弗稱。乃國子丁生瑛、程生大有，賫衆志以謁麓泉子，語其甚悉。麓泉子曰："嘻，是足以徵曹子矣。"

曹子性敦樸，故能茂；聲宏和，故能歸；志持平，故能厭衆。吾觀於其鄉若家，盡知曹子之能其官也，豈惟令哉？執是以往，雖卿相可也。因紀其略，且爲頌，俾歌焉，以無忘曹子之功。曹子名贊，字朝卿，麓泉子同邑人。

其辭曰："令以善政，政在惠民。民懷靡常，惟德之純。有美曹子，展也大成。耄之惠懷，德音孔昭。民心維何？謂田若賦。彼其正之，丕年以富。群嚚爾熄，庶頑爾直。四疆順則，實惟子之食。我后明明，我民怦怦。人臣咸若，萬邦其貞。"

石倉子記

六籍自秦焚之后，存者可笥而足也。漢興，諸子百家雜出，崇其所是，言人人殊。然非覺先王者所急，若飲不菽粟，不饗飱需也。有業之者亦足以洽聞資識，博物詡謀。工釘餖者祖其新，談詭奇者樂其放；務高異者好其隱，專伎倆者式其精。周菹屈芰，惟所嗜之。是以彼習此傳，與六籍分祖，牘累帙繁，世旰細戶，始有汗牛充棟者矣。吾黨有曹子者，雅志好古，其於群籍之曰經、曰子、曰史、曰文、曰詩、曰百家者流，購而周之者凡數千百卷。笥之不足，而歲加益也，乃結廬數椽貯之，四周以石，名之曰"石倉"，因自號曰"石倉子"。倉示藏也，石示固也，謂固藏之，永矢弗失也。

曹子日居其間，諷誦咀嚼，以下上古今，期有得也。而會夫雲物、日星、風雨、霆霾之化，山林、崖谷、鳥獸、草木、花卉之遇，悲尤、愉懌、思慕、怨恨、駭愕之情，一於文焉、詩焉、歌焉發之。大都皆菟丘苕社遺意，保真載耀，佩秀搴芳，服先王以自好者，斯不亦謂之藏乎？

曹子居市廛間，市里之人牛馬駝驢踐之，咸金逐也；桎梏拷掠之，以金易也。曹子獨意態超脫，不掛拽世網，力鉏鋤草茅以食，而自優游鉛槧，耕而讀，釣而吟，擷蔬剛麻而手圓卷。見夫途之人，負者、戴者、操奇贏者，襁貫而跟蹌行者，塵垢滿眉，胝衣振之，簌簌土下，則曰："貧富命也，而可求耶？"又見夫挾烟熏帙而識拽白者，口之乎，未句讀，而希青衿者，祇懷祈求，倩人請代，而以市以鬻，伈俔浼仰。夫貴賤人趙孟而甘心焉以乞，則又曰："功名，天也。"乃爾不欺天甚乎？儂惟守先人之餘，以勤儉其先居之業，顧得以自爲農、爲輔、爲樵，少自附於儒之徒，老焉亦已矣，汲汲以去貧賤乃爾，斯不亦藏之固乎？語曰"珠深藏淵輝，玉深藏山潤"，謂君子恒於德本之不暇，而華之不終落也。曹子勉乎哉！曹子名文偉，字國器云。

時嘉靖庚戌夏月上浣之吉。

梅坡公記

嘗歷通都大邑，見夫縉紳故老，紛紛相謂曰："西山之陽，壽溪之濱，有梅翁者，能任志所適，隨遇而安，不求聞達於人世者也。"觀其抱道於身，而躬親畎畝，則宜呼爲莘野之流；以其徙居村僻，而避迹市城，則宜目爲南陽之侶。若夫俗塵既遠，而不役役於功名，不營營於勢利，倘所謂逸老其人乎？至於子孫蕃昌，賢能輩出，固公之所造也。而且問其年算，初週甲子，叩以時事，惟曰不知，意其爲無懷氏之民歟？以志若此，以遇若彼，吾何以名之？則當名之爲"隱君子"，此縉紳故老之相謂者。如此余輩聞而喜焉。因知翁之取重於人也，見稱於世也，不求聞達於人世，而人世無不仰慕也，不大爲西壽生色乎？予故樂得而記之。

時嘉靖庚戌秋七月上浣之吉，賜進士第湖廣按察司使永康王崇記。

世賓鄉飲記

《記》曰："鄉飲，禮也。"古制，鄉大夫飲國中賢者與其鄉老，三年一行之。迨今制，令郡邑每年春秋并行鄉飲禮，豈以教民敬讓，而不厭其煩乎？而其大者曰尊賢敬老已矣。尊賢以德，敦化也；敬老以齒，不遺年也。是故齒德全者得與於斯歟，而弗能皆然。古也先乎德，而齒猶云後焉，後則先乎齒，而德猶云後焉，夫亦難其人歟？先是，邑人徐翁伯敦，正統中，邑延致爲鄉飲之賓；成化中，其侄巨八三翁，鄉飲亦在賓位。時告老大夫朱麟爲書世賓大字曰"齡期天錫""鄉評景行"，以華其堂，而今猶匾焉。予與徐親鄰，生也晚，不識二翁，得觀予師李一清贊八三翁，至以"一鄉之善士"稱之，因二父母爲翁作賓詩并耆德傳，皆奕奕多美辭，則二翁者其曰嘉賓非耶？夫二翁没且久矣，其曾孫庠生鳴周，睇手澤之猶存，藐音容之莫及，惕乎慨，懇乎思，油油乎不能自已，乃乞予言以識之，而三致書矣，曰："孝哉，孫也。"雖然，君子之顯其先，不於其言，而於其行。言出乎人，行在我也。鳴周也，篤志勤學，蔚被賓興之典，迹則奮矣。由是而益邁於進焉，不倦焉，作賓觀光，懋厥修而揚令名。吾見人誦之曰："此某子孫也，某積善然也。"慶之流也，則責其祖不顯之，以昭潛德，以繫孝思者，固炳然有在乎？此之謂不泯之道也，而無待於言矣。

四皓二難圖記

余族象珠里，翠巒層涌，碧湍回環，雅有桃源石梁風致。故生其地者人文煥發之餘,聿鍾壽考。曾叔祖洪六公,聯乳六子,其尤異者也。長諱鏞,字文啓,雅素恬淡,享年八十有五;仲嵩源,敦本好游,享年八十;三諱錦,字文煥,履樸忱,享年八十有六;五諱銑,字文粹,奕能飲,享年八十有四。夫天下最難對者莫如壽,況以上壽萃於一門,豈非瑞氣所特鍾乎?且四人者,席祖父善慶之餘,享太平悠久之福,含醇葆真,以樂天年。太史公所謂游遨嬉戲如小兒狀者,其庶幾焉?

懸弧之日,其從子水部省齋公,從孫司諫竹峰公,稱觴上壽,而四人皆以耆德膺冠帶,絳袍白髮,照映林泉,鳳毛麟角,舞蹈階席。予周行天下,實未易多覯也。擬繪四皓圖以祝,而文煥公則曰:"余四人者,所謂以不材終其天年者也,何足爲丹青辱?惟四文集,幼文序,實有能名。四以響義見推都邑,幼建宗祠饗堂五間,視兄嵩源之建旌義坊,費且倍蓰。幸各肖貌,乞垂念焉。"余乃繪《四皓二難圖》,而書此記於卷首。

子游祠記

古武城子游祠成,太宰公撰其碑矣,然未命石也。彭原傅子簡余曰:"僕自嘉靖癸卯起水部郎,掌泉時,太宰周白川公總漕濟上,顧謂僕,曰:'吾吳人子游氏,北學中國,得孔子文學之教,以歸其所,宰邑武城,至今失其故處。子行泉,周魯境,務必得之。'於是考志問俗,越明年,始得古武城於費縣之關陽川。仍議建祠祀子游氏,其制視漕上魯子祠,其費取河道帑羨。既定畫,公以左都御史召還而飾材鳩工,惟僕是屬。甲辰二月令役,五月告成,秋毫勿民干也。後僕轉武庫郎,公示所作祠碑謀石,適奉襯西歸,弗果。庚戌陞山東憲副,虜警孔棘。歲壬子,礱劖在念,而晉藩之命至矣,竟違公志,如初諾。何幸執事總憲東土,惟叙次之,下有司,終其事,惠至渥也。"

余既得簡,讀白川公碑,崇乃言曰:嗟乎!自子游氏北學,聖人之文教始南。雖其奧趣耆儒有遺力焉。譬之禪,尚存上乘宗即然。試之從政，則武城爲之弦歌，聖門文皆實用，非後世空言已也。故考地建祠，豈直棟宇俎豆，侈神報哉？俾觀者興焉，以仰止弦歌之治，要不在章聲物采之末，仁義禮樂皆其具也。斯溶溶乎不知其所爲被。董仲舒曰："有虞之政遠也。"而孔子在齊聞韶，蓋王道雖缺，《樂頌》未亡，而人心之和，猶故知斯民也，固教化之所嘗澤焉者。遺風餘韻，唱之有不響應者乎？此考地建祠者之旨也。且使文章之士聞之，將自風曰：上不足以振皇猷，下不足以繼民用，亦可以少閣筆矣。傅子名學禮，秦人，峻志潛學，篤行古道者，故於聖賢政迹用情如此云。

《沂州志》卷七

重修密印寺永福浮圖記

金華居浙上游，寰中名郡。郡側萬峰連鬱，以鳳鶱獅蹲其後，芙蓉劍戟，森焉從之。兩巨流走千餘里，以襟抱其前，若雙龍挾怒西之，奔飛入海也。城中雞犬萬家，環府署都宮以居中。都宮之後最高處，有密印寺塔曰"永福塔"。寺沒塔存，高三十餘丈，下廣輪七丈許，九級。建始吳赤烏間。宋祥符間題額。雖代有修葺，亦數百年才幾易耳。木腐磚頹，土崩瓦解。皇明嘉靖間，大風落其浮屠鐵頂，約三千餘斤。嗣後，每龍雨大作，雷震撼如動，居四側者盡竄去，即公署亦毋敢入。既霽，人人惵日有虞心。歲乙丑，郡侯鶴墩葉公，上其事於行部使龐惺庵公，請修葺，龐特可其請。卜府計徒，庸慮財用，一如故事，聽緇流持牒募四方義施。初未有應者，侯乃出己帑百金先之。既而鄉大夫郡守馮君熊，耆民程清、張鏞、朱延寧，鄉約長盛廷松、陳銓、王鍾各捐金六十應募，於是施者風起。居二歲，度可令役，是在嘉靖丁卯。時方饑，令下，奮捐四至，侯遂以程清六人、醫官翁匡甫者董其事。命之曰："吾擇而使之也，祇哉！毋隳爾勞。"衆受命惟謹。召匠氏營度，語之"毋惜費，務堅；毋憚勞，務久"。已乃即工。諸工既各執藝事，爭恐後，董者慎毋敢私財，嚴勤人毋敢愛力。縣尹麗江張君又從而愨愚綜核，人益知奮。今歲庚午，事竣告侯。侯閱之喜，民萬口稱白。外而雄垣峻堊，杰構遥罿；内而複閣重樓，委折盤旋，以直出其上。星牗森羅，虬欄繚匝，飛檐鵬翅，畫角雲牙，如此者九級，不層層殊，而六面當之，節然如一。又其上則益以華椎，範鐵爲之，叠叠浮屠冒焉。儼如丈八金身，出斗大摩尼珠，累累以弁諸其頂，壁立凌虚，若上霄漢，美哉！窮乎若是。然其有成功也，馮大夫與董者謀曰："此非宇宙間可千年之物耶？侯之勳當不朽矣，盍紀之？"謬以屬不穀，辭不可。

一日，登其絶頂四睨，斯喟然嘆曰："豈供游觀已乎，資治理也。"何以言之？如君侯諸大夫登兹，方其春也，曦光市天，霏靄盡散，遥崗寸碧，二水綫流，則阡陌碁分，鄉廬甕列，農人荷耜，稚子策牛，非有事於田疇者乎？既而村翁彌來，饗婦蠅止，官無召遣之符，門絶追呼之吏，載耕載耨，吾民可無饑矣。又其秋也，鄰角催晨，霜月墮樹，禾黍如雲，其穡如寇，擔者馳，束者負，乃積乃倉，貢徭是瞻，兒牽婦嘻，斗酒相勞，曰無憂於官，可齁齁睡矣。於斯時也，有不樂民之樂者乎？若其夏也，炎暑蕴隆，鋤禾力溉，炊烟不興，牛喘道喝，俄而汲媪棄罍，裸童陟嶠，呼曰官人，其母來乎？吾腹枵再日矣。又其冬也，風雪載途，千山鳥絶，破屋壞垣，鶉衣如鷺，胎舸其鳧，網空簍泣，然肩箱背褪，繹於郵次，朝涉不前，而公鞭之，且强且僕。於斯時也，有不憂民之憂者乎？如其憂之，必悉吾所以孽民者，將革是務去，毋俾滋蔓，則崇之感，而民亦崇吾感也。不越在草莽，則剪爲仇讎。夫民，吾子也，而使之乃爾，予獨執其咎也與哉？如其樂之，必茂吾所以慧民者，是肆是長，而惟人之所願欲俾恒保焉。庶幾戴予，惟余之不鐘鼓管籥耳。矧曰其敢背憎？余故曰："資治理也。"因援筆紀之，而繫之以辭。

辭曰：爾高匪天，於民覆蓋。爾親匪日，於民照臨。於時於旬，載瞻載登。曷其不游？吾民安休。曷其不豫？吾民安助。敢告貞珉，爲諸侯度。

雍正《浙江通志》

游連珠洞記

聖祖汛逐胡元，盡有趙宋幅員，復軍其胡人故地，因定鼎於燕焉。所以塞諸夷之吭，堂奧我中華，而門焉者也。然代有胡患，非胡之敢弗遜也，我肘腋之也，輒動務掣繫之。故歲置塞守，數秋益急，乃議諸邊增寘帥，而以都御史視師，開督撫府。崇最不肖，亦領山西，會承其乏也。制又以封疆甲乘，糗糧芻茭，俾督撫一肩焉。斯祗慄者三載，雖累官至左司馬，丙辰夏，始拜有還部之命，全鎮重負，於茲焉釋矣。道獲鹿，舍故嘗飭兵憲署。維時燕趙諸生舊相與雠經者，無遠近畢至。七月庚辰，衆舉餞於連珠洞。

洞前峰嵐環盡，槐檜交翠，微雨既霽，氛靄朗清。少焉雲斂霞流，天高日近，翔者集，鳴者應，植者幽，吐者媚，一時洞簫山梵，巖舞樹謳，雜陳錯起，種種成趣。把酒臨風，誠不覺心曠情怡，天解神動者矣。余顧颺言曰："難哉！更二十年來，而未有此樂也。"自余登仕版，隨行隊，六尺之軀已委致王家久矣。每奉以徇禄，未有建尺寸之會。尋常登眺，益生不樂。吾何匹前休，續勝游，無乃愚辱此佳山水也？

頃治垣出天塞，遡三關，蹈絶漠千餘里，得則占忠臣錄一行，不得則鴻毛已矣。身雖在境上，此心已千方胡窟，而思有以擒之，早夜亦苦且瘁矣。寅卯兩秋，虜四十萬騎入犯。余躍馬麾戈，將士焱迅，須叟枹鼓嘯戰，存亡只呼吸間。余是時已萬自分也，而寧知復此樂乎？賴主上威靈，兩舉而兩斬其驍帥，俘馘無算，虜竟拔其營以遁。非冥冥者柄之，彼衆且十我也，而我何窘之若捲豕然，不得一逞，躑躅遂北竄，以內晏我西土也。然則，今日一丘一壑之樂，非聖天子之賜乎？

諸生閧然作曰："然哉！是可毋賀？"因次第舉觴觴余，余亦以其觴觴賀者。其善謳吟者，又出余昔嘗授音節詩歌，謳吟兮以相酒；不事謳吟者，咸拊掌擊節，鐘鼓鏗若，賡賞喊只，酒泠興酣，彼已各適。余獨客懷方放，吟魔未降，庸作歌以寫平生之麓豪云。歌曰："予欲回渤澥之狂瀾乎,疇駕長風;予欲抉日月之浮陰乎,疇躐修虹。不如遵扶桑以挂弓乎,抑倚劍於崆峒。投此胡於無何有之鄉乎,長此樂於無窮!"歌再闋,起謝。諸生曰:"此一飯不忘君者,盍紀之?"明日瀕行,述以爲記。

《金華文徵》卷六

仰高祠記

仰高祠者,祀許氏先賢也。許氏先有晉孝子孜,暨其子生,後有元大儒謙,孝行道學,後先輝映,是以立祠祀焉。

孝子東陽孝順里人,天性至孝,生竭力侍養,無不至,親殁,廬於墓。適埜鹿躪其松柏,孜爲感歎,鹿輒爲虎所殺。孜又傷鹿死之暴,而虎亦自擲而斃。孜俱葬之墓側,世號"虎峰""鹿峰"。又嘗師事孔沖,卒爲制服,察孝廉,力辭不起。(詳載《晉書列傳》、郡邑各誌,及我太祖高皇帝仁孝太皇后勸善書備録行迹,成祖文皇帝御製孝順事實,宸翰褒嘉,各有孜焉。)其子生,亦象賢崇孝,繼有令聞。晉咸康二年,郡守張公虞奏表其閭。宋政和二年,邑令張公述爲之繪像,祀於學宮,尋建祠通衢。淳熙間,縣尹曾公貢,重肖像,偕處士張公沖素祀於先賢祠,然未有制令也。端平三年,縣令林公嘉會疏聞於朝,丞相喬公行簡贊議下詔創廟,出内帑襄役,賜額興孝。孝子至行,久而益炳彰矣。逮元,有孝子裔孫謙,丁濁亂之秋,奮然有志性命之學,游仁山金先生門,得程朱正傳,徵辟屢辭,隱居笠澤著書,白雲洞中講學,入金華,齊魯荆越之士從游者殆千餘人,致邑有"小闕里"之號,學者稱爲白雲先生。史云程子之道得朱子而復明,朱子之大至先生而益尊,先生之功大矣。先生殁,門人相率上狀於郡,祀於學宮。至元五年,廉訪使杜公秉彝建請贈官,賜諡未報,既而諡曰"文懿"。至我憲宗敕建正學,祠於郡城,祀郡先儒何北山、王魯齋、金仁山三先生,而白雲先生與焉。先生祀,而孝子之德愈有光矣。奈何孝子之廟久而圮壞,址爲豪右所據,而白雲先生之祀,又未有特廟於其本邑,爲許氏後者憾焉。

嘉靖己亥,裔孫根、楷、植、楹、梗,學質宗長鈇滄沛等,陳於邑令王公遵力,復其故址。王公將爲立廟,未幾遷去。越八載丁未,根復備三祖故實,以孝子廟圮,建先生特廟之情,請於代巡裴公紳。裴公閱其詞,大爲感動,即移文於郡曰:"白雲先生接濂洛道統之傳,衍洙泗儒宗之派。厥祖許孜先生敦孝行於先聞,啓醇儒於後裔,建祠以祀,誠協祀典。其祠宇規制合作前後二廟,前廟獨位白雲,後廟位孝子孜,而以生附稱。祀則先孝子而後白雲。如此則道統之重既伸,而祖孫之倫亦序。"移下郡守曹公汴,上其事於督學雷公禮,即協贊之。亟命邑令鄭侯綺董是役,建邑城南二百步許西部鄉,近先生之居焉,匾曰"仰高"。春秋以時享祀。過者罔不歎曰:"孝子賢人,百世不泯也!"如此,然一時創作,未有記述。根懼先德歲久復湮,屬余概其本末,予何言哉?

孝子之孝,先生之學,昭揭於古今,炳耀於史册,人人知所景仰者也,豈余言所能讚耶?顧享祀先賢,非爲觀矣。君子道明天下,則天下治,道明一鄉則一鄉治。許氏三賢,鄉之先正也。立廟祀於鄉,固將崇其位號而師模之,約民趨也;托之牲祝而神明之,期民信也誠。一方之人知之,則一方之人知有聖賢之道,是足觀且興矣!後之人有能仰孝子之孝而興孝,仰先生之學而講學者乎?邑之良有司、許之賢子姓,爲能時展駿奔,使廟貌常新,不至如舊。祠之圮壞者乎?余竊有望焉。

是役也,經始於嘉靖己酉,竣事於嗣歲庚戌,迄今歲丙寅,根以記請命於郡伯葉公宗春、邑侯陳公應春,而勒諸貞瑉,以垂不朽。維時督學憲大夫訪先賢之後,録裔孫鼇旭奉祀,適與其事,遠近稱異之。余曰:"此所以久廟祀者也,豈徒爲衣冠許氏之子孫而已哉!"

時嘉靖四十五年歲在丙寅秋七月朔,賜進士第通議大夫兵部左侍郎加俸二級兼都察院右副都御史總督湖廣川貴軍務前禮科左給事中永康王崇撰。

《東陽許氏宗譜》卷二五

沉塘記

縣治之東五十里許，地曰"長隴"。其勢蜿蜒，自括之金山發蹤至此，兩崗環抱一塘，泉甘土肥，草木暢茂。義烏賈駙馬之裔，萬載縣尹四世孫德全以望氣者之言築室於塘之西，占籍爲邑人。塘小僅可溉而不可畜，欲廣之而三面近麓，乃鳩工井鑿，深至三尋，得木數尺，大可二圍，其色赤而黑，其文縱而橫。德全以爲木沉泥下年久尚堅，試將幹而焚之，有若沉香之馨，清而且異，由是遂名"沉塘"焉。厥孫希寧拓故址、新輪奐，匾其正樓曰"凌雲"，左"望月"，右"環翠"。

嘉靖己酉中秋，過訪妹丈仁軒翁，既醉以酒，晚登"凌雲"，憑欄干觀塘而清風徐來，水文微動，霽月先到，天光瑩然，遂起岳陽、濟南之興，作四時之歌，命甥朝綱輩歌而和之。

歌曰："時乎春也，桃李盛開，映水溶溶，錦鱗游泳，將化爲龍。時乎夏也，赤日無暑，古木陰濃，可盥可濯，涼透心胸。時乎秋也，晚景尤勝，蘭菊芙蓉，君子之心，不競春風。時乎冬也，氣凝水堅，璧玉重重，岸梅破臘，香動岑峰。噫！四時之運，轂轉穹窿。歌塘之樂，世世無窮。"歌畢，仁軒請書爲記。

時嘉靖庚戌十一月後一日，賜進士第中奉大夫廣東布政司右參政同邑麓泉王崇撰。

《松溪賈氏宗譜》卷一

序

詩　序

周子能讀百家之書，而善其用，故其文成家。譬巧匠用杞梓，必寸寸手出，備諸樸斲，又從而丹艧之，其氣象光焰自別也。見者尚焉，聞四方矣。然謬喜余，余不能讀百家書，即讀，又不能善用，故爲文不欲套舊影子，幾於杜撰。故人多鑿余，乃周子不鑿余，遂堅余。故所嘗習言，亹亹在耳。一日，出自册索吟，無以應也。輒録近作，所嘗請教者畀去要，亦爲悦己者容耳，其能免鄰娃之顰哉。夫阿房之巨，不改楊亭之幽；靈光之巋，不奪葛廬之小，言各有成也。故夫縶萬駟者，高桐江之絲；府四海者，歆華巔之卧，成則不害乎其孤立矣。余惟其成之難，而亡孤立之患，至於熊蹯雞跖，周俎屈芰，世固有嗜之者，抑豈余之所敢知？

松溪文集序

松溪程公嘗受學於石泉李先生，先生固楓山先生之門人也。公於余爲同門，同青衿膠序，舉進士同榜，同侍從聖上。公少余一歲，每兄余，余即不敢少公。然公自弱冠時積學砥行，鄉士人輒公輔器，實并余艾耆公也。迨廷對，聖上時善公，廷對登之上第，官史館，抽筆清近，以故天下之人士共知公，輒亦公輔艾耆公也。天不憗遺，自宫詹晉少宰即世。是時天下相與谿其成，顧未見其止。才高曾不究其施，官尊猶不滿其望。惜哉！

行部使侍御龐公嘉其遺文，謀梓惠不朽。乃分憲李公、郡守葉公以其集付二教諭金華鄭子、武義劉子相校正，屬某序諸首簡。鄭子因謂余曰："集頗次第，人恨其少耳。"余曰："古人一表三策，至今流飫窮壤，初無惡於少矣。故使天下之知松溪者以文章也，更搜羅其散逸可也。苟無以也，則天下之所以知松溪者固在也，又焉求夫集之多哉？集吾猶不足，是過求公以枝葉也。夫士君子致足於天下者，足其身也；身足而天下斯足之，言抑末耳。梓之者何？鳳毛麟甲，見可珍而珍之，無亦以麟藪堯，鳳儀舜，故觀物者必珍之。珍其能文，明乎其治朝也。若一毛一甲之以也，則天下之珍鳳麟者，不其末哉？"鄭子曰："然。"帙成以告今部使侍御王公、憲使毛公，胥嘉樂焉，遂梓。

隆慶元年歲在丁卯仲春朔，前兵部左侍郎永康王崇書。

去思集言序

陶山公《去思集》成，卿大夫士齒余，屬余序。余嘗讀廉吏循吏傳，而知漢官之政也惠；又嘗讀甘棠詩，而知周民之思也公。夫政曰惠，民必惻怛，以先人窮，故廉，廉則不朘民也；故循，循則不傷民也。民惟上人之朘且傷也，慄慄投豺虎然，直不一崇朝而麾去之，怨詈咀咒，去猶不改其口實也。而況於思乎？況於為之祠祀而謳歌之乎？今夫吏結駟而之一邦也，其左右思之，或私嬖倖，未公也；其上官思之，或工逢迎，未公也；其下僚思之，或苟容合，未公也；其鄉薦紳思之，或善交際，未公也。必元元者思之，斯犁然公矣。何也？通乎衆也，衆則耳目，不可愚覆也，衆則勢分，非以資托也。

陶山公守金華，不常人廉，不常人自廉已也。常人秋毫無犯，至矣。然廉於其官，而身固不能不以其官享也。公衣粗食糲，未嘗以一享悅其身，常人極所不能堪者，而公獨堪之。又自謂前後左右，以衣食於官者，無非欲欺吾以售其私。人固什百吾也，苟乘間而朘且傷也，不什百，吾以播虐乎？民曷勝也？於是，痛禁絕之侍者、伺者、供者、奉呼諾者、事桁楊者、效程督者、門出入者、謹藏固者、掌簿書期會以號召人者，悉鈐戾之，不敢仰視出氣，日怵惕己之不暇，而暇播民虐乎？民是以得自有其雞犬桑麻，而賦者、役者，一惟正之供而已。先是，兵荒洊至，瘡痍尚未起也。公來，深務爲寬平簡靖，以與民休息。撫摩保衛，若烹小鮮，曰動則毀耳。適海醜山誖交嘯，慮兵計需，上每有非令至。如令必罄瓶空杅，而以死驅之始濟。公曰："吾若主也，奈何以吾民博此官乎？力須請，其聽，幸也；其不聽，當以身格之！"竟爲文致所中。天下之物不加於身，人惡有捐身以爲利者乎？身捐而天下無長物矣！其惠民者類如此。

民深德之，人人延頸願望久於其位，長若主，而顧忍其去哉？是故其既去也，望望然思之；思之不足，又祠祀之；祠祀之不足，又從而謳歌之。其視甘棠之民一也，是惟無樹夫惡，有剪伐者哉？或曰公政績，序特撮其大者，餘備集中。噫！即集，亦一班耳，安所稱備云。

太平吕氏文集序

吾邑太平吕氏，慶源綿衍，賢才代出。炎漢李唐，姑忽緩頰。在宋則有雲溪與其子敏齋，在元則有竹溪，入我朝則有雙泉，此四公者渥史攽經，抽奇繹穎。或叩天閽，或探理窟；或評陟古人，或商榷今事；或寫景抒情，或托物寓興；或鋪張創置，或訊候朋儕。各準才情，各爲撰述，賦在名山，用遲通人。年代寖移，鼠蠹交祟，漸成漫漶，存者什一。裔孫庠生吕璠，邇年發篋評檢，得其僅留者若干篇，敬白宗老，爰付剞劂。梓事告訖，從余問序。余倚席而諦閱之，鞭霆駕電，變態萬狀，如聆黃鐘白雪之音，以洗村塤烏笛之耳，不覺心骨之俱爽也。乃作言曰："美哉，文也！"

其龍舟之貝葉，大輅之雅車，與夫累羃之彝自乎是，故叩閽之疏，則陳情者掩矣；閱理窟之圖，則草元者馨矣；覽評陟古人之論，則千古不斷之獄成矣；綜商榷今事之議，則洛陽之武通步達矣；繹寫景抒情之言,則賦上林賦長陽者却矣;觀托物寓興之説,則假烏有、假無是者降矣;立鋪張創置之説,則文直事核,而飾辭誣告者惡矣;省訊候朋儕之書,則剔時真意質,而空言相詒者怍矣。其氣渾厚而雄深,其辭嚴密而典雅,不險怪艱深以求古,而自無不古;不綺靡繢麗以求奇,而自無不奇。較之鏤肝鐫腸,苦思侈索,天心巧奪,月脇工穿,風獸理道,纖無裨益者,奚啻星淵之相去邪?

考其師友所淵源,雲溪公之在當年,親受業正惠林公,而聲氣雷同,相與印證者,則有陳龍川、吕東萊、朱考亭、葉水心。其於帝皇王霸之略,道德性命之旨,業已講明,譬之黄河之水,發源昆侖之迹,其所以開先者,非頗頗事刻鏤可垿也。再傳而敏齋,則受業於戴少望,又有真西山、魏鶴山爲之汲引。數傳而竹溪,則受業於許文懿。又數傳而雙泉,則受業黄文獻。道訣文詮,世承代接,發爲文辭,凌駕今昔,膏沃而光煜,根培而葉茂,理所宜然,無足異者。昔人謂賢者之必有文章,如名山大川必興雲雨,隋珠和璞,必露光輝。觀於是集,詎不諒哉?雲溪集凡六卷,敏齋二卷,竹溪六卷,雙泉九卷,附旌義編一卷,總二十四卷。四公生平履歷,方駕古人,詳具邑志暨尚寶丞石門應先生所撰四傳。覽是集者,放羅而并閱之,則立言之本於立德,可得而概矣。

時皇明隆慶二年歲在戊辰春仲月。

陽溪草堂十絶詩序

詩必崇古者,爲其工可傳也,苟傳,人必視之古矣。世何不工漢魏而工唐?若唐特以詩取士,舉天下而耽業焉。舉天下則其爲業力者多,多然後能擇也;耽業則其爲力專,專然後能精也;以世則其爲力久,久然後能化也。故言詩必首稱唐人云。

皇明雖不以詩取士,而詩之者,無分學士大夫、山林方術,不可謂不多矣。童而習之,老孳孳焉。周俎屈芰,心誠好之,不可謂不專矣。

國朝二百年來之所好尚人士，今昔之所涵泳以相觀，深入然且久也。於是正宗心印，直截頓悟者輩出。編梨牘梓，類不亞唐高者，即未敢與開元天寶諸公相馳騁，爭後先，而大曆元和之後，殆相爲疾足焉者。或曰：詩何以能邇唐也？説者曰：山川猶夫昔也，其風氣同；人亦猶夫人也，其情興同。唐以篇什，今且破萬卷矣。是故，非悟之難，而惟不多、不專、不久之患。苟無患是也，何唐人之不可幾哉？

閩建安梅墩林公亦一人也。公舉前進士，累官都諫按察使，以直道忤時，落職我金華，爲郡司寇。初過家，懸懸桑梓，輒賦陽溪草堂漫興十絶以自意。謝仕棲遲，乃郡邑大夫暨鄉獻夫相與賡吟勸駕，始不鄙吾婺。既抵婺，一日，出所賦陽溪十絶示余。余，婺人同聲者，閲之喜曰："兹非聞韶護而者與哉？"古來遷客多離憂，多忿怒。是詩也，樂而不憂，平而不怒。夫時難而平步高貴，無以見君子孤危之剛；人棄而矢口怨尤，無以見君子順受之制，殆兩得之矣。矧丰容骨力，咄咄逼唐人也。婺同聲者亦相與而賡吟之，一以著陽溪幽適之勝，一以堅王臣蹇陰之忠，凡所得若干，渭川程子衷而帙之。僉曰："是可也。"帙成，余顧序諸首簡。

芝英應氏重修家譜序

古者世家大族必有譜，所以明統系、聯疏遠、辨尊卑、著賢淑也。蓋世遠則其先易忘，族大則其勢易渙，類聚則其序易淆，人遷則其美易晦，故金李牛遼之以世訛，沈尤危元之以地易，長沙杜濟之以從祖見猜，劉媼劉煓之有令善弗著，此譜學之不可不講也。語曰："天地萬物散殊，禮爲之秩之；日月星辰高遠，曆爲之秩之；蒸民氏族叢雜，譜爲之秩之。其道一也。"夫固知先王作之禮，禮矣；作之曆，曆矣；獨於譜也，有所未遑，庸詎知夫世教攸興，顧可忽哉？愚故於應氏兹譜重有感也。

按應氏本周，武王封其子於應，後世遂以國爲氏。《春秋傳》曰：

"邘、晉、應、韓，武之穆也。"漢魏間，有諱璩者仕魏，官至侍中，封開國公，食邑汝南，故應氏稱汝南郡。東晉時有諱詹者，從元帝渡江而南，仕至鎮南大將軍，封冠陽侯，嘗持節鎮婺、括二州，因留家於婺，以視汝南，實南北兩宗也。世傳鎮南卒葬永康之河頭，今婺括、臺明、衢越之應，皆推永康爲南宗鼻祖。世居邑之大田里，族屬繁衍，人稱其地曰"諸應"。宋至道間，有諱傅巖者，自大田徙括之縉雲。嘉熙間，曰九二府君者，乃自縉雲還諸應，家焉。其後有靈芝產墓之祥，以孝感也，更名其地曰"芝英"，傳十四世於兹矣。世澤嫣蟬，代有聞士。乃十世孫諱恩者，別號"鶴邱"，中弘治乙卯鄉試，授知高安縣，與平宸濠，受功賞。諱奎者別號"方塘"，中弘治辛酉鄉試，仕和州學正，武昌廣信教授，嘗典兩廣文衡，入彀多名士。建宗祠，修家乘，帥宗人響風慕義，蓋始諸此。諱照者別號"芝田"，中正德庚午鄉試，知綏寧縣，有惠政被苗夷，封父母妻如其官，秩升知宿州，同知思明府。諱典者別號"石門"，中正德癸酉鄉試，登甲戌唐皋榜進士，由駕部主事升尚寶司丞，嘗從陽明先生講學，建五峰書院於壽山之龍湫，就之游者悉海內俊髦，今俎豆鄉賢濯濯也。諱鐘者，以歲辟授蘇州吳縣訓導。諱熙者別號"桃溪"，中嘉靖丙午順天鄉試。十一世孫名廷育者，別號"晉庵"，中嘉靖壬午鄉試，登癸未姚淶榜進士，由刑部主事歷升福建按察司僉事，方正迕物，謝病著書，有《周易經解》《周禮輯釋》《四書說約》《中庸本義》《經制要略》《卮言錄》《金華先民傳》《明詩正聲》諸書，爲士林羨重。太學生十許人，學宮弟子數十人，舉國器濟濟。有名兼者，聞道砥行，儼古師儒，雖廩食饗序，鍾秉者不多也。先是有諱戡、諱臺、諱希文者，爭抱奇，吐芬燁，有國士之望，直天不假年耳。即今歲時臘合，井里賓會，雍雍然容，恂恂然言，由由然居者，不問可知爲應氏之子弟也。盛哉！不有先德，何世濟其美乃爾？

故自九二府君而下，若七世孫諱曇字仕濂者，實恩、奎、照、典曾祖，慷慨仗義，風概逼古丈夫。諸如建明倫堂，邑之師儒獲所棲止；設懸磴不一，行者利焉；又嘗還金，以蘇杭人之命；爲都之里役計永需，則遍贖官田分給之，賑貧恤乏，扶衰起廢，所在而是。即婦人孺子，無弗知公字者。殁之日，吊者、執紼者、一郡之達官長者畢至。嗣後，其曾玄輩承先德意，或重建明倫堂，或建聖廟，建敬一亭，建縣治，建大司及諸分司，又或慨焉不畏强禦，痛除冒聖裔之孼族，以平一邑差徭，力清誤加派之湖糧，以輕三郡輸納，凡皆應氏之特舉，則皆仕濂公不朽志事也。九世孫諱杰者，讀書循理，不事異教，冠婚喪祭，必遵《朱子家禮》。立家規修宗譜，建祖廟延師設塾，大振家聲，性孝友，孚洽中外，人稱之曰"孝友公"，奎之父也。有諱勝者，人號之"行素"，温恭好學，自弱冠爲童子師，教童子必以文公《小學》，出其門者多自淑士。晚歲以醫鳴，術精百及百起，人顔其堂曰"濟生"，每鄉飲必延爲上賓，鄉鄰姻族有斗者，必行素是質，因尊稱之"行素先生"云，廷育其孫也。有諱彬者，以子照貴，贈綏寧知縣。諱枌者，以子典貴，贈兵部車駕司主事。十世孫諱曙者，以子廷育貴，贈南京刑部河南司主事。夫應氏代有明德，不皆當世若此，如之何不有達人開奕葉哉？是宜光譜書也。

是譜也，始修於正德丙子，續修於嘉靖甲辰，今重修於嘉靖丙寅。帙成即以閱余，書法大約仍舊。舊法本歐蘇，而参以人心所同，鵝湖先生石川子爲之序，亦既善矣，然少有闕略，未足稱備。今也情或有未安，理微有未憚，而爲禮所得鼇者，悉以義起之。如叙宗系以起念祖之思，重綸言以明尊主之誼，并省圖注以蠲繁文，備撰特傳以表賢淑。重名訛行，已逝者弗追改以從實，稱妻已娶，即書其生年月日以明正始，無嗣者必傳及其身，以無遽絶人世，則皆鼇者之旨也。餘所考訂，相務於是，固井井然則，斤斤然嚴，簡要明盡，若指諸掌，其庶乎備哉，可以信無窮矣。後兹則雖指相萬也，地相千也，然問姓知祖，問派知宗，而愛敬之心生焉，思報稱也；問居知族，問行知分，而本源之念通焉，思親睦也；某也功被吾，某也德鍾吾，而感慕之情興焉，思繼述也。其知也生知，其能也天能，結不可解者也，而必以其譜風之。風則天機之相爲動矣，此之謂教始於家而終於其國者也。何言乎國？惟鄉人不諸應耳，使鄉人皆諸應也，則一鄉治；邑人皆諸應也，則一邑治，非教成於其國者乎？故曰："人人親其親，長其長，而天下平。"又曰："觀於鄉，而知王道之易易也。"丙寅之役，有編修者，有校正者，有董工者，則十一世孫廷臣，十二世孫銳、鑰、丗道、丗忠、綏來、正告、世維、初陽，十三世孫舜恭，各與有勞焉。若考禮逐義，酌往信來，致諸其所未備，以自慊夫前修者，則兼、廷育也，法得并書。

嘉靖四十五年歲在丙寅陽月朔，賜進士通議大夫兵部左侍郎加俸二級前兼都察院右副都御史奉制敕總督湖廣川貴軍務前禮科給事中經筵侍儀官同邑王崇仲德謹撰。

環溪吳氏宗譜序

余聞天道無私，神馨有德，《語》誠有之，理固然也。夫砥行立節之士，一善格天，降鑒不爽，況夫盛德高風，振舉人倫，有功名教者哉！上天眷佑，不同尋常，可知也，故必福祚其身，或其身之不足，必永賚其後世之子孫非私也，蓋大德之報，不如其分量，不止耳。

周自古公行仁，翦商之萌已兆，嫡嗣遂荒，故遷延文武而有天下。說者謂商周之際，以泰伯之德，行岐之政，宜可以代商而王。然泰伯不取，訖與仲俱逃，非直稱太王之心，全父子之恩已也。保君臣之大義，立萬古之綱常，而行之無迹，非甚盛德，其孰能之？嗚呼，非聰明聖智如孔子，亦惡能有以三讓相感者哉？若夫季子當篡弑攘奪之朝，而矯然不欺其志，退居延陵，直與夷齊頡頏，可謂無忝厥祖矣。是故泰伯、季子，皆爲撐天立地、宇宙不可少之人，而地義天經，君臣父子之倫恃以維持不墮。故孔子於泰伯特表而揭之，而於季子生同時，亦嘗與弟子屬意焉，則其道德行詣，深有當於聖心，明矣。余自告歸里，訪故友雙峰。雙峰者，延陵季子裔也。笑語叙生平，每不知日之暮。

已而游觀且浹旬，未即去，乃發篋出其譜系以示予。蓋自括蒼而武渠，而至今之金華北山者也，且笑進一卮，指曰："吾譜前空素，蓋虛之以待如椽者，子試一揮以爲吾家珍，可乎？"予曰："姑卒飲，予雖不敏，姑勉爲之。"今者接其父兄子弟，皆恂恂醇樸俊良，古風不泯，乃益知其遺澤遠也，其先德深厚，宜其傳世光顯也。所謂天之報施，固有千載不渝如是者乎？撫今溯古，一往情深，因次述其本末，一以仰先型，一以誌交契焉。

時嘉靖四十二年歲次癸亥小春月，賜進士出身兵部左侍郎都察院右副都御史仲德王崇拜撰。

山西鄉試錄後序

山西古冀州域，堯舜生焉，稷契皋夔，相與唐虞，其治而精一，執中之學，自此開也。多士後堯舜以生，唐虞家學亡，弗聞矣，其聞之親於四方，宜亡弗深於四方矣。皋夔稷契，非當時所登庸之士乎？今夫山川，冀也，風氣，冀也，乃人才不冀有稷契皋夔復見，豈二帝之澤斬耶？然觀於其文，憲聖人之經，而不詭於道，其語渾樸，其氣雄勁，其思精恪，其色蒼鬱，其體純正謹嚴，宛然茅茨土階、木石豕鹿間意象。有時驤龍怒蛟，沛江河而下之，巍巍髯角，變現骯髒，非上世之璞未盡散耶？是不於其質也可商，於其忠也可夏，於其古也可唐、可虞耶？凡此皆山川風氣之以也。

昔者生民禽獸然，亡擇耳。聖神者乃以其仰觀俯察之文文之，生之以農，申之以教，要之以刑，久之以樂，先天而成其能，開物而前其用。民未有邪心，以直事其上而已；未有巧思，以拙事其上而已；未有僞行，以愨事其上而已。當是時，其文也以道德，君子之文尚隱也。世降而周，民志寖廣，其欲百出。聖人者防之，以裁成節制之則。當是時，其文也以政教，君子始謂之文。秦原既蓺，帝王迹蕪，於是上辭令焉。喜縱橫，工捭闔，以智術相，其末也。戰國君子曰文禍之也。

復之漢以制策,唐以聲律,宋以經義,君子曰藝焉而已。

天啓昌期,篤生聖祖,握符承運,龍德正中,光復堯舜之道,以君師萬方,百八十年於兹矣。肆我皇上,堯仁舜孝,湯敬文一,兼兼帝王,經緯天地,通於神明,光於蠻貊。然猶章顯光獻,緝熙帝載,是以輔相諸臣感信任之特隆,慶遭逢之不偶即已。後稷契皋夔之世,而未嘗不心其心;即未有稷契皋夔之民,而未嘗不治其治。一時青衿之士,皆有以仰見其精一執中之傳,放勳重華之盛,日奮迅焉。期無丑於賓興,以忝吐握。帝澤既流,聖化尤渥,以是知冀士之速肖爲易易也。豈惟冀哉?於梁,於雍,於兗,於天下益又可知也。夫天下之士一也,冀則有稷契皋夔爲之前修,嗣清光而興者,宜未可以淺薄爲也,多士勉乎哉!

御製教民榜文疏義序

聖天子驅逐醜虜,帝有六合,臣率萬方,天下舉顒顒然望治也,乃渙汗六言,以教詔之。於戲,大哉言乎!其平天下之要道乎?夫天下惟士惟民。士固建學立師,盛服之以先王矣;若民,衆不可群居,遠不可畢至,肆約此六言,使遒人以木鐸徇於道,無鄉邑無衢巷必達,無匹夫匹婦不聞。其制,無畿甸,無中國,無蠻貊之邦,一也。昔者堯之執中,舜之精一,教非不至也,然辭奧,民莫之解焉。契以人倫,夔以音樂,官非不備也,然勢尊,民莫之近焉。鐸人六言,固簡切明易,聲入而心通,家喻而户曉者也。然朝令夕申,月漬歲洽,耳提之警,面命之熟,譬之風焉,疾徐中之,未有不入者矣。於是人各有親也,而孝順從之;人各有長也,而尊敬從之;人有鄉里也,而各和睦之;人有子孫也,而各教訓之;人有生理也,而各安習之。非理弗爲也,非法弗爲也,居然於民生日用之間,而有愛敬和樂之美。耕於斯,鑿於斯,作且息於斯,税納以時,刑罰用省,家由是也,國由是也,天下其有不平者耶?故曰:"大哉言乎!其平天下之要道乎?"

其文之疏義者何？六言詞近而指遠，懼民之略之也，略則自畫而有所未達，故旁注之，以標其往，義賅而類博；懼民之泥之也，泥則自恕，而有所不究，故弘擴之，以充其至。人情不誠於好善，而誠於好福，故善則歷數其人之獲福者歆之；人情不誠於惡惡，而誠於惡禍，故惡則歷數其人之罹禍者怵之。歆之以福，非欺也，積善餘慶之語，本諸《易》；怵之以禍，非誕也，作惡降殃之理，本諸《書》。夫苟能繹夫旨趣之深，以極夫義類之盡，歆福而善果根心，自不敢忘乎惠迪之吉；怵禍而惡根在念，自不敢安於從逆之凶。是雖百姓昭明，比屋可封，亦地此而已。此疏義也所由作也。是書也，東皋少府一見而亟稱之。每於華溪蟠桃會中，日誦說是，日叧紊是，日醇醲是，會數歲矣，風入人矣，人聞其風而興起者，溢鄉邑矣。少府猶未之廣也，爰以命梓。

寧河王明教書院序

嘗聞曰聖人設教，然教非聖人始也。天以象顯，地以形著，故夫日星之森布，雲物之交錯，而文生焉；山川之流峙，草木昆蟲之變化，而理參焉，莫非教也。聖人則之，爲之，君臣父子，夫婦長幼，朋友之道，以自此而生，自力而衣、而食、而樸，居而不放於野，群而不造於爭，以不累乎天地，故曰三皇之教，人其人而已。堯舜則詔之曰有命焉，思勞來也。雖四岳九官十二牧，相與周旋於都俞吁咈之間，而天下終不敢以言徯教，精一執中，取宗人乎足焉，故曰二帝之教，觀其身也；夏后殷周，其言寢於儀刑，陰乎王德，厚其財求，以無逢其災害，因備物也。然皆擬由是有興也，則其蘊造端乎吾身，而彌綸其所以爲人，故後世不謂之言敗以之經。

當是時，人惟知吾道爲宇宙長物。而世之齦齦者不森列降，兹言益多，數益支離，訓詁益明，斯道益晦，異瀇越千百載遼，自是其胸臆，以售之人，曰教在是矣。是舉三王洎今，昔首事者之主，捫摘埴索，途之人安所從適也？由今觀之，天地之教其家者，三皇以人，二帝以身，夏后殷周以經，後世以言。夫教底於言，極矣！是故三皇猶奧，二帝猶堂，夏后殷周標户牖而赴之家，後世則麾之大門之外，聽其所如，雖之蠻貊可也。天啓我明，篤生聖哲，我太祖高皇帝龍飛淮甸，萬爲世仁義禮樂之王。成祖文皇帝，又集皇帝之道，而表章之，使天下曉然於羲農黄唐虞夏殷周之舊，若中其日於天焉。列聖相承，先後一揆。肆我皇上，仁孝天成，聖敬日躋，懋德建中，聲教四訖，一時諸藩，樂善好學，濡聖化也。比某奉命之晉，則晉王賢，晉之諸王又賢。若寧河王，猶欲以其賢，賢宗人也，請建書院，制報可。於是辟地爲御書樓，爲敬一箴樓，爲堂，爲泮池，爲號房，外爲都宫，經營凡數歲焉，既訖工請名，則又賜之名曰"明教書院"。於戲，大哉王言，洋洋乎有以仰見夫大聖人作人之盛心也。

夫天子之化，布在八荒，而今王施國中者，非私於其國族，所以篤乎近，風乎四方，示有則也。然則王能不拜手稽首，祗承天子德意，以儀刑夫宗人乎？乃宗人亦能不拜手稽首，祗承天子德意，以無負於儀刑乎？王若宗人由是也，會見貴貴於王、賢賢於王者，益由是有興也。則凡吏國中若王官寺人，又能不曰："將無使我道訓典，獻善政，以旦夕承弼於王之側耶？則凡曳裾王門，越小大執事，又能不曰將無使我率章程，秩勞庀事，謹奔走於其下耶？"則凡被甲胄，坐而呼，疾諾而趨，司衛司稼，舍戍於王之宫、王之湯沐邑者，又能不曰："將無使我坐食於縣官也。無戒不恪，無日不惕，無乃實有所闕，以名耗公粟乎？"公有不腆之田，予既分而食之矣，而又不索地力，不薦其土實、以其宗器，祗負衆憑陵天子民人若鹿也，鋌而走，毁其苫蓋，蕪穢其桑柘已乎？今夫峻宇丹墻，殺視賨泮，奎書螭頭，帝實命之，固一方之具瞻也。國之爲士者過之，不勃然作曰："乃王人猶學也，而使我進不能抽筆待對，以贊聖猷，退無所表異衰行誼，以光巖穴，吾之恥也。"其爲農者過之曰："我其不睦我場工，好我井里，棄惡於閭師，而專攘竊於先民乎？"工者曰："毋奇技淫巧，以奸先王之禁，惟物土之宜，以贍民用，古之訓也。"商賈者曰："幸出王之塗，受其纏矣，毋居侈異以害農靡穀，毋蘊戒匿，毋煩有司，以重王之日怵惕也。"夫眶就王者，王既以禮修之，俾各有悛心；而業於晉鄙者，王復以德綏之，俾各有寧宇。夫是之謂以宗人祇寧德意，明天子之教，而致之國中者也。故使諸藩皆如王，則國家益可以寡宗人之憂；天下皆如王之宗人，則國家益可以究平章之化。夫"明教"者，聖天子大明其明德於天下者也，此固命名之徵也。猗歟富哉！是爲序。

胡氏科目世系序

予自隆慶己巳仲秋望日至婺城，游於赤松之山。郡士鄭公石巖，因就見焉，訪予以修志之説。予乃自以爲責，盡竭心力以編集焉，至逾年始克成帙。其間丘陵墳衍，無不詳明；古今英賢，悉皆具載，誠可以表一州之形勝，闡八邑之人文矣。然求其族屬之蕃，統系之盛，有如胡氏之兆興而爲獨異者，蓋不可以多得。

胡氏始祖自雪川分枝，來居永康龍山之下鳳里，至元素文質先生，買得盧人之田，在龍山市之西。鬻者欺心詭詐，兄弟相争，據價已售值，復占耕耘。一日，操耒競耕之際，會雷雨大作，掣電震驚，耕者大懼，奔走回顧，見五色雲罩其田，於時天神如有所戒，後遂不敢復争。里人因名曰"錦被丘"，此皇宋治平三年丙午。有天顯之祥如此，莫非天所祐其善人也？《易》曰："自天祐之，吉無不利。"故名其子六府君曰"天祐"。後先生於熙寧四年辛亥，以鄉薦有司，貢舉於朝。見其姿貌魁偉，問其學行，答以講《書》明《春秋》言，致處治之法，即拜殿前兵馬遥郡防禦使。十有餘年，因老得疾致仕，特贈朝議大夫，封其妣張氏碩人。及卒，合葬太平鄉黃崗里山之原。

後子孫自是顯宦，科目迭興，永康龍山胡氏自元素公始也。其二世祖六府君諱天祐，字申之，元豐七年承父蔭，兼管金吾幹辦使司文武事。妣余氏贈恭人。三世祖一府君諱宏道，字必仁，崇寧五年丙戌,任蘇州府推官,大觀四年,轉通州別駕。其第三世叔祖三承事,諱宏德,字必惠,生四子孫五,傳至三世,其後莫之考焉。四世祖諱惇彝,字敬庸,政和六年任四明刺史,贈中散大夫。子男三人,長邦直字忠佐,高宗建炎二年戊申,登第守封,於時睦寇方臘作亂,懷忠得全。後試策行在,復仇雪恥金人之議,與秦丞相意忤,坐廢。十年丞相死,乃爲監司,轉象州知府致仕。號"雲谷先生",有《雲谷集》二十餘卷,德祐間兵火盡亡。次子邦憲,字忠明,仕修職郎。三子邦俊,字義國,子銓試第十名,宣教郎從八品。邦直子窊,字德載,紹熙元年庚戌登第,仕至提舉福建南平茶鹽公事,陞吏部郎中,贈奉正大夫。侄㮏,字達可,乾道二年登第,任黄州録事,轉通直郎。侄孫儼,慶元五年登第,仕撫州金溪縣宰。奏除子鵝之貢,邑民咸德之。孫巖起,字伯巖,嘉定七年登第,仕福州閩縣宰,後爲江西提刑司幹辦公事。值贛州賊朱先亂,舉陳文肅公愷相度事宜,指顧間平其難,全活數十萬人。贛人作《平贛録》紀其事,與文肅公并祠於學。號"牧庵",有文集百餘卷。又孫似,與兄伯起同登第,仕國子正字,通判隆興軍府事。又孫佚,嘉定十六年登第,任御史秘閣大監殿宣講侍郎,兼崇政殿説書。時内臣董宋臣竊弄國柄爲奸吏,公彈擊不少緩。理宗寵幸宋臣不衰,以故除將作少監,即日去國。歸治園宅臺館,乘高以眺遠,有萬山奇觀勝境,真所謂"利名心了愛青山"也。後連與數大州,卒不赴召。號爲"雲岫先生",有文集五十卷。其文尚未及全。曾孫居仁,淳祐七年登第,初以閩孫蔭補官,入爲國子監簿,轉爲監丞,知台州軍事,後爲太常博士。遺文有《清湘集》《維楊稿》《金陵稿》各三十卷。文辭政事,絶出於四方,號"静齋先生"。又曾孫雲龍,寶祐元年登第,任臨安府觀察推官。玄孫與權、之純,并登咸淳十年進士,兄弟同登科榜。

泊以石塘先生長孺,字汲仲,咸淳六年進士,授迪功郎,監重慶府酒務,轉升福寧府通判。石塘才行超群,文學鳴於世。宋末不顯,元至元二十五年,命訪求天下行能之士,宣召至京師,引見内殿,有旨授翰林修撰。以忤執政意，出爲揚州教授，移建昌，三遷主台州寧海簿。有惠政，民歌頌之，勒石曰"德政碑"。延祐元年轉升將仕郎兩浙都察，轉鹽運使司長山場司丞，謝病退而隱居杭州之虎林山青蓮佛舍。聚書數萬卷，四方學徒考德問業，答笈接武，有求銘誄贈言者，非其人，雖一金易一字，不與也。進士科設，各省馳驛交聘，謂得致公爲榮。當時石塘官雖微，而其雅德清望，唯公爲最顯。時作胡氏科第圖，自建炎二年至咸淳，相踵爲官登進士榜，伯仲聯芳，五朝八榜十人；洎從子孫中登第，合十榜進士出身者一十三人；其由才藝貢舉爲郡縣者三十余人。當時世科相踵，仕路交馳，儒林并秀，人所羨焉，是皆其遺譜備載。先世之種德而然，天顯之祥，錦雲覆田之異，余心之所嘉尚者也。兹撫取以序略云。

序冒認聖裔案稿

永康孔氏之冒認聖裔，三舉而三斥黜之。考溯梳剔，極其詳確。既有以破其偽而窮其術，復有以屈其辯而奪其心，即使奸雄復生，保不敢再也。夫闕里，聖人之居在焉。萬子千孫，世世森列而灑掃，戶之冒亂猶不免焉。矧在寰宇，蔓延流濩，越千百載，遼闊易影響也。若吾康者，根尋枝援，此編能始末其今昔，首事者從而梓之，將以告人人，篤不忘也。先是，嘗墮其偽也，復其家米歲三百石，苟相沿至今，豕欲不厭，又不知其幾矣？彼以偽封，民以愚瘠，此戶中之恫，世被之患，無所底止。昔人謂寬一分，則民受一分之賜，此豈一分之賜也乎？噫，貂尾獬續，且人惡之，如之何其使跖也而歲相之食哉，坐以憊吾民也。首事者可以光世講矣。

贈兩峰公逸相歸雲序

賈子蚤業儒，方蕆舉子，會造物沉落，乃肆力於醫。凡岐黃百氏而憲之經者，輒入其奧而精之。所以精者，蓋儒爲之地，而性命之理爲之先容也。嘗曰："大丈夫不能提挈天地,而民和法則之,不能把握陰陽,而必逆從之,使造化在我,而後能長養安全,施利人之爲不憚,即顛倒操縱其有撓者,以掣吾司存,故'不爲名相,必爲名醫',謂其職專調元而權能侔化也。吾家自刪定以行誼燕翼,代有聞人,重負迄於茲,未有屬也。不忍自穀以木石終乎,乃遨於吳楚齊魯燕秦之間,挾所嘗學而托之草木金石之英,以衛夫人之鮮戩殺者,發秘中奇,真若司命。"縉紳大夫陲其賢,而内之御藥院,戩和皇躬。

夫古者君側有保傅氏。傅氏傅其德誼,保氏保其身體。閑邪沃心,伊説爲至;頤和導順,和扁與焉。其《告命》諸篇,嘗與《伊訓》《肆命》并傳,而二豎膏肓之論,又與放聲遠佞之旨相表裏。以規夫嗣邦家者辣切,醫可小之乎視也哉？使賈子有所底止,古今人不甚相遠,而惜其時莫肯縈也。然術售而相與神者,間十數歲,神而相與售者,門日至不虛。其所施利安全長養之者,殆四方也。夫放生活命,簡策必書;而賑饑全活,史氏最其洽行。是故君子以志通澤流爲達,而身達次之。達而離道,君子訓猶塞也。然則,賈子達耶？塞耶？抑木石耶？丈夫耶？綽可以自況矣。一日,又語人曰："天地至大也,尚猶節其光明。故夜樽其渙散,故秋陰生朝露,一晞而足也,可使營物,不已以自氂乎？吾將抱其大者而無所容與歸乎,休息於無委之隅,以覺視於無形,埒之野已乎？"是時,蓋倦游而有桑梓之思也。

士大夫聞之,而多其自止足也,於其行,相與詩歌之。一賈子也,始自矢以先人,芒乎其不可攖;終葆光以自爲,又浩乎其不可奪,何先後頓異乃爾？蓋聞之君子矣。夫道無常舒,有時而卷。方其舒也,偶乘吾之鋭也,非有所利而繫之也,故其進也重;及其卷也,吾鋭盡而返,退也,非有也,棄而失之也,故其退也輕。進有可際之義,斯常直而不濡;退有可甘之節,斯常足而不殆。通乎是,則卿相可也,匹夫可也。時乎先憂,時乎後樂,其斯以爲相乎？賈子之道可以喻大矣。

賜進士第嘉議大夫貴州按察使前户科左給事中同郡永康王崇書。

瑞粟贈後溪陳侯序

　　鄉進士中臺樓子刈粟，乃農人諸服鎛者，見其粟一莖而兩穗、三穗，并頭而旒垂者滿疇，豐長碩澤，迥絕常品。訝曰："異哉，粟也！以吾農且老，而未之見也。"少焉，其鄰若村若行道之争環視之，咸以爲異也。其無乃瑞乎？樓子擷以示鄉父老年極高者，諸縉紳、大夫、學士之有識者，其曰："瑞粟也。此和氣所鍾，與兩岐之麥類也。召之者，其惟陳侯乎？"於是，學士大夫父老之善謳吟者，相與歌詠之。樓子爲圖爲帙，偕諸君屬余弁其首簡。余曰："噫嘻！陳侯瑞心瑞政，其瑞人也。乃諸君不於其民是瑞，而願以其物之瑞，何哉？夫侯宣天地之和，必先民而後物；而得之，必民先而物後也。是故心和而後政和，政和而後民和，民和而後物和。不和其民，而能和其物者，舛也，天下無是也！"

　　夫向也，民固有苦上之不公且恣也，則相率而怨其上曰："夫何曲法苛令，乃蹂躪踦跨我此極也！"而今則無矣。夫向也，民固有交惡構訟，疾上聽之不聰，而惟刑之虐也，謂天蓋高，恝我暴掠無完膚也，而今則無矣。夫向也，民固有卒歲離苦，蓋墙蕩四之，若東郭氏之馬逸也，而猶月題羈縶之動爲道殣，而今則無矣。夫向也，民固有窮貨，舉田廬，鬻妻孥，以給公上，不則上臘其毒，瘠於囹中，而今則無矣。夫向也，關不解軐，道不徹警，赭衣公行，居者行者不能自保有其齋藏，而今則無矣。民惟公恕之無求也，一無筐篚盆盂之供，然侯猶猛自繩約，懼怨之來，矧敢厭耳目心腹之欲，以肆於上？即如此粟，相壤辨種，以遵播矣，復勤事警惰，以崇其出陽烝陰之勞，俾土脈之不蒲青，如之何其不芚芚然日勾芒耶？侯糾虔天刑，清兩造於嘉石矣，而奸發伏摘，庭中稱平，固有措桁楊桔，拲於弗加者。即如此粟，暴之於青天白日之下，而翳蔀抑勒之無從焉，如之何其不芃芃然日滋長耶？侯之民直自展其力以治生耳，故相忘於作息守望之常，而無蕩析離逖之苦。礦於山，戍於海，侯厲禁之，卒以不逢不若。即如此粟，噓咈於光風霽靄之前，無以致搖落也，如之何其不油油然日暢茂也？侯之民紛枲而衣，芻豢而食，顧食粗衣惡，徵惠之以睦我場，里胥衎衎於裘絺罇罍之樂。有如此粟，藉封殖沾溉之宜時，雨暘寒燠之若，如之何其不累累然日粟以實也？侯之民聯之以什五矣，比之以追胥矣，門不戒閉，道不失繮。即如此粟，惡豕虎，惡鼠貓，而烏啄馬餂之不相及也，如之何其不充充然大有秋也？民既康矣，侯猶申之以孝悌忠信之教，久之以詩書禮樂之文，於是治化流洽，風俗淳美，宣邕元和，開先至泰。有如此粟之究極地力，適及天時，善極農政，各順而各足焉，如之何其不幷頭聯穗？農人異之，學士大夫瑞之，以詠歌也，乃諸君不詠歌以瑞其民，顧詠歌以瑞其粟，何也？是非忘其大，以識其小者。諸君曰："非忘大以識小也。民衆易忽，故習見以爲常；粟罕則察，故曠覩以爲瑞。瑞粟者固和氣充滿而波及之，實民和之餘液也。然微粟，無以瑞侯之賢，微子之言，無以瑞侯贊勛之大。請書之以弁其首簡。"

贈邑侯陳後溪榮擢序

陳侯擢滇之建水守也，邑諸僚贈之，學博士贈之，余爲致言者再矣。若鄉士大夫之贈也，初以言屬晉庵應君，諸大夫亦無弗晉庵君屬者。乃晉庵君獨以犬馬齒余，士交際以言，言必先長者，固辭，強再三，辭益固。余益所事遜，亦舉侯交際之盛節以言，信蕪言也。

嘗聞邦君折節下士，則士以義往，上以禮交。所以諮諏政事，疏邕民隱，先王尚之，治世所崇也。世降道微，邦君動以性氣，崖岸擯閣，剌止遙緘，除軹道，必門無長裾短襦而自以爲有風裁。故士也，謂人不吐握已也，飄然納履去之，此澹臺所以抱重，而仲連所以引高也。然有一種，首鼠乞顏面，曲恭謹，伺顰笑，幸而接杯酒殷勤之歡，遂勤以爲華重，乘醉飽射僥倖，以望頤氣，此冠綏所以自污，而趙孟所以益大耳。

夫古之邦君，能自辟召，能自予奪，能自生殺人者，以是而矯焉滔焉，且猶不可，而況於今也？不能以自辟召、予奪、生殺人，故曰世降道微，言上下之胥於失也。惟侯之吏兹土也，顧自以爲，士者事之蓍也，民之鑒也。惟患不吾直，不吾諒耳，豈不欲讜言日聞，以規吾過；善言日至，以偕吾於道哉？是故巽言亦入，法言亦入，惟士之弗聞也。然好問善識，尤善任耳目。居歲餘，士之智者、闇者、信者、佞者，民之某也良，某也暴，某也強，某也弱，舉知之矣。若人情土俗，若民艱吏弊，舉嘗之矣。居再歲，其所爲知者，日益廣以詳；其所爲嘗者，日益備以熟。侯威嚴亶聰明，以聰明之才，假威嚴之力，苟務知也，容有其不知而廣且詳耶？苟務嘗也，容有其不嘗而備且熟耶？當是時，士雖欲不直不諒，以自售其私於侯。譬之規矩陳，不可欺以方圓；權度懸，不可欺以長短。輕重誠一問，口已先得其未語之微。固有三年之築不成，而一朝斷之，有餘思者矣；千百人樹之不足，一人拔之，有餘力者矣。欲以舛吾事，倒亂吾民也，得乎？吾康齒繁而事冗，民囂而訟多，昕鼓登堂，手不停披，口不停語，詰者達夜，簿書功狀，歲以萬計。方歲餘，事或有未順，民或有未懌，士猶可忠告者，月嘗四五焉。及再歲，士可忠告者，月猶二三焉。比三年，士可忠告者，一歲無二三矣。積是以迄今日，事非公平，廣大之體弗由平，康正直之民，可以復見士安容力哉？古者迪人以木鐸，工以箴，瞽以詩，皆所以忠告人直諒己者。士有不直諒，不忠告，懷二心以事其上，其自視甘迪人、工、瞽弗如，固不足以爲士；其邦君不以直諒忠告望其士，顧直以迪人、工、瞽弗如，則無以聞其過而偕於道，亦不足以爲邦君矣。

昔孔孟處於其時，非有民社之寄也，無亦憫其事之舛、民之倒亂，而必欲先王其君。以故所如雖不合，而猶棲棲天下。夫孔孟以天下爲責者，士以一方爲責者也。雖聖凡弗倫，其上下之交一也。

故使當時之邦郡并如侯，事不舛、民不倒亂亦如侯，孟可以無出疆之贄，孔可以無列國之轍矣。然則侯之於今日也，不可以無士也。

雖然，侯豈能一蹴而侯賢哉，其無乃善言讜言爲之地也？侯茲違康人而之滇矣，滇之士亦必有直諒忠告以告侯者，請毋曰："吾自一蹴而能吾賢耳。"是則不肖之所忠告也，惟侯以爲何如？

贈陳後溪榮擢序

後溪公擢建水守也，將建其舊僚之滇。僚之丞尉若幕胥不勝其唏嘘也，詣麓泉叟，謂曰："吾何修得侍後溪公於寅末也？公賢士，吾儕乃不忍末。吾儕顧益教愛，吾儕事自爲其難，過自任其咎，作箴止否，釐偏捄訛，恒及其幽微，以覺吾是惟佐。吾之興也勃焉，而公之志始紓，是非私吾，凡以爲百姓也。微公，日且罪戾，如百姓何？茲擢遄去我矣，安所儀刑以寡其過，善其後也？顧一布下悃。"

麓泉叟曰："諸君知昔人之賦蜀道難乎？喻仕途也。蜀道望霄漢，漠濛濛，上之若將萬仞。前途之烟耶，霧耶，風耶，雨耶，羊腸之九曲耶，行者冒昧且前，或失足不測之險，而無所用其智，以未踐也。有嘗踐者先之，知嶔巇乎必僂身，以善陟也；知窈窾乎必循牆，以善入也；知坎埳乎必摘埴，以善逾也。審後而動，其視冒昧以前者不相百耶？今天下仕途，十九蜀道，名則相忌，利則相攘，勢則相傾，位則相擠，罾其回始足也。腹中戈矛，談笑而鉤鉅者，豈少也哉？一不慎則仆矣。公之處同寅也，知仕途之難，而諸君爲尤難也，故害則擔當，利則退讓，寧過自貶損，肩怨負謗，以諱人之不韙，無寧干諸寅以嫌異，而遺之危疑。彼其心以諸寅未信，民以爲勵己耳。若公則惡之而人不以爲偏，威之而人不以爲虐。勞若逸之，擾若休之，民信之也久矣。即有騰毀其於上，暴其訕於途人，皆曰'顏固不盜飯，曾固不殺人'也。俄而冰消霧釋。諸君若叢口也，則殆矣。賢未信於人，先以其成心窺也。此後溪公所以後己而先諸君，宜君德之若是其繾繾也。至謂公去而諸君難於善後，然康民之山川氣習、好惡利病、是非毀譽，諸君已知之矣，已嘗試而熟其概矣。後不異今，亦猶今不異昔，使後溪公始不附疏，諸君所貿貿焉則可。夫既儀刑乎諸君矣，第取儀刑者，而常師諸心焉。爲的不同，而同於中；爲遇不同，而同於理。公雖之蠻貊，瞠乎其座右也，何善後之難而過之不終寡也？公行矣，諸君屬余布下悃，余故特著公之所以嘉與同寅，無亦遠到乎諸寅耳。如德之，幸無忘其嘉與式弗替，公儀刑必達其所自到。是則公之宿心，亦不肖之下悃也。諸君以爲何如？"僉曰："然，敢不勉哉！"遂筆之爲贈行序。

贈永康令陳後溪榮遷州牧序

是歲秋，人右報陳侯遷湏之州牧者。康人怒之，且億之詐。若曰："聖天子樹良封能，侯召而内侍，分也。乃州牧猶遐陬，何不協輿望乃爾？"既而曰果然。康人各相顧駭異，聖天子何急邊氓，予之以古循良哉？其無乃計康人屬循良之化哉？而不知侯猶以爲未足。方亹亹下膏澤，顧奪而他之，俾勿究是何康人之祐之薄也。官一也，而令獨難；令一也，稱古循良尤難。令近民，於民則皆子也。凍餒羸獨者，以安祈；辛酸燥濕者，以濟祈，務各中其欲也。而尊官臨於令之上者，則又亟取民焉。賦徵其財，役徵其力。然緒繁，上責之理，示必竣；職卑，上視之易，示可辱。令苟一意於上人也，則惟所披靡，無遑乎民之弗堪。是豈置令之初意哉？夫分民使親之，猶受人牛羊而牧之也。上人者亦惟其牧之已矣，曾何持三尺篠日驅而勞之，撩之，食其角，釁其血，使犢吾犂，而越吾棧也？人人親其民，而天下平，令負荷若此，而自過麼眇，以俛仰上人，不重可恥乎？今夫侯一意於吾民也，寧以言咈上人，勿及民有蹙額之告；寧以身拂上人，勿及民有投壑之行，忠信惻怛，以求其至。情固未有不中而遠，亦未有上人必反其袚，而恐民以自蘖也。孰不爲才，然令行而或以生事，政立而或以病民，萬目舉矣，而仁厚之樸盡亡；元氣索矣，而功狀之觀益美，其於民也何益哉？若侯令唯唯爾，而民忘其勞；政巘巘爾，而民不以爲厲。雖奮揚蹈勵之志殷，而劑量均調之意已默至矣。孰不爲守，然近足紕以惡垢，安望其殉道直行？投井錢以自廉，安望其爲民冒謗？是故一脬不受者，鷄犬爲之不寧；能讓千乘者，瓶罍爲之交罄。侯則井既渫矣，民以并福而食；貌云瘦矣，民以義勝而肥。蓋嚙苦以儉其身，任怨以嗇其用，開其財源使來，謹其蓋藏毋奪。故接歲饑不爲害，兵不傷農。侯豈少之乎？被康人也與哉？

顧輒遷而去，而使百姓怵及於患，其能已康人之怨且慕也與哉？商賈者相曰："吾操奇而累錙銖耳，今而後將廛吾丈，権吾貨，出吾畏途，而塞吾奔走之日至矣。"工者相曰："吾執藝事以自食其力耳，繼有愆吾償，掠吾直，竊吾鈇，賤吾踴者，伊誰之赴愬耶？"農者相曰："田吾田歲輸一而自入其九者也，將耒耜望觖，而捐鏄之計拙耶，何以謝橫索也？"士者相曰："吾方陋口耳，尚躬行，溶溶乎被，渢渢乎入，何鼓舞倡興之力遽衰，而使先王之風微耶？"夫四民者已盡乎康人矣。若深山大壑，長老不識官府何物者，亦扶狀相與語曰："固知侯資必遷，望必遷，今果遷。"官尊而爲大夫，地拓而方千里，於侯得矣，如康人何？夫安得遷侯，而猶借侯長父母乎？康也。固知他日內召，公其賢予天下，而康猶與其澤焉。又孰與長成父母，私其德尤專且渥也，故使帝可籲也，雖排閶闔可也，奈之何厥有成命，而無所容其籲哉？此雖野老遷談，而蒼生至誠，概可見矣。

瀕行，邑三博士率諸生詣予，僉曰："某常見四方之令，與吾桑梓之令，四方其賢者有矣，而無如後溪；又常見四方之民，與吾桑梓之民，奪其令如奪其慈母者，亦無如後溪；又常見古循良類，於簡册中得其陳迹，不圖今日身親見之，淑其儀刑，濡其道誼，可無一言以少致仰止？敢請！"余曰："儀刑之淑，予猶夫諸君；道誼之愛，則先夫諸君。予惟予言之不足以對揚德意，懼虛辱也，其敢煩請？"

贈龍雲東擢大中丞巡撫大同序

國家不內屬，非政號令之不足也，無亦順保之，以胥有寧宇。故環寨建鎮，置帥守焉。謂其叵測而觀之兵，即欲宴然者，汔於中外，且萬葉也。大同虎落燕甸，遠亘碣石，近控沙漠，實東北諸之□吭，天塞之雄鎮也。數歲將士弗調，乘間竊發，貽不紉憂。天子宵旰，而須重臣之賢者視師。若曰："爾衣服飲食予士，爾賞罰用命不用命。"固將以辛酸苦卤平其群欲，而攻熨鍼砭，入膏肓而下上之，庶其在此。乃云東以簡行。噫！斯役艱矣。

公恢廓慷慨，不蹩蘸時局，每及古聲烈，輒躍躍動義色，思迫先之。尤知人，善駕馭，其意氣能奔走奇杰，以指誓肝膽。嘗守平樂，以梗崛蠻郡也，而進之文教；勸學平祀，課藝授經，士樅樅然興，百姓雷動而響於易使。嘗提兵府江。府江冠右巢，颭世所不攻也，險道天塹，而凶獷四攫，舟航之命盡懸於天。公定策以伺，犯則草薙之。終公之來，戚不敢以只矢南下，道路遂通，不失一繩。夫一平境也，平樂以文，府江以武，一弛一張，而罔不從志，公於大同何有哉？平樂世夷於其聲教文物，猶不啻蜀犬之日。而大同民士，則固耳濡目沾，患未有以提撕耳。況沙漠之兵，飄徙之騎，歲月一至焉。而復有開塞之限，烽堠之警，其視府江之寇，日在門庭，患搏心腹者，又不同也。夫大同不難於諸蠻，而節度絕尊於郡臬，不受監制而掌握在我。復以公所宰割者臨之，至則稜稜然風采矣。大同於公何有哉？雖然，公無難，時則有難為公者。昔楚王燕群臣，燭滅，有牽美人衣者，美人絕其纓，告王。王令群臣皆絕纓，然後出燭，卒得絕纓者死力。大同將士能無牽衣絕纓者乎？將遲燭讓訐，以延佇乎？抑摘伏昭度，令後不敢訓乎？此公之所以難也。

夫天下之為，時愈難，則豪杰之舉事愈易。不觀造父之以渴服馬，百日而服成效。駕馬見圃池而逸，鞭策莫能禁。是豈鞭策少威哉？奪於久渴，而圃池之易為德也。一鎮苦渴久矣，公其衣服飲食以圃池之，則將士所以驅心恐後，殆有甚於鞭策之威。而公以經略，可次第也。積是而需其全，當必有鐘鼎公者，而精光風澤，又有不出於賞罰之外者乎？天遺之難，公實受其既也。《書》曰："愚夫愚婦，一能勝予。"凛乎若朽索之馭六馬，公其以之。古語云："游心上行，人定其亨。伏志無極，天贊其吉。"群情之徯公也。

贈唐方伯名時英號霽軒序

霽軒唐子，高人也，嘉靖己丑同余舉進士。余是時亦四海兄弟已矣。即知其爲滇人，而不知其滇何人也。既而，同官山東，同入覲，又同按東郡，登岱岳觀海，往返餘三千里，無弗朝夕，故其雅好獨行，立修默蘊，胥此爲悉之，因稱之曰"高人"云。子蓋瘖瘝羲皇，揖至人與游，而得其趣。天下之物淡然，其遇也若泊，其去也若寄，外無羨援，内無置罣，以自有其我者。然有駿才，闇穆勿露，至臨吏事，遇民隱，時難國蠹，一以本來靈慧應之，真有若鑒懸衡計，決河漢而下也。其成敗利鈍所不可知者，一付之於不敢知。竟天道佑直，至皆坦履，日鮮窘憂，而集之吉。性不喜爭，人亦莫與之爭。人欲己先，則讓之先；人欲己益，則讓之益。既不敢以其是自是，亦不敢以其人之未是是人。人顧自以勤立務，以儉裕用，以退消事，以静寡接，以愛敦親，以恕容衆，大率用《老子》退一着高處，不務勝人，務全己也。天下之獲，寧有大於獲己者哉？

今天下才人智士，逐逐其所可欲。苟可致也，雖敝我之力爲之，謂悦我也。如欲敝我之力以悦我，是自以其物先敝我也。夫天下之物，必先有我以受之，我且敝矣，又何獲之與有？况物各有主有命，如未必獲，何人惟見我之常逐物也，遂以其物兩我，若謂物之與我等耳。故三公或以易介，一忿或以忘身，紛自戰於是非得喪之間者矣。然《孟》者曰："萬物皆備於我。"然存我自足，物也。《老》者曰："天上天下，惟吾獨尊。"言物皆所以事者也，物不可以兩我也，皎然矣。不觀嶽與海乎？溔瀁無垠，八極是際，吞吐江漢，伸縮百川，水莫大於海；嶽也巀嶭上霄漢，切雲摩日，凌兩間而孤焉，環天下稱嶔巇者，視嶽則環然小矣。故嶽不與山爭,而天下固高嶽也;海不與水爭,而水莫固加海也。夫物之不可兩我,猶山之不可兩嶽,水之不可兩海,分早定也。乃天下方夢夢鬖鬖乎是,獨唐子明乎大分,以學觀我,藐其物於無何有焉,以自完夫天然妙用之尊,殆翔翱乎世網之外者矣。謂之"高人"也固宜。

贈陳雙山郡侯考績序

周制重侯牧,以親民也。然得自辟召,得自賞罰,得自生殺,諸亡不操縱自我,以專有一方。故所令易行,所禁易止,風易回,澤易下者,誠以其能予奪生殺。人之不爲制,而貴賤、貧富、壽夭,胥此焉出,權自天子下一人耳。古重其官,蓋重其權也。世降制易,即辟召人一椽,必請所與賞人錢及縉,必請所與罰金鍰,必請墨,請流,請城且舂,請大辟,皆受上可,不自決。然則,何以能自重而禁風澤?宜不古易也。乃賢大夫者作,素乎其位,而環屬數千里蒼生,望泰山盤石然。貴者、富者、貧者、賤者、生且死者,若無懸於天,而悉造命於其掌握,而權不與焉。何也?豈其趨民,固有重於爵賞刑威,而爵賞刑威,抑其末而已。

我金華,浙之劇郡,好鬭健訟,賕憲飴刑,日入於野而癖焉,敝久矣。諸來守者,殫慮悉三年也,而未有逞志。惟我雙山陳公,以嘉靖丁未來涖,至之日謂起痼用砭,振敝在嚴,遂蒐別民蠹,蹠摯官邪,誠有如虩雷爍電,人恐恐然易視壹聽,惟上言是是,而莫敢貳心。久之,民乃洞見其上人之微,曰:"底吾寧耳。"公知百姓且信己也,於是悉召諸司而勸之令德。諸司亦莫敢不訓衆,而好鎮撫之。居期年,民紓畏也,斯樅然返思,相與希於化理,日月以冀。又期年,光風嘉颺,渢渢乎入矣。方三年,政成,耕者歌,樵者詎謠,百工商賈胥慶,士懌於業,而負之以耀,野無流亡,無盜賊,關無苛禁,境無畏途,獄訟不興,刑是幾措,婺中風俗逼逼乎先王之遺。

考公之政，大都出之以學，治之以才，將之以操，需之以度，而卒澤於信義之宜，瀹如也。是非公，好惡正，旌別化行，廉恥道振，於是人慎毀譽，重榮辱，直道嚴於憲典，鄉評榮於褒書，賢者人尊之貴之，才者人尊之貴之，被道用光，懷德是富，此其華，固有華於辟召者矣。否者若叱，可者若攜，假顏色者樂嘉與，獲體貌者感知遇，躋者霄漢，墜者九淵，此其威固有威於鐵鉞者矣。上惟爵賞刑威之是恃也，則其頑者不必勸，悍者不必怵，即有革焉，無乃以面應其上，而孰御乎不情？公獨能使人之相先於禮義廉恥之澤，自求容於是非好惡之公，而不敢自貸。則其精神意氣，殆有出於爵賞刑威之外，而世之爵賞刑威有不足庸焉，茲其為古周官也。故至於今，成周辟召賞罰生殺之化亡，而三代民心之真固盈盈焉復見。孔子曰："吾其為東周乎？"茲焉再矣，故有不碑碣而存者。今年春，公考績，八邑之令，皆古侯服，能篤行古道，而威公之開型範於周也，於其行，相與數公之德政如此云。

懷琴張公入覲贈序

康尹張公入覲，其僚夏君、張君，祈言贈行。余因謂夏君曰："公行，篆將及君，專方百里，志大行也。"君曰："方以為憂耳，何也？尹之與僚官不同尊也，而事者異志。公與不穀人不并賢也，而敬者殊禮。凡吾所以獲上而達下者，皆尹為之先耳。微尹，民將本末視予，幸不束為薪足矣。方此之憂，而志何大行之有？"

余曰："民亦賢君，非必尹也；尹亦賢君，非必民也。賢則民從而尊之，其敢後？夫諸僚孰不欲視篆哉？乃不以喜，而顧以為憂，其操心也益危，得民以先見其微矣。夫諸君得公，猶學者之得師傅。是故，公誠廉，諸君則務寡欲；公誠公，諸君則務無成。心公，無冤獄，明矣。諸君務公焉，公生明也，公無強御威矣；諸君務廉焉，廉生威也，公嘉績多於時；諸君務勤焉，勤有功也，公良法裕於後，識矣；諸君務慎焉，慎有終也，亦猶木也從繩。木從繩則正，將公輸是材以廣廈我黎庶,又何患乎爲薪,患不師傅公耳。且公以進士起家,臺諫卿相是望,故是志不在小。自余側足仕途四十年,考治課吏庶矣。然未有如諸君之發身,而崢然能自立如諸君者。康人有不知者,則妄虞曰:'諸君之廉也,勉於公,清涇之涘無濁流耳;諸君之公也,勉於公,皛日之下無私容耳。今而後將無以邪小狎而變其初耶?苴梗入而易其介耶?公輸雖遠,而其爲圓之規爲方之矩者,固在也,苟尺尺而寸寸之,公即榮遷,康人猶福公也。矧惟聖天子龍飛,賢宰執不拘拘常調,惟才賢是使,諸途并興,諸君興矣,豈不以福康人者而爲之地耶?此則公師傅之力也。'"識者曰:"康人福於君,諸君亦福於公矣。"諸僚僉曰:"旨哉!其書諸紳乎,篤不敢忘!"余無聞,無能文公,姑舉能師傅人者誦之,且以規諸君也。

贈張懷琴大尹入覲序

永康,浙衝邑也。上襟處、台,下吭衢、婺,嶮道雲入。公使川涌,閭閻苦於供應,敝也極矣。邇乃海戍番上,輜羽霄馳,閩廣募兵,田畯業從,筋力半任干戈,而庸調益數,膏血盡資囊橐,而賦斂日增。故訟則工於用囂,強則敢於爲盜。才者不得制其奸,智者不可窮其詐。蓋救死之志雄,而輕生之氣銳也。肆廷議重難,康令非俊乂不可。懷琴張公起甲榜,負峻望,特借重公,實俊乂公也。

比至永康,首及民瘼,何以困此極也?於是綏不急之征,罷無名之費。省里甲,而冗褲盡去。向也已十其費矣,平田而詭射悉清;向已兩其手矣,止召募而驅之農。破嘯聚以弭其亂,殄巨寇以塞禍源,搗積窩以擒盜數。爭田產而直抵其鄉,訛異莫乘;訟人命必親詣其處,真僞立辨。不寄食民間,而鐺鼎自具;不令事從者,而蒭蕘必辭。獄冤抑則平翻之,人過誤則繩之,不當人罰金,不摘人郵役,不輕冥人成,不入人至死,累囚猶爲之求生,道懇怛備至,天衷洞焉,其赤如日,人共以景星慶雲睹之。初評其治者,有曰:"不患其不仁,而患其過於仁；不患其不誠，而患其過於誠。"何也？人見其始也，純以夏商質，若可象刑盡衣裳而治者，既而懲不恪，威不軌，霹怒劃然，於豪能橫，虎而翼者，獂也三窟，若犯禾之鹿而挺走，其不仁者遠矣。夫人見其始也，不逆不億，若可結繩刻木而信者。既而，睿照微情破偽，犯者吐曰："何言已見吾肺肝矣。"於是野狐人立者不敢復夜嗥，以魃迷憎之妖，巨魔能上下，鬼神不敢復閃倏，以弄幻空之影，其不誠者遠矣。夫衹今暴者落心膽，而見畫地之獄；嚚者易腎腸，而羞嘉石之庭，不惟不敢犯，亦且不忍犯，於兹已期年矣。

夫先是而為之令者豈少也哉，積數歲而暴者猷。是公何以能使斯民期而理也，於以求之刑且政耶？顧及於所聞，見所不及者，固蹲吾後也，迫之不幾於偶然舉而吾去耶？即有從焉，面而已，孰與以天能者求之？本之以忠，出之以信，維之以禮義廉恥，固天機之相為感也，有不樅樅斯誠矣。故孔子曰："道之以德。"又曰："君子之德風，小人之德草。"夫草之德，惟風能動之，渢渢乎人，溶溶乎不知其所為，被而疾徐中焉。蓋風之德巽，草宜之也。苟捨是也，而求之以雪霜霰電，則軹道之外皆朽株，而荊榛接軫矣，尚望其能達四方耶？然則公期而理者，無亦相從於聖言也與？是歲冬，公入覲北上，學師生徵余言贈行，余故數公之治康者以贈，且告士論之重賢公也。

贈何司教遷冀州學正序

滄泉何君，東粵之隽材也。挾毛民經傳，起南海多賢之地。草角試舉子第一，廩食黌序，雖未第而飛黃騰達之聲已四起矣。即督學諸老，如太宰默泉吳公亦奇之。粵中嘗許重十人，乃九人上第，獨君不上第，非命也夫？君安之，年二十九應歲辟分教。壬午，試廣西入穀，榜草第八。乙卯又試，又入穀，竟兩奪於忌者之口，非命也夫？

歲掌教永康，時余亦家食，數過，數聞其所讀之書，談白沙甘泉之學。若時事，每及。每援古訓典，鑿鑿根據。日與其僚趙沙河、張環溪，課多士經史，標門戶以循入先王，暇則上下古今人詩。縣中政事，民間囑托，不秋毫干。前令尹陳後溪公嘗謂余曰："何子處三年，曾未有一語附吾耳，誠賢。"殊禮重。近蛟溪萬公尤精鑒於陳也，式勿替，陳禮重。一日，諸生有罹讒者，上官索逮甚急。君廉其冤也，力白於其上官。上官特直君，爲寢其事勿按。諸生謝，君止闇人毋內刺，第公言耳："豈私汝耶，乃謝爲也。"生云語群僚曰："與上大夫言，必胸中無物，始侃侃，微有先入，則浩然餒矣。"諸生有少善，必陰翼之；有顯過，必庭撲之，其鯁介嚴毅類若此。於是郡藩臬行部督撫使者，交刿而上其最，叙名遷書。先是有報其遷阜平令者，訊之，乃得於銓部初議，非全訛。既月，乃知今遷，并知前報者非全訛也。士大夫咸相慶曰："時方多事，百責求有司。即盡廢匙筋，莫供煩苛，姑皋比一再歲，尹取諸囊中。然委蛇退食，坐聽絃歌，有後獲也。"

居無何，戒行李，將携僚兒以行，二僚造余請贈。余曰："何言哉！以君文學行，歲兩入薦也，而竟不究其遇；以君政事，他日固令尹也，而亦不究其材。君之先公抱負之富亦君也，一鄉善士，廿載燈窗，何其勞也，竟不一沾升斗，天固夢夢然一無所售已乎。卹勞庇善，天之職也，今聞君令子抱負之富尤青於藍，行將掇巍科，躋膴仕，天章雲錦，榮被殊錫，造物者必悉君家宿負，而亟還之，文子文孫，必有食其報者矣。幸謂君曰：兩世圖書，君家之福券也。尚語令子，其珍之哉。"二僚起謝，明日，書以贈行李。

贈武義令陳橋龍入觀序

龍橋陳侯，荆楚豪杰也。早歲歌鹿鳴，弗偶春官，然賢聲籍甚，乃拜武川令。武川俗許民畕，令往往蒙詬弗終，天下負以難治。命初下，仝選郎咸咋舌相愕，侯顧益自喜，若不難盤錯，以利器初出硎也。

比之官，召父老問狀，慨然嘆曰："誠亂絲也，急則益棼如已矣。

其簡易平恕乎？不觀之魚方其在淵，溶溶然適，於人固無競也。及羨而取之，罛罶涔汕鈎鉺，日相尋焉。屑屑與魚角也。魚斯窮力以究其所之，列罛罶，觸涔汕，餌迸鈎，靡弗逞耳。夫魚豈不相忘於江湖哉？"侯於是滌苛捐煩，以開誠布公；棄瑕略緇，以守樸崇信。諸所令武民者，務先體要，本人情，揆俗累，求其所以中病，處以甘苦辛酸，平其太甚，宣鬱邕和以利導，其所可近必重吾拂也，始以鍼砭從事，須其自艾。居二載，百姓安焉。奉唯諾者謹無譁，供奔走者謹無後，執藝事者謹毋弛於度，肅衣冠者謹毋畔於禮，賦無逋戶，徭無曠徒，獄訟不滋，刑罰是省，武川吏治崢然，雄於東西矣。

壬戌元春，天下諸侯入覲，侯諏吉戒行李。吾兒曁中臺樓進士，以侯嘗雅善也，惜別悵遠，請余言贈行。余惟以魚喻治，侯可謂智於治理者矣。何也？武民之暴也如鼉，其陰險也如射工。射工窺聲伺影，直刺於堤渚之上；鼉縱橫湖海，猛爲世患，諸莫能制也。而昔之善弭患者，先與吾民堅吾防、厚吾所以自衛，已乃黜强弓毒弩，示吾民勿鼉射工角也，而自樹夫召祥消異之化，以孳孳治理。祇修辭，焚俎豆，間代鈌鉞，而彼即冥乎靈悟，固自有出於言語文字之外者，戾氣安所從藪哉？用是，患一朝息，流澤彌之，迄今受其賜焉，又惡用夫世之汶汶者爲哉？夫一武民也，以他氏則釁卷倉囊，梗者百出；以侯則初至囷囷，少則洋洋，久則悠然，各所其自得矣。君子仕以行忠，學以化民。民莫難於武川，仕莫難於武令，而化成志達，乃爾侯之於治理也，不其智哉？《易》曰"中孚豚魚吉"，此之謂也。執是以往，雖公卿可也，矧百御事，雖之蠻貊可也，矧於四方，侯於是乎可贈也。其可以不文辭？

贈永康徐二尹𤤴欽州判官序

三峰少尹榮𤤴，將有欽州之行。一日造余，謂曰："薄劣參邊郡，懼甚。公嘗視師雷廉，欽州固下屬也。可得一聞其土地人民政事矣乎？思以逭謬戾也，敢請！"余曰："善哉，問乎！識治體矣。"夫不先土地，則無以審方考俗，而漸柔能之施；不先人民，則無以觀風察微，而效寬嚴之濟；不先政事，則無以尋偏索弊，而善巨救之宜。

欽州古百粵地，越在海隅，去交阯一帆耳。語俚種雜，趙宋夷之以貶謫，今視華樂土矣。其編民鮮少，野性未忘。負海依山，生理尤澁。竹笆礪戶，島宇碉房。雖海物山宜，若魚鹽蜃蛤，齒革羽毛，品彙繁錯，然擬之膏腴千同，烟火萬室，富庶未中原也。家常飯藜藿，秸麟介，搏虎豹犀象槁食之。賓慶則杵牛吹角，搗鼓而歌嗚嗚，擬之俎豆罍爵，琴瑟笙鏞，燕享未上都也；衣紋屣烹，蒯戴結披，散弁髽稍，駢居烏跣雜躁，然擬之峨冠博帶，方袍句履之流未文也。登巇嶧入蒙茸，挽强控弩，躩狡墜飛，捷矣；凌怒颶，犯虹濤，袒裼易蛟龍黿鼉，勇矣。然擬之聲名文物之場，千羽旌旄之會，終未容止也。小繩則抗，大繩倒戈而誰何？不則，乘桴鼓枻，去之海上，其於諸夏君臣之刑書憲度，私心固旅拒之，謂攻吾短也。至其部族，則又肅唯諾謹，奔走昕暮，知有尊長，撻賞生殺，惟所命之。其無諸夏之君臣者，彼其初憚嚴束，樂寬縱，安於其野而已。然野則去古結繩之風未遠，而世之技藝功能睹聽，固未嘗及人，惟技藝功能之以也。故相尋於智巧，其末也，敝而譎詐從之。使智巧譎詐，誠未入睹聽也，則其本來之樸未散，而文教可施。

於是，建之國都、城郭、宗廟而域焉；樹之邦郡、大夫、御事而帥焉；設爲學校、庠序、師儒而聯屬焉。定之以上下尊卑之分，惇之以天綱民秉之彝，齊之以府史胥徒之法，觀之以服采儀章之辨，無非惡其野也，而以文修。修之云者，使其不放於邪僻悖亂則已矣。固未嘗以其夷也而必夷之，不可與入舜堯之道；亦未嘗以吾中國也而必中國之，責之以先王之道使純。是故非無貢賦，期毋以盡其財；非無徭役，期毋以盡其力；非無獄訟，期毋以盡其法；非無詰捕，毋窮其所必之；非無拷掠，毋甚其所不堪；非毋功狀簿書，毋後其所可欲。不後可欲，祈吾與聚也；不甚不堪，德吾勿雪也；不勞必之，幸吾容也；不盡其法，恃吾宥也；不盡其力，樂吾易事也；不盡其財，安吾易供也。要皆道其所利，不強之以必不可能，牖之以明，俟馴至乎其所必達。昔者堯舜之民，不識不知已也，然未可與忠；夏后氏之民，忠矣益矣，然未可與質；殷人質矣益矣，然未可與文，至周始文之。文豈堯舜不能，而固周遜哉？循其俗而漸其用耳。周不可文，雖至今不文可也。是故，君子因民而作之法，則法便而宜人；因俗以調其民，則民和而向治。三峰以爲何如？少尹起謝，歸以告令尹。令尹曰："識哉！可書諸紳。"瀕行，遂書以贈。

送曹老先生別駕邵武序

曹子初服令尹，政問烜奕。強二年，薦剡五至。麓泉夫子最其治，以臺諫徵來京師，竟奪於例，貳邵武焉。邵武於閩爲上郡，雖未偶崇陟，實迪簡之也。或小之。麓泉子曰："是於曹子有力焉。"

夫日中則昃，月虧就盈，損益之道也。曹子篤學而學深，志崇蓄以浩，中分大適者。乃薄試爲令，損也。夫是以良於官，雖小邑恤恤然憫，侗侗然若負重軌，行以彰訓，則偲偲爾；昭德以宣，則斤斤爾。守雌以出，久而弗渝，損不自隕獲也，夫是以有新命。新命者固天詔其損，而亦詔之益者也。何也？曹子大於蓄，而造物恒勤其授，譬之貸人然，數償而未當其券，造物平準萬物者也，豈終攘哉？行將給倍稱之息而已，是惡知其來不滋侈其嗣命也乎？一謙而畏老其能，以大所容受，移其所以令長爾邑，以介貳爾郡。夫長難而貳易也，邑小而糜，郡大以自廣也。難且善，矧其易者乎？小而糜者不困，矧其大自廣者乎？勝命彌引，百祿永綏，夫天亦既定矣。是不於曹子有力也乎？今而後若懊憫自失，惟曰是區區者，不卑余，遂厭怠於初，以日自封靨，以不令於百姓。夫是謂棄天之惠，以自擠於弗終，是在曹子。或者曰："昌言，敢布之。"明日，曹子請書以行。

贈秦太公乞休序

　　文橋秦公以《乞休行》贈者，序其孝思修矣，然未詳其治郡也。"公"分天子、茅土、人民，而"君"之專方千里，其下政令於方千里也，辛甘咸淡民必嘗焉。有識者又即其所以嘗民，與民之自以爲休戚者，而心桀之，矯乎口，忌諱不言，心未嘗不了了辨也。

　　自走能閱人，今且老目見十更守矣。郡稱治者，非必公廉也，非必公公也；即公且廉，非必公勇且誠也。公苞苴絶矣，不絶則繁，威必摧；公冰鑒空矣，不空則明必夷。明夷則囂者興，而訟獄滋；威摧則事不立，而豪強益恣。獄訟興則直者擾，豪強恣則良者摇。公固雷動而風行也。乃閩粤多壘，兵食并匱，當事者將取諸吾浙以副之。副之有不民朘者乎？然督者勤饒吾郡副數，視他邑獨溢，驅而之兵獨衆，令獨苛而嚴。其民且頑猾健訟，蹈奸者罪，法也。悉戢法之上睿愍下。上爲之平反，按麗辭執苛令，持溢數，争不可讓，言至第宛曲，静然理勝，卒無撓者。民嘗有弱者，而官茹之，亦陵轢之。公爲按其事甚厲，至不可容足。其捐心肩怨，以爲民主若此。今一旦聞公謝仕，疏既上且行，民皇皇然，疑者、詫者、疾者、蹙額告者，胥奔走徵睹聽於途。初途人十之五，曰"未然也"，則又喜顧慰勞。居數日，去者一口，無老稚，若失慈母，輒相向泣，泪簌簌下。嗟嗟天乎，今而後安所得守，師吾帥吾若是，其周且烈也；嗟嗟天乎，其孰能沮之，令師帥吾久吾，終三年澤也。惟驍雄抵掌嘘曰："吾生矣夫！"然而創逡逡若不敢復萌。譬之惡草就薙，嘉禾培壅且茂，而卒莫相賊也。舊井去鮒，浚甘冽，而汲食之，卒未易渻也。公之利民博哉！其深長哉！以吾見十更守，而又見其民於守更也，類愁然，任去來，未有如公之戀戀若赤子之於慈母然也。

　　夫守一也，分異人者，何哉？而廉，而公，而勇且誠也。守官尊而近民，其利病民也甚易。吾婺民習見夫前守賢，而未見其病民者耳。

如使其不廉也，將舉錢穀甲兵訟獄之大者要者，相從於衡石、矛鋋、木纏之間，以逞吾欲，又焉恤乎民之堪之不堪？如使其不明也，將玉石俱焚，舉野燐乎爾；隱穽使蹈，舉溝瘠乎爾。又使其不勇也，違民好，將颶靡波頹乎隨之，孰爲其砥柱者？苟若是，民不斃，非其命者乎？弱之肉，不強之食乎？不得舉田廬，鬻妻孥，以事其上乎？以方吾守之能，使其民安享夫廉靖無求之麻，而貧弱尫羸，盡昂首伸眉於光天化日之下，其休戚不相萬乎？民戀戀於公之去者以此。或又曰："大美易瑕，大方易窒。"公之乞休，殆自完也。居今之世，其有能直躬者乎？以公之廉之公，謂其能免於世，則可以公之勇而能免於世者，則寡矣。且天下之仕夫，亦有蒙詬恥者，猶恬然於其行列。苟自好者而微有不合其能以自去乎？能不俟終日乎？必三宿去晝，以激人於萬一耳。是故，如公之治行固難，而公之一去猶難也。昔人有以美玉作簪珥者，百銜百售，而其一也則兀然獨存。君子曰："寧無售也，毋爲簪珥寧璞。"於戲！公其完璞也夫，公其完璞也夫！

贈黃君東山旌異序

寒泉龔侯尹永康，政通而人和，教行而化理。於是觀民風，敦行誼，求遺逸於山林草莽之間。有薦黃君廷茂者，侯曰："其人何如？"曰："黃君居柏巖東山之間，誕育於遺腹。比長，克壯厥猷，獨與母居，百順以養。故能俾母安其室，以作冰之操，而能得乃父之歡心於九泉之下。"侯曰："可以觀孝矣。"又曰："黃君早孤無助，而能有爲有守，克紹前烈，以垂裕後昆。業日以廣，家日以茂，視昔之素稱富有者，不惟繼其躅而與之肩，且迥出而遠邁焉。"侯曰："可以觀蓄矣。"又曰："黃君志大而不迂，行方而不毀，恤孤獨，賑困窮，好賢樂施。凡厥鄉之賢愚貴賤，僉忘其身，而樂爲之用。"侯曰："可以觀行矣。"又曰："黃君坐一樓，左右圖籍。與之語事變，論古今，誦詞章之精粗，貌人物之肖否，若鑒之空，而冰之融也，若江河之決其堤防，而不流赴壑也，若健翮之遇順風，以游乎雲天之上也。"侯曰："可以觀學矣。"又曰："黃君積厚而不侈，履盛而不盈，薦之鄉賓，榮之冠服，峻辭不受，罔希世以取寵，罔矯激以炫俗。故能淡泊無爲，榮辱不驚，優游於葛天、無懷之世。"侯曰："可以觀養矣。有是哉！黃君之賢也。有是哉！黃君之賢，之足以青正乎鄉邦之人，皆有所景仰也。是故景其孝而事親者，不敢以逆犯順矣；景其蓄而生財者，不敢以蕩陵德矣。景其行而自修者，時敏矣；景其學而道光者，遜志矣；景其養而干進者，廉退矣。吾忝邑宰，彰善癉惡，固其職也，可不表厥宅里以樹風聲乎？"乃大書"鄉評景行"四字，以顏其堂。於是邑之士大夫，咸知龔侯真能以義取人，而黃君真能以道自樂者，遂各爲詩歌，以鳴其盛。

東明孫子，君子懿親也，屬序於予。予惟光嶽之氣分而在下，無全德之士；功利之習熾而在上，無好德之人。下無其士，是以上之人多負乎其位；上無其人，是以下之士多潛乎其光。上下之不交，天下之所以日趨於靡靡者，有由然也。若黃君者，可謂克全光嶽之氣，而不失乎帝降之衷。若龔侯者，可謂不溺乎功利之習，而適得其秉彜之好也。使吾鄉之後進，因黃君之德，洗滌琢磨，而交修於罔息；因龔侯之好，而鼓舞振作，式化厥訓焉，則鄉居善俗，世有良才，將見大道爲公，善人多而教化行矣。予因重孫子之請，而嘉龔侯之善於作人也，於是乎序。

嘉靖癸丑秋七月既望。

壽應晉庵先生七十序

是歲十月十有三日，實晉庵應公誕辰，壽屆七十。先是，西塘、北川二君相謂余曰："往壽，禮也。如公之謙弗居何？子知公屬文，第以文往。"余曰：吾弱冠即同公爲學諸生，兹公家之諸叔兄弟，如伯宣、天純、抑之、克之、崇周、崇賢諸君凡七人，程書課義，相交磨礲。公累試童學第一，文問蜚起。六人則試累先後吾者，學伯仲公，望伯仲公。

然英岸芒鍔，公獨沉篤方毅，闇然日修。衆輿馬，公獨不輿馬；衆賓客，公獨不賓客。糲食布衣，退退焉訥，固未嘗以己之是非人，亦未嘗以人之未是是人也。壬午舉巍科，癸未登進士官，以親老，乞改南。南中持端方物銓衡者，取平焉，不忌諱，爲反忌者所仇。尋擢爲福建僉憲，竟謝病。居歲餘，病起，輒自許曰："吾不能繼補聖猷，必盡讀古今墳典。"乃結屋山中，盡取古今墳典讀之。抉義探微，讎辨其所契戾，積三十年，著《周易經解》《周孔集禮釋》《四書說約》《中庸本義》《經制要略》《卮言錄》《金華先民傳》《明詩正聲》諸書。

君子曰："殆閎肆其能博者乎？淵深其能約者乎？博以盡古今各物事變之異，約以會皇王述作損益之同。致睿思，畢勇見，議論多出人人未道，隱斷不億鑒也。如老吏用法，其參駁也準諸書，其平反也準諸書。古人之書固在也，人未之讀耳，即物其言未化耳。是故人非不讀書，獨公能讀書；非不知公讀書，不知公乃爾其能讀書也。"二君曰："晉庵起家著述，書可傳乎？"曰："言不見道，成家不傳，諸書足擅一氏，其傳也無疑。夫學而士，斯已難矣，乃著書且傳，不往哲爭施稱耶？金磨石泐，益昭灼也。金華之三大擔，公其分一肩矣。子三人：孟曰汝學，仲曰汝翼，季曰汝聽。六孫：齊賢、成賢、茂賢、尚賢、啓賢。汝翼往矣，若汝聽、齊賢、成賢類能讀父書，能祖述孫謀，而髫者髫者，方繩繩其未艾也。使諸英誠有興也，將無克負荷乃祖乃先之重者乎？道德勳業二擔，尚橫棄道側，可施肩者衆也。"二君曰："備子之言亦可以文公壽矣。"瀕期，遂紉登以往。

贈北川盧君五十序

客有自東陽來者，吾弟竹峰少參之仲子默佐以謁余。因舍之，偶及東陽之俗。若曰："巨室奢靡溢享，豪俠自大，桑梓之人習聞而亟見之，不自以爲異也。今夫庶人，墻壁被文繡，婢媵健偏，諸宮室臺池之富，輿馬僕從之都，鐘鼓帷帳之盛，不可謂不奢靡矣。膏腴阡陌之所樹藝,園林瀦澤之所蓄聚,牛羊犬豕之所生息,舟車販鬻之所羨餘,必自置守掌者而爲之出入,伸縮擧券,籍扃鑰聽焉。歲終弊登耗銷存之數而已,彼晏然肆其上,受成以居且養者,可謂不溢享乎?然而有稱貸者,輒窮利而算之六,遺錙銖,即臧獲其妻孥不卹。有抵逆者,輒驅武豪而陵之轢,人敢怨而不敢奮戟報怨,不可謂不任俠矣。若中人之家,入數斛麥,給俯仰崛門户自立,匹夫操奇贏能自足温飽,彼皆無所求於巨室也。至謁巨室,則辨冠裳,謹然諾,良賤之分截然,即仕而紆紫懷金,然故嘗韋布,非有上世門祚之舊,父兄積累之資,顧一旦不曩時者,亦未必能昂首伸眉,恣談笑於儔人廣衆之上,懼有靦吾面者至矣,可謂不自大乎?凡此皆其俗之大都耳。若世家,則先德庭範,亦或有不然者。"余曰:"習俗移人,賢者不免。蜕然於世累者能幾人哉?"

吾侄乃道其婦翁北川盧君,亹亹遠俗賢狀。余曰:"有之乎?"客曰:"是吐實耳。"余曰:"果然,斯蜕然者久矣。君巨室之胄也,其威足以亢己而人方武之,顧益謙;其財足以悦己而人方侈之,顧益約;有所取與,人方虞其奪也,顧益廉;有所是非,人方伺其頗也,顧益公。君宫室前人,資產前人,聞望前人,即不加升斗尺寸,亦已雄一方矣,而況於日加前人者乎?故君能少自貶損,人益將多君,蓋有不勝其得者矣。謙而益尊,約而益光,廉而益豐,公而益服,所謂知其雄,守其雌,爲天下谿,谿固諸福之物之所由萃也。彼豪俠而自大者,幸未逢其敵耳,奢靡溢享,天必懘其生者隨之。夫是以有道者不祈幸致之休,不蹈幸免之懘。"客曰:"然則盧君亦有道之士乎?"余曰:"士之能蜕然者,固天授之異,亦必沃之以詩書禮義之澤始純。君世家詩書禮義,即其先德庭範而養之者豫。兹聞君綽有文問,蓋明鑒也。"是歲壽五秩,秋八月□日即其誕辰,康然强然。有子二人,舉英物。三女,皆貞淑婉順,仲歸吾侄,克相其夫力學不岐志於家。君且序選銓部,乃銓部奉□詔弛資格,君式遭之,慶有日矣,是豈幸致之休乎?他日若彈冠受民社,幸無忘其修之家者,而公而廉,而謙且約焉,以加諸民,不爲良臣也者幾希。何也？公則明生，廉則威生，謙則莊生，約則惠生。明以燭民，而民罔奸；威以驅民，而民之善；莊以肅民，而民知敬；惠以使民，而民向義。四者治之經也。默曰："壽之日，請敬致之。"客曰："是足以壽君矣。"

壽弟仲彰五秩序

王仲彰者名煥，別號"素泉"，吾同堂弟也。吾祖侍郎公有大德，生吾父侍郎雙川公，仲父散官南山公，季父散官西皋公三人。西皋公生煥、炤兄弟。公剛直篤信，以勤儉起家，雖資近萬金，不秋毫悖入。平生無一字麗官府，居尺五縣治，未嘗一及門閫，雖鄉飲歲延，屢不一赴，獨立介如也。二子端鵠公玉，趨不失尺寸。然天性孝友，家庭雍如。仲彰尤讀書知禮，能文詞，不流俗，入苴行。俗負氣，半言不合則競，杯酒欠遜則兢。面折之必攻其短，背毀之必發其陰，怨人而扼其吭，怒人而鋌之走。仲彰則卑卑然處，退退然交，馨折夷輩，傴僂長者，即臧獲亦未嘗厲聲色。宗黨媵舊，第見棣棣爾，顒顒爾，無幾微傲惰見顏面，人爭稱讓焉。俗苟得乘急而息倍稱，射事而覬奸漁，亡疏戚而眈之目，即兄弟而紾之臂，小則盡錙銖，大則冒刀鋸。仲彰則審辭受，明取予。不苟一脔，懼人之蠅蚋我也；不私一粟，懼人之螾蚋我也。況有大於是者乎，必人丈而己尺之始懌，少贏則跼蹐不自安，人爭稱廉焉。俗夸靡，蠶無筐而衣絲，宅不毛而策駿，舉借貸以饗賓，鬻膏腴以奩女，墻壁文綉，杯匜金玉。仲彰則曰："幸不蹶於用，以溺入於嗇，不爲守錢虜足矣。"其敢不貶損菲約，乃暴殄也。是故食取其不糲耳，不以恣口；衣取其不惡耳，不以災身；禮取其不曠耳，不以觀美，非儉乎？俗強御，不信鬼神，故放暴逞虐於其所不敢敵，不敢斁人，則肝腦人也。其無乃謂天不足畏，將黯黯乎是顏則夭，而蹠則壽耶？仲彰則矢口果報，曰："慎無偷人，人孰與我，即人之食吾偷也，鬼神將伺而還之，不吾則子孫耳。"今夫某也達，某也顯，庸皆先人之明德有以徵之天，若償其券焉矣。不然，則積善餘慶之易，作善降祥之書，徒使我不誠於聖人，而謂聖人亦欺我也。是故，備物宮廟，以致孝乎鬼神，代石砥康衢，以坦履行者，勤惠施以卹艱陀，待之而舉火者，無慮數十百人，是皆不求知於冥冥者乎？而敢以偷自蹈也，非厚乎？

子三人秉鉉、秉金、秉鏊。女三人。孫一人。炤之子二人，女二人。而冠者娶者，則見其職門戶，服冠政，類能負聲光於不賈；笄而字者，又克相夫子，以負荷大家；髫者襁者，更嶸異壤模俊人。初西皋公得子再晚，四十一始子。今且孫子若孫且賢，年八十七而猶親，則其諸金玉也。乃高大其閈閎，以先夫充閭者作氣，人曰："惡有八十七翁而堂構墍茨，而丹雘乃爾？其潭潭者爲也。"然則，西皋公非善燕翼者乎？仲彰若弟非善貂續者乎？是歲，仲彰壽五十，七月十二日其弧辰也。先是，吾弟姪咸詣余曰："始以其壽也將聞之，謂文其善以聞之人也。既而曰六十始壽始教之，教之云何？敢請。"余曰："人生而能人其人也，雖三十四十可聞。其不聞也者，雖耄耋勿之壽也。仲彰，人謂其厚也，儉也，廉也，讓也，四者則皆德也。人得一足聞，然且四，是故其能人，能富，能子，能壽，而授之天矣。矧其志也，尤孳孳不衰，究之將無大人其人也夫，將無大殖其家也夫，將無大昌其後也夫，將無期頤其年也夫。昔人謂龜爲有知，龜以其數，我以吾理，顧以其理卜之耳。雖然，百川學海而必至於海，萬山學嶽而不至於嶽，爲其畫也。壽之日，若等必觴之曰：衛武公年九十而未能窮其善於止，蘧伯玉行年五十而知四十九年之非，則五十始善耳。子必勉之無畫，是則所以教之也。"

時隆慶二年歲在戊辰孟秋朔吉，賜進士通議大夫兵部左侍郎加俸二級兼都察院右副都御史奉敕總督湖廣川貴軍務前吏禮二科左右給事中經筵侍郎兄麓泉崇書。

奉慶王母六旬壽序

王母張氏，留都水軍左衛千戶張公月之女，今千戶張恩之女弟也。吾母李太淑人嘗勸吾先君侍郎雙川公廣嗣,乃卜淑之金陵娶焉。時年甫十四,而內助女紅并閑。侍先君甚恭,事太淑人益加謹。生弟祿,太淑人鞠之,愛逾己出,仍悉家事委之。性惠和,曾無厲容崚語。然介特簡澹,不被服珎綉,然修整管鑰,衡斗必親,芻株糁粒必審。課農,問圃,督蠶,考績,一不以干家大人,而家大人坐享其逸。簪珥群居,易召唇脗,素訒訥無後語背非,然人造之平,則侃侃然直,不依阿兩可。戚屬宗黨貧乏必周卹之,然不厭頻數。處太淑人之姒娌,若女中卑幼尊長,與先君之昆弟卑幼尊長,咸弗愆於度,而妙體家大人周匝之微。雖下逮臧獲,不苛責其所難,而必卹其所嘗勞涉,暖衣之衣,飽食之食,然鈐束內外,則嶄嶄然嚴,斤斤然肅。是歲壽六旬,益強健。祿國子生,以儒書家祚成立。媳舒氏。孫男一,秉銹。孫女二。金玉方來,昌祐駢至。五月二十有二日,即其設帨之辰。先是,吾昆弟、男姪、家衆,將登堂稱壽,請余壽言:"余顧坐請者問焉,壽言者,將言其壽,而本之以誠,可嘉樂之善也。夫人之善也,有所見,有所不見,未誠也;有所聞,有所不聞,未誠也。余既已知其善矣。若所知者云何?衆乃循省條述,語人人同,率不異乎吾所見聞也。是故,人惟未之善耳。苟善,譬之文鸞翼翼,天下有不共祥者乎?是則誠也,誠則可嘉樂也。"僉曰:"備哉,言乎!"明日遂書之以復請者。

隆慶辛未五月望吉,賜進士正議大夫兵部左侍郎加俸二級鎮都察院右副都御史奉敕總督湖廣川貴軍務前禮科左給事中經筵侍儀嫡子崇謹書。

奉賀南峰翁八十安人七十壽序

是歲丁卯,吾從叔南峰翁壽八旬,十月二十一日即其懸弧之辰。配趙安人,亦是歲七十,其帨辰則後翁一日也。其子若姪若孫,若吾之兄弟子姪,若宗人,各以其日往壽,約農隙讌集,而以壽言屬余。余曰:"翁與家大人兄弟中最厚,最喜余。讀書時,餉余美飲食,新余巾鞋。諸所妨課業者，輒事親之，不余及，余不自囊篋。姻友往來問遺，必贊家大人。家大人亦翁言是諾，惟所欲爲。嘉靖乙酉，幸鄉薦，偕計北上，過翁之旅邸姑蘇閶門外僦舟，巾車裊袍，戒裝客計，色色甚備。既顯庸，一無所報贈，私衷坎如。今壽言，即不余屬且承，矧敢後？"

翁自幼失怙，兄慈畜之。既弁，荷家監百苦一肩，秋毫不忍兄涉，兄亦不秋毫自私。貨殖數歲，手入可千金，然氣岸不受睚眦。嘗與諸強敵訟，直盡費；諸強敵亦各以其訟破家，寘法抵罪。每訟每大屈群敵，固才智絕人，亦自以理勝，不愧心肺石也。趙安人亦每每柔心巽語，力相翁息爭消事。劬善敦彝，事母孝，怡順無方，終老無幾微不豫見詞色。二兄，其一螟養，翁事之一極恭謹。兄相繼捐館，有子必先室其子，乃室己子；有女必先嫁其女，乃嫁己女。諸壻賓贈之甚厚，翁壻間初若不知翁丈人爲兄，兄即在，情愛亦自不翁加也。家俯仰數十口，同釜甑饔，且老不聞一誶語。秖見其服田力穡，棬豚槽醊，畦蔬籬雛，姁姁然卒歲耳。性梗直不阿，凡以爭造平，必侃侃數曲直，令自悔悟輸服。宗族鄉黨親故則懇然有恩，藹然有禮，謙而毋倨，情而無諼，毋疏數遠近而必於是。若惡少粗豪，淺夫猥薄，市井嚚嚚自爲伎倆者，一不入睹聽。一子祐，慷慨周匝，篤志丈夫，擇足履坦，不貽親憂，善貿贏息裕家。日治具甘旨，二親一堂，聚首相樂。撫諸孫笑燈下，風雨晦冥不出門戶，歲時和霽，始一曳杖之，皆春園觀魚聽鳥，坐花酹月，朝出而攜扶，夕歸而問勞，寔仙仙如也。孫三，垂齠繞膝，并款異玉立。其一則女弟，在襁英物，方繩繩未艾。天鷟之福，夫壽一也。不德不樂，不偕老不樂，子不賢不樂，孫不蕃不樂。翁八十，壽且德矣，安人七十，且齊眉矣，子賢孫蕃，且愉享矣，壽者孰翁多哉？是宜吾宗人即翁之壽而樂，翁亦自以其壽之樂樂宗人也。言成，登之綿繪。余乃再拜奉卮酒。

隆慶元年臘月一日之吉。

大儲封王公八十壽序

人生八十可謂壽矣。然壽者,受也。必吾生有可受之福,而受之以壽,斯其以壽爲悦者也。苟集吾於枯也,百取百匱,無從以天下悦其身,徒淹流歲月,戚戚之是憂,以塵世若桎梏己者,故如藜羹絮袍,鷃棲鼩宇而壽;胝足蒯履,不免負戴而壽;公私交煎,顧影孑立,劬力不能自老而壽;中饋無主,執刀匕者宰夫房櫳,悍惡不可與共言笑,耰鋤荆布,締相蕿莩,賓失題鳥之儒,朋有飯牛之褐,是皆不可爲悦者而壽,亦奚取於壽哉?是故,非壽之難,壽而受諸福者難乎!

吾家裔出宋少師公介,有諱樅者,守婺州路,食指萬計,奕世望矣。公之先君子臨川翁,少尹建平,授迪功郎,公固公子也。衣絲裼裘,匙筯釀脆,宫牆之被,文綉輿馬,僕從甚都。元室方太安人,繼室趙太安人,并以淑德贊公爲時奇杰。子十人,端、立、瓊、樟、楷、通、本、善、謙、慈,十子皆材,相伯仲於文墨。謙治舉子有文問,將龍騎天衢。婦十,門悉望族,賢順。昔人謂有東洋二頃田爲富,公數倍之,而十子尤倍公也。女一,適大尹徐邦治公仲子。孫十人,曾孫十六人,玄孫三人。居課農者,出就傅者,室者冠者,髫且笄者,提且抱者,雖年殊器異,要皆他日丈夫。於是,賦役門户,賓客交游,宗戚閭里,人爭先賢,以日奉家大人無勞無求之樂。於凡農務雞聲,民勞魴尾,夏喘牛而汗駒,冬雪胆而冰脛,不惟不以貽公,而公且不之知也。歲時珠履仍雲,盡輪流水,瓊筵坐花,羽觴醉月,鼓琴吹竽,環左右而歌嗚嗚。公固峨冠褒衣,雍然其間。酒後耳熱,乃執爵颺言,若曰:"既人生之有命,夫遑遑乎焉之?幸天地之不蹐跨,慨光陰之須臾。爾後生之勉旃,吾老矣而居諸。"余嘗侍酒而習聞之,心甚高公之知足。今歲戊午,壽八十,九月二十四日即其誕降之旦。自余違公之官,兹余濫簡命,授鉞閫外,總湖貴蜀三省鎮巡,文武悉聽節制,擁百萬鋭師,以彈壓諸蠻,得自專生殺,叨公之庇亦博矣。乃稱觴不與,可無贈言?

夫贈言者，豈多其福壽爲哉，亦明德耳。

公天性孝友，六昆季公雖最幼，然必以孝友先之。產業而兄弟競買，其勢必爭而傷天和。公則議畫地而分，方不倫奪，鄉閭以爲佳話。且懷瘠推腴，捐大取小，不斗粟尺布忤荆愛，此其爲德也謙，謙故能塞爭也。鄉俗貸借，人舉息每十必三且四也，公十一焉。家累萬金，不秋毫苟得，此其爲德也廉，廉故能遠怨也。鄉俗淹女，公使人伺孕者，每女必與育，見其襁褓者曰："微公，幾不見日月矣。"貧不能糊口者食，殯無以殮者，蓋手足而痙之壙上。人曰："微公，不溝中瘠、膏原野乎？"凡是即其爲德也仁，仁故不忍人也。康令建縣治之樵樓，公即爲相材；李溪建橋，公即爲相力；湖山之水病涉，公即爲建杠。嘉靖乙巳饑，公即出粟賑饑，所全活者甚衆。凡是即其爲德也義，義故能惠人也。人有過失，背即覆蓋之，面即譚其所不是。爭者造直，公即爲之曲直，不直雖至親不私。凡是即其爲德也公，公故能服人也。夫公之德種種，余顧不能種種公者，乃宦游曠歲，姑以耳目所睹記者及之，未睹記者未之及也。公可謂有明德者已矣，德然後能福壽也，是即可贈也。余於是作贈言，先期馬上馳去。

賜進士第通議大夫兵部左侍郎奉敕提督湖廣川貴軍務兼都察院右副都御史侄孫崇拜撰。

奉贈大儲封王母趙安人七十壽序

是歲戊辰，吾叔祖妣趙太安人壽七十，視吾叔祖彥德公於嘉靖戊午壽八十，安人少二十矣。然耳聰目明，筋力強健。其子十人，孫男二十有六人，女七人。曾孫男十有五人，女一。人視戊午爲益蕃庶，家視戊午充拓門戶，勢焰益振起，賓客姻婭益貴盛。夫女之於夫，本猶月然，借日以爲光者也。夫既世，則其家多落，門祚多衰，賓客姻婭多陵替。故其子若孫即蕃庶亦微，吾康人十室而九也。乃太安人撫諸孤不惟不損削，而益自昌熾，非以太安人之德，能爾爾乎？嘗聞之安人孝,則其所以事舅姑者起於人;和,則其所以處妯娌者起於人;嚴,則其所以教子孫者起於人;儉,則其所以課生計者起於人;厚,則其所以御姻婭者起於人;敬,則其所以治賓客待宗里者起於人。謂之起者,蓋自我先之,而人以誠感,以德應者,將天解而神動焉,斯其爲可久可大之道也。夫簪珥襜褕,非經生也,顧能特自起於可久可大之道,即女中堯舜,亦地此而已,安人不丈夫也乎哉!

今年六月十有六日,爲七裹悦辰,吾家之尊者、耄者,咸卑少於安人,禮得率諸昆子姓登堂奉卮酒爲壽。余乃稱盛美作歌,俾歌者歌以相酒。

歌曰:縶南星之翼兮於彼穹蒼,舒清光之燦兮於我鴻堂。降西臺之王母兮龍舟鳳幢,開東華之壽域兮霞帔霓裳。侍飛瓊與雙成兮美要眇兮芬芳,撫青鸞與白鶴兮文蹁躚兮昂藏。來閬苑之仙人兮藍花韓漿,登龍宮之神女兮照犀夜光。列金釵之十二兮環珮鏘鏘,集珠履之三千兮冠蓋煌煌。吹洞簫而擊鼉鼓兮其耳洋洋,頌南山而詠北海兮其樂泱泱。中有瀛洲之貴冑兮貼漢翱翔,能摘麗藻之葩詞兮擲地琳琅。曾懸金印之大如斗兮伏明皇於南邦,挂長弓於扶桑上兮投魑魅於炎荒。幸四海之風清兮還故鄉,喜三島之桃熟兮稱兕觴。瞻溟渤之浩翰兮百福其霶,美崑崙之巀嶪兮萬壽無疆。

是日也,既獻既祝,載唱載賡,歌數闋,禮成酒已,於是玉珂四斯,鑾和漸遠,余乃揮毫一紀盛事。

隆慶二年六月日吉,賜進士第通議大夫兵部左侍郎加俸二級兼都察院右副都御史奉敕總督湖廣川貴軍務前吏禮二科左給事中經筵侍儀奉詔致仕進階尚書侄孫崇頓首拜書。

奉賀大姻丈玉成樓公六十壽序

三代盛時,非必朝廷之上崇保傅,尊更老,培植化源,諮諏治理,雖鄉鄰里巷,亦必有閭胥塾長,讀法敦教,此師道之所由立也。故人材碩盛，風俗淳樸。世降名存，而實則非，人備而學則未然。攢摭彌文，猶知有先王風也。迨後制亡，師於鄉者則群孺兒，操朱墨爾，指句讀爾，其最者示磬折盤，辟以謹揖讓，曰："師精是，是足爲師模矣；而弟子精是，是亦足爲弟子學矣，其於先王之教，身心之學，竟弗解爲何物也。執是而求弟子免於不肖，得乎？童而失學，長猶樹然，輪囷離奇，盤錯拗勒，惟所自弛，而望其規矩斧藻之加以爲材也，能之乎？"予嘗宦游，踪迹薄四方之三矣，則見天下之稱才者莫如士，而士未見其才於古人；歸明農於鄉矣，則見其鄉之稱士者雖皆賢，而士未見其多於古人。余已安師道之不古若也已矣，曾不知玉成樓君之爲師也，則猶行古之道者也。

君爲武昌守仲和公裔孫，世居城之中市。祖好禮公，殷富華重，開學延師，其時如縉雲李公棠、金華潘公洪、東陽盧公睿輩之名卿，皆出諸館穀。仍徙家舟山，喬木且六世矣。父拙齋先生，篤實淳厖，漁獵經史，衣冠之士多從之，隱然一方之道榘也。君生而穎異，比能言，妣方安人置膝前口授《孝經》《小學》，輒記憶不忘。垂髫習舉子業，埋頭芸案，誦讀夜分，不問寒暑，安人親紡織以佐燈火，按時授食。弱冠投牒，隸博士，已而計二白垂堂，不逸馳青紫，於是拓館受徒，纘父故業，諸生方伭伭翼翼挾册雲至，而峨巾句履，袞然稱人師焉。且夕前小子授謨訓，睹記講習，必先古人忠孝大節，墳籍敷要，義令了了，弗了了勿休。議論應酬，必上下古今，而援掇以文學賢良撰述，只句片辭，非自碩儒手出可傳者，弗以見。謂蒙童猶，泉養之正則正，失則湆矣。恒以是而操追古人，屹屹四十年所。君家之才子弟弗無君門人，君門人無弗炳炳稱才於其里閈。余孫若宗潢、宗源、宗江，亦師事君三越歲，而諸侄則又相伯仲而私淑焉。予嘗課諸孫藝事，見其能刺刺古人，自姚虞而下數千載間，善概談忠孝，擇禮義，又舉嘗所讀經書大旨偶叩，偶未能窘焉，握筆知羞，信口不俚，皆君所陶也。余以是知之師人，則猶行古之道者也，顧未悉其躬行。

乃今又聞君孝友，事二親惟力所能，考終疏食水飲食者六年，弟膏拘攣失明，并諸昆衣食婚娶，胥須足於君。配應亦雅順，諧姒氏，撫諸侄，無幾微見顏面。一日外傅，夢方安人撫其背曰："兒亟歸，火幾吾棺矣。"寢火果起，亟歸而徙其棺，火至。人以爲孝感云。君既謝聲利，益肆力讀古人書，經傳子史，裨虞伎術，百家之言，咸博綜焉。晚歲修家乘，參伍歐蘇，而折衷於紫陽涑水，志在敦族。有時抱膝謳吟，長嘯林谷，嘲世之履文石者曰："勇不能以抗志，時不足以廣謀，惡用是容容轅下駒耶？而我幸無是也。"此其意氣不揚，風霜遐舉，於塵埃之外者哉？世又有豪宗，穴金壘璧，其視昆弟無異路人，困踣流夷，不一引手，剋於族屬則营菙之。君舌耕筆耨，以劬殖其生，時且未裕，乃猶無摩弟侄，加意族人，是何慤乎？學君者不日長月化，而興起於文詞之外者哉？漢世士君子，各以其意治經，其弟子自顯庸也，揚搉朝議，必舉其師之説告君曰："某也臣師，師固云爾也。"君每是其説以行，而華寶之言，遂托不朽。君門人越諸昆從子入告："我後有日矣！"安知不持其師之言，如漢之博士弟子者乎？然君晚有子二，長文奎，次文珍，異日相與昌家學者也。君言不朽之托，否則門人，否則二子，天意其有在乎？蓋驁之也。

是歲届六其旬，宗人無少長，因中臺進士徵所以壽君者於余。余既德君之師吾孫，且重請者爲至婭，余惡乎辭？於是作壽序。

桂溪樓翁暨厥配安人朱氏雙壽序

嘉靖癸亥冬十月十有八日，實吾友桂溪翁偕其配朱安人，亦以是歲孟夏二十三日各壽躋七旬。夫鴻婦光，比賢并老。鄉士大夫相慫恿爲壽如故事，摛文登錦，以鏡來葉。東皋郡伯乃以其文屬余，謂余嘗同門，且世姻，知翁。

夫樓氏起宋襄靖公，爲邑望族。六世祖曰仲和公，以賢良應詔，拜武昌守，惠政逮民，迄今廟食。高祖好禮公，殷富強義，雄於一方，尝開學延師，館榖多士，通顯者甚衆。曾祖恒齋公，循循守雌，擇足理道，有司樹聲，數歌賓於膠序。祖子榮公，則駿躍矯矯，匹貴章縫，一時偉人鉅儒交相推汲，意氣甚都，故老猶能言其風概，輒華艷之。父良瑞公，束髮加冠，即與其外弟魯齋少參、鶴邱大尹，出所講習，礱錯劇談，往雋照焯，必思相後先，惜早世耳。時翁尚居襁褓，妣應安人矢志撫字，登之掌珠。既弱冠，偕余師水部石泉先生授安國尚書，共鉛槧兩匝歲。重念母氏劬勞，不欲投牒遠游，以遺憂倚閭。遂晦迹坱壠，左右承事致洗腆，妣誠安焉，樂洩洩也。翁質任坦夷，弗事毛瑣，言脫口不矯餙，不旁通多可，有拂意輒面發，已乃化去，無纖微芥留。人踵廬質平，退必服其鯁直。居近縣治，足未嘗及陛阤。識者謂翁雖市人，而胸臆固山癯本色也。子四人，鳳岐、鳳儀、鳳林、鳳竹，橫經力田，各以其業，善負荷，操奇累贏，貲産歲拓。孫文元、文壽，悉款異凌跨。翁緣是得謝門戶，任曠達，不問耕織而夫婦坐娛匙箸，以有賢子姓也。

晚歲作耆英會，里中稱丈人者始得與，皐翁復以齒德先之。席間佳話惟孝悌勤儉，農圃桑麻，窮日力纚纚弗休，而罍俎鼎鐺，不越畦毛籬蹠，渫茗蒭漿，真一味野人簡澹。而朱安人復時出其甕瓿醢醬之藏，要皆取諸家中，不外沽索也。嘗聞曲士齒貴則鼓瑟王門，夸夫徇權則彈鋏轅次，惑於得也。即得之，亦煞費愁想悲懟，搏吾心於冰炭者萬方，況元宰是司，物各有主，不可必得者乎？殆鬱鬱以終老耳。若翁也，少以驕愛之孤，操筆於芸牕之下，生計不翁瘁矣；既而有家，則親饍賓饌，仰事俯摩，不翁勞矣；繼而有子，則拮据有無，彌縫內外，不翁累矣；今且老而日用家常，初不識所從得，而子供婦需，卒以相樂。日夕從長老賢豪，以盤遨山水，放浪烟霞，而竹帛符繻竟過之爲天壤間雲物。其視世之溰忍依阿，不啻鷯雛翶於九霄下，睨鷗鳶已矣。心日充是也，孰搖其精？翁之壽不其宜哉！昔有曰："人生行樂耳，須富貴何時？"又有曰："執子之手，與子偕老。"皆人所深，顧不可必得，而尤不可兼得者也。翁兼得之，則凡所以壽翁者不尤宜哉？余誠不文，故不敢以不文辭。

壽高白坪母夫人六十序

高太夫人者，憲大夫白坪先生之母夫人也。夫人姓田氏，前進士馬公綸之甥女。有賢聞，歸竹庵翁，封安人。今年年六十，八月二十八日，其生辰也。汴諸寅學士大夫，咸以白坪也，而賢夫人；其所爲詩歌，亦惟以白坪之賢而賢夫人，類人情之凡而已。

夫樟楠天下之良材也，其由蘗非又能木也。其本樟楠，其幹亦樟楠，其枝若葉亦無弗樟楠。然則良於他木，而爲世所材者，本固定也。知乎此，則知蜀之有白坪，白坪之能有今日者幾矣。今日者非直榮穀已也，其文章翼翼，其政事彬彬，年未穀於壯而休，其所以行已，光施於時，皆可百世，是非本於生也乎？胎知教之，幼知儀之，子知職之，家族知訓之。故師友不煩，而速肖於道。白坪之賢，固毋夫人爲之所也。《傳》曰："有明德者，必有達人。"若謂明德所以善世者，天不靳其施，必引其澤，使恒焉以賛世，亦天所以長善人，猶先王之以世祿云耳，庸詎知達人者，固明德者，而爲之精神命脈乎？夫以白坪之賢，而皆聽於夫人，尤造命於夫人，則夫人之賢，固有大於是者矣。

至於壽，則介立不毁曰壽，永貽不匱曰壽，年抑末耳。故周公之政，曾孟之言，天下之至物也，而百姓日用憲之。百世之後，其精神命脈固繫之人心，不少銷莫，而羹墻袵席，若或其左右者，談務考本，世之賢曾孟者，必首賢二母。若謂非二母不足以極曾孟精聖人之學，非曾孟不足以極二母壽百之賢。白坪誦法曾孟，修周公之典，而下民人皆撫然有遐思焉。雖其車刃所始，未周寰區，然漸被之玉，民欣欣然戴，翹翹然望，油油然思，將貽世且百也。而母夫人之賢勳，不綿綿然與之偕乎？是知賢白坪者以與夫人，而壽夫人者，則以白坪也。於戲，《關雎》之詩，賢后妃者至矣，而周公不與焉。然則謳歌夫人者，顧必與白坪，何哉？

賀司簿北泉樓翁五袠壽序

士有不由膠序之教，而克自樹立。其處也，珠鏟；其出也，玉耀。此其宇度之閑曠，才識之英敏，端爲天之所植也。若吾姻丈北泉樓君，殆所謂閑曠英敏，而爲天之所植者非耶？

君系出宋樞密襄靖季弟玿公，束髮從師習舉子業。一夕讀《史記》至蕭曹世家，心欣然慕之，遂投筆爲掾。奉公守法，以名行自淬礪。所持雖文法刀筆，而濟之以明敏，行之以平恕，殆非案牘中人也。年勞既滿，循例赴京師，給事詹府。維時宗伯午塘閔公在詹府，推愛君，引爲記室功曹。已乃就選天官部，得楚黃梅簿。簿職錢穀，君調停有方，催科中默寓撫字，公私胥賴。侍御公，農部公，僉課其績爲湖湘最。嘉靖己未，君五旬矣，中秋日乃其懸弧旦也。族姻之善君者僉謀，旅帑醞醐走行李，致千里遙祝之意，相與徵言於余。余習知君，余次兒秉鑑又與君之從侄春元中臺君聯兒女姻，言復奚辭？

余惟壽之本基於人，而其數徵於天。惟基於人者有弗虧，斯徵於天者有弗外。君始持文法，而克行之以寬恕；繼簿錢穀，而克寓之以不擾。夫刑者民之命，食者民之天。用法平，則民命不戕；理財寬，則民業安堵。傳曰"刑罰適中"，即刑罰中教化；"催科不擾"，即催科中撫字。二者君之所以仁其心，而壽於其民者已，不可勝紀。則天之所以壽君者，容有艾耶？況今盛朝方隆仁壽之術，使天下之爲民牧者，類若君之壽吾民，則民命壽，而國脈益壽，合天下之壽。以成一人之萬壽，熙熙皥皥，如古之羲皇。然則一人之萬壽無疆，而君之壽與宦業，亦與民命國脈而相爲無疆也。《書》云："司寇蘇公，式敬爾由獄，以列用中罰，用長我王國。"則君之壽，庸非我民命國脈之壽，而止於君之一身也耶？諸姻友僉曰："唯唯。某輩知求祝壽，而未知壽之道取諸君之身而自足，又未知壽之道若是大也。"遂次其言，庸復諸友，以爲君壽。

壽金南川先生六十序

義烏金氏，婺世家矣。乃南川翁者，自負其磊落，爲時聞人。吾兒其壻也，自奠雁還，每見每賢其岳丈人。是歲岳丈人壽六秩，請余作贈言，將以六月三日弧辰稱觴申祝。余曰："若知岳丈人之賢乎？吾嘗聞其所賢於長者之口矣。若曰翁才然孝，丱角能文章，弱冠爲博士弟子，有文問，不難顯庸。會親老，於是謝賞序，輒酉辰展力，就左右養，兄弟相先愛敬。俾至母疾病，夫婦視寢膳湯藥，不解衣帶越兩月。醫禱百方，諸所能療方餌，率兄弟爭致之，畢吾力所能，是謂孝矣。然且鯁介高視，獨行特立寡合，人與語必辨信謾，投以諂，輒勿喜，事就之謀，公則爲畫利害，悉幽眇，私則堅以意拂之，不宛諾干之邪褻，望望然棄去。尤慎交與，平生接杯酒殷勤之歡者若晨星。然至出肝膽，指固不能一再屈也。非鯁介乎？然且謙退。其氣剛不以加人，其詞直不以訐短。不始爭，人亦莫與之爭，不侮人，故人莫余敢侮，日循循忘恨消事，類早定於未然也。非謙退乎？然且簡約，不爲亶亶枝葉之談，以守中也；不爲箋箋憼蘉之行，以存樸也；不自煩累世澤爲物之洨洨者所樵，以用拙也；不裘葛輿馬僕從，以憐市童直也。自割膏腴爲漏澤園，以惠化者，即不忍以菽水而忘必誠必敬之訓，亦不忍以倉廩牛羊而鄙腐儒粗糲之飱，即不敢以賓祭而去禮不可廢之文，尤不敢以匙筯樽罍而盈鐘鼎者一朝之享，非簡約乎？凡此皆翁之所爲德也。余得於長者之口乃爾。"君子曰："數者得一且難，而翁兼之，壽之徵也。何也？"夫惟其且簡約也，斯不芬端餌芳戕其生，而長足夫寂，感必通之用；夫惟其謙且退，斯不以豪焰英岸淫其氣，而長保夫含宏常適之和；夫惟其鯁且介也，斯不以艾蕭狐魅化其貞，而長茂夫眞方不拔之本；夫惟其克孝也，斯不以非幾邪覺淆其性，而長生夫虛靈不昧之根。夫惟其俾諸德也，而以才佐之，則明覺之力，既有以共其耳目心意之求，而學問之知，又有以睿其受想行識之應。斯其爲圓通不倦，順達不勞，故曰壽之徵也。

配季氏，孝敬慈婉，而婦順母儀，歷可師法。經略其家，每中翁所意，不失其劑量之節。有時特出臆表，而卒以調翁之所未馴。子四，又皆篤中直致妙達。翁微守以爲鵠，不浮靡，不武豪，居積繁富而守掌益嚴，門户光華而充拓日大，異時究施，自當凌躡時雋。女一，女紅閫範，焯焯四起。夫以翁之賢，不以聞世而以澤身，不以字民而以善則，故内君以賢而宜其家，諸郎以賢而宜其後，佳慶榮祚，翁所自陶冶也，而翁其福哉。壽且福，是可贈也。余既贈言，復爲之歌。俾歌焉以相酒冶。

其辭曰："維翁之壽兮而色而康，維翁之福兮彌昌彌光。維翁之德兮勿愆勿忘，維天之道兮申錫無疆。"

壽陳方塘七十序

方塘陳君，義人也。父太六翁，年七十而生君，褓褓間，翁已奄棄人間事矣。君俜然孤，矧曰其有蒙訓，迨長克崢立，綽有父風。約身視履，駕於理道；築室青崖，涉獵詩史。談亹亹，洞達物情事變，高範孤踪，昂藏鶴立。家富饒，席前人餘貲，而課勤督怠，更封殖之不苟得，不嗇義施。嘗捐田建祠，追先聯族，儀型後人。井里有券貸其金，貧不能償，而還其券者屢屢。嘉靖間歲歉，輒出粟數千斛，舉貸不取人息。明年大祲，又治粥食餓者，全活甚衆，道路義之萬口。學諸生上其事於令長博士，每延爲鄉飲賓。令寒泉龔公仍大書"敦義"二字，以顏其堂，示表異也。

今年壽七旬，十一月□日即其懸弧之旦。媌好有壽君者，乃因吾二叔道君平生，謂余曰："此義氓也，庸詎知山谷中有若人哉？幸華之一言。"余曰："日嘗聞之，必山谷中，而後有若人也，何也？舉世雞鳴孳孳，急夫利而已。市井比屋騈居，耳目心意且萬也，其誰不役智殫力以趨利爲哉？於是潛天而飛，潛淵而入，爲機械巧取人，而猶夫禦者術無所不至矣。彼相觀而習且八九,忠信不盡鑿,而廉恥不盡消哉?方塘居深山邃谷間,其所與狎,不木石則鹿豕耳;不先王圖籍,則楮子管城子筆劄耳。市井機械心,固未嘗識之,而本來完樸,未有所斲刓也。市井財利叢集,巧偽藪焉,憸邪藪焉。涅之則易吾緇也,濡之則易吾溺也,久之吾與之俱化也。夫豈若生山谷中,不見可欲,使心不亂;不見可誘,使心不遷者之為得哉?此天之所以成,方塘勉之!"

壽趙浚谷中丞太夫人七十叙

壬子秋,趙太夫人壽七秩。省諸寅以浚谷公之母夫人也,禮得為壽。時彭原傅子趙之婭也,能平生夫人之賢。諸寅乃以趙子之賢夫人者,而屬余文之。余雖不文,敢不終諸君之貺?

人恒言母以子貴,若子能榮施乎母云爾。抑不聞子以母賢,則其所以為者,亦其母之所自畀與?娠祥胎訓,顏範身模,襁傅之趨,冠加之詔,豫養之者備矣。故曾孟之母聞世,而大壬敬姜為照。趙子髫髻能文章,弱冠而舉明經,再試而第一。天下非苴學也,而汗牛充棟,目無遺書,筆泣鬼神挾風雨,此天能之睿也,非孕祥乎?童無流懷,無靡行,矢口舉足,動皆丈夫,時未師友也,非胎學乎?才高不以先人量洪洞,而尺寸於理,人就之,處則咕咕語,相樂浼之,周則蓬然棄去,是少習而成者也,非內則乎?關中故多豪杰。起漢唐名將相者,相繼輒俛仰其業,欲與馳驅,非山川奇氣熊葉,何神投天技乃爾。故筮仕刑署兵曹,翰林史館,所至不俗,吏刀筆筐篋事,非天下後世者不為。嘗兩疏時諱,兩譴謫編戶人。是時有虞夫人憂者,夫人顧獨喜曰:"吾兒自求其志,得為匹夫幸矣。"頃慮梗,召為憲大夫,日介冑捉兵,與強胡對壘,動豪擁旄節者,乃心害其能,菲之甚厲。人是時又有虞夫人憂者。夫人復益喜,顧勞之曰:"男兒信非草木已也,吁,壯哉!"又聞夫人封孺人,擅華要,乃猶手綴親紙,所以明有勤也;帔霞繡廩王官,乃猶衣浣澣,食藜藿,所以明有儉也;富貴尊居,奔走臧獲,乃猶謹賓祭視樽俎，所以明有恭也；肅軒車出入，人望拜下塵，乃猶禮娃堅審堂階，所以明有讓也。

　　人情宦成則志怠，禄羨則欲侈，望重而忌至，功高而怒來。人方異趙子曷能勤以自淬其志，能儉以自抑其欲，能讓以消人之忌，能恭以却人之怒，邃乎古君子，遠覽深識，以自賢也，而不知母夫人有以先之。夫志淬則業日生，慾抑則德日進，怒却則功高不危，忌消則名樹不落，足天下之益從之也。夫人既克負其子以天下之重，而又進其子以天下之益。將使其上下惟吾之弗爲也。有所翼勵，必觀厥成，以熙載宏化，而課子之願始紓以足。人但知趙子取子許天下，獨爲其難不辭，竟使疑者解，謗者願，讎者退，聽其汜百姓於安環方内，將以無恐，又不知母夫人有以終之也。夫人之賢不鉅然在天下耶？賢以天下，故其壽亦以天下而祝之，祝與天下共遐祝也。詎惟期頤尚有間，書光生千載云。

奉贈大隱德伴松俞翁八十壽序

　　歲丁卯，伴松俞翁壽八秩，四月廿四日懸弧旦也。其館甥徐君教之，率其子太學生世芳請予壽言。徐君與予仲弟兩泉係兒女親，且翁之爲人固予所稔知，而亟欲揚之者。屬小集，諸士大夫咸在，余告之故，僉曰：“是可壽也，賢人人聞。”其一曰：“翁誠篤仁厚，天植長者，然富而好禮，咄咄逼古丈夫。嘗介建宗祠，既豐之貨，復捐池孳魚，以羞祭祀，瞻饎饗，乃其子姓族屬，知趨蹌於先王風猷。母安人應，宋少師後，外祖父母暨舅□氏率數口也，而艱於食，生則養，殂乃窀穸，置祠祀焉，祀有田，俎豆世守。緣廳事撓壞當葺，衆薦葺者及翁。翁即以數十金相役。城隍廟灾，募翁輩光復。翁應募，卒亦不下數十金。乃獨力創建湖塘橋，凡諸所橋梁道路，應募者不可勝計。宗戚鄉井，生不能自食者周之食，貧無以爲殯相之殯，故境無露骴，無溝瘠道殣，咸居澤焉。其疆義有如此者。”其一曰：“翁之里丁口蕃庶，鹽量歲逋，徵者暴掠,里人之命悉一綫而懸之桁楊。翁代爲之,輪尋木纏者盡釋。歲乙巳大饑,龔尹寒泉治賑,人人方重足大户,翁即以大户自投,出粟活餓者甚衆。頃湖郡以其虛賦横加於我婆,不白將世我婆患也。於是兩郡構大訟越數載,公私鉅費,翁佐之百二十金,訟始白,患除其急難有如此者。郡縣哀其賢,歲禮爲鄉飲賓,至屢請而後赴,而樂祗芳稱更鑿鑿,雅付不朽矣。"其一曰:"翁世家,代金紫縷綬相望,考凝泉翁有隱德生翁。翁生五子一女,孫十九人,女三人,曾孫十三人,女四人,類皆榆焉已也,其世何有如此者?"僉曰:"誠如三言。"余曰:"三言者,三大夫也。素精鑒,人慎許可,然則翁其兼才具力者乎?非兼才無以極諸善之博;非具力無以勇諸善於成。惟成故其德采采,惟德故其福繩繩。君子不求福於天,而自求其福於我,欲求福於我,而必求其勿欺於天。語曰:'德彌積,則其爲福也彌隆;福彌隆,則其爲德也益顯。'余於翁有厚望焉。若壽言不能文翁,顧縷縷集所聞乃爾。集所聞也者,示非一人之私言也,所言公,公言之也。"僉曰:"然,公哉!"遂識之以復請者。翁名柏,字汝楨,伴松其别號云。

時龍飛隆慶元年四月既望之吉。

嵩源公壽叙

人生穹環間稱最願,而難對者莫如壽。夫既壽矣,然卑之零族中,人則無可承財莫爲悦,地不足以安身,享不足以酬志,直論淪泊世緣,淹度歲月而已。故非壽之難,壽而對地第爲難。既地第矣,然或子不充閒,孫非立玉,堂構望違,箕裘緒墜,雖暫處豪華,終成落寞。故非地第之難,地第而對才子孫之難。才子孫矣,然或已之,燕翼無聞,終成落寞,詒謀不遠,月旦無片長足録,風示靡寸能可稱,雖幸鳳毛,貫漸鴻羽。故非才子孫之難,而吾自豎立有啓佑爲難。若吾家叔祖嵩源翁,非獲諸福之物而稱備者耶?

翁今年際八旬,睹聽聰明,登降矯捷,諸所享受,汔不衰於前時,君子曰壽且康矣。乃世殖慧盛，既逾百年於兹，況猶子伯賢之水部嘉績，侄孫子正之紫微峻猷，聲光洊加，華艷優享，君子曰對地第矣。子孫曾孫雖儒農異業，盡毓秀奇；少長殊齡，并修英妙。連阡陌而紆朱金者，方振振然興，君子曰才子孫矣。翁平生無流懷，篤於孝思，嘗捐金負侄伯遠，重建始祖旌義坊。讀古史百氏，通星曆，測陰陽。度數推遷變化之奧，尤精堪輿家學。暇則從名縉紳游，談亹亹不倦。故少宰松溪好切斷金，廉訪湖南姻相倚玉。一時之墨彦文卿、弈士劍客，停車而内刺者相望也。君子曰："賢哉！"夫壽也，賢也，對地第也，才子孫也，皆人所願而不可必對者，翁縣兼之，不亦猗歟盛耶？崇分宜登堂稱壽，謂恭敬之無從也。於是數翁特盛，以次爲序云。

贈龍田公六秩壽序

是歲戊辰，吾姻丈龍田公壽六秩，十月十有二日，即其懸弧之旦。其子子瑞乃吾季弟國子生促範之婿，吾侄秉鋐輩以至婭也，先期詣余請曰："六十始壽，禮也。禮至，贈言始重，惟念之。"余曰："以言壽人，猶畫工之物色人也，肖而後可，不然則不可以示人，而況於傳諸其後乎？必大都其平生，庶吾言稱核也。"侄曰："公於二親，人皆稱孝焉；於昆弟，人皆稱弟焉；於諸侄，人皆稱愛焉。與人恭，恒見其傴僂焉讓，恒見守雌焉信，人視之若蓍蔡焉，是皆人所共知也。若財利所在，無分家人鄉人，則滿口君子。初聞其語而未之信，乃詢之家人鄉人，皆曰其臨財廉。廉者何？吾康人借貸舉息者，每歲之息必三，通例也。或四且五焉，或乘人之急而月取其一焉，歲則倍矣。公之息每歲僅二，不苟取之，一也。康人之佃其田也，而租十，取其六焉七焉，隨其田之肥磽與其直之貴賤，亦通例也。公則量其田之肥磽，直之貴賤，與佃者而均分之，二也。康人有競長短而爭訟者，公每爲之曲解之，必使兩造平而不利其貲，縱有德而謝之者，亦必於其主歸焉，不欲爲苟得，三也。夫是以君子稱之。"

余曰："人之品人，與人之所以品於人者，審用情於義利之輕重，而利重則義輕，義重而利斯輕矣。夫人於財利，鑿山躍海，蹈湯火冒白刃爲之，而相務於必得。雖父子兄弟之親，親戚朋友之好，而錙銖必較，况於人乎？雖賢者不免，而况於夫人乎？公臨才乃稱，豈夫人之所能爲哉？孔子曰'君子喻於義'，故其家人鄉人之稱君子公也不爲濫，公得之未爲慚也。"余遂書之，冀以稱壽。

時隆慶二年歲次戊辰孟冬吉旦。

壽西崖黄公暨配吕安人偕六十序

按載記，夫婦并德而隱，與勛顯分賢，問光無窮者，上下千百年僅三人焉，冀缺、梁鴻、龐德公是已。然三人者，史皆不著其年。即其年并著，未必與其婦并著，又未必與其婦生并月并日也。若吾姻丈西崖翁暨吕安人者，獨襃有"三并"，不益罕異哉？

翁系出宋國子丞文簡公後，元符間徙華溪，爲邑著姓。翁大父謙八公，父彦佐公，累世强義，殖數萬金，不自苟得。翁尤醇樸易直，與人無勾棘，無機械，疏戚悉赤心置之，人人稱長者云。嘉靖辛卯，縣嘗募翁考建譙樓，繼募翁賑濟，又募浚學前溪，每施動百金，無幾微見顔面，甚爲覺山梅坡公禮重。寒泉龔公因大書"鄉望"二字以顏其堂。君子歸之。配吕安人，恭懿婉娩，雅與公合。上舅姑，下妾媵，孝敬仁惠，媲美往牒，尤將美塞違，左右夫子，翁用是載耀而奕有令聞。冢子偉，弱冠補學宫弟子，方譽髦彬彬，乃爲造物所忌。安人遂多納側室，連舉三子。安人撫逾己出，而三子一龍一鳳一麟，亦不知其孰出也？初偉早世，有謂天難諶者。已而果三子嶄嶄頭角，要皆他日丈夫，天豈難諶哉？黃氏之後可預知矣。翁席富繁息，晚年欲遺落世事，築室於柏巖之凹，與安人偕老焉。植花蔭果，鑿石决泉，興至陳酒肴，嘲風問月，長歌嗚呼，若不知有人間者。方山司馬特扁其亭曰"兩樂"，況之古隱逸，豈亞冀缺、梁、龐也哉？

歲十一月二十有七,翁安人偕六秩。安人之兄弟屬余一言爲壽,侄國子生吕子端卿於吾兒銓爲兒女親家,既賢翁且姻翁也,遂僭言表三并開世,作佳話云。

奉賀大儲湖山金先生尊妹丈壽躋七秩

嘗聞三代盛時,非必上有平格耆蔡之老,以承弼綱維,均節程度,下亦必有康直淳樸之士,以帥先門閭,主張評旦,鄉有善俗,斯稱治平,故曰:"觀於其鄉,然后知王道也。"《易》著肥遁,《詩》羨考槃,豈以其枕山棲谷,勵志無求已哉?夫乃奇節高操,近可以鑒,遠可以風,大有裨於風猷云爾。若吾妹太湖山金我公,非所謂負奇撰之高士也耶?

公望族,國初有諱秉修公者,以賢良拜瑞州守。考溪堂翁,妣吴安人,潔賢匹盛,里稱鴻光,鍾英衍慶,實誕公昆玉凡三人。長刺史君,次公,次鎽。吴安人青年頽玉。溪堂翁繼娶趙安人,生鉉;側室生總,蚤世。母異母也,弟異母弟也,庶弟且諸孤也。揆之恒情,鮮有不終。尤者公悉底之以順,體之以誠,已乃繼母安其孝,諸弟悦其友,庶孤戴其慈,賢聞嘖嘖,至方古人。壯年偕刺史君業進士,積學攻文,慨然有激昂青雲之志。刺史君既通籍,不欲并遠重闈,遂明農供色笑,溪堂公以樂天終焉。若茨間哀毁成疾,幾不能起。乃出居,含寂養静,數寒暑始戢穀勿藥。口無詖詞,身無流行,人或有微瑕渺忌,每事覆護。至於大踰檢制,則昌言排斥,已乃化去,人尊從之。若兩競求質,必善爲中分,衆各推服。宗人間有動忤義,雄徵怒祈,必勝其偶,公苦口,亦漸嚮風。溪堂公殷富一方,公席餘生,殖業益廣,鼎構益拓。然好施急公,上周里閭,至再至三,無幾微見顔面。復自念逸在蓬藋間,無尺守自效。輒引古循良,進刺史君爲黄州賢牧,多有嘉績。弟姪若崙若材,相蚩英於黌序,漸鴻逵,搏鵬漢,可立而見也。縣令尹每安車徵爲大賓,屢遜弗赴。近乃奉明詔,具冠裳,示優異也。子凡三人,長應巽,由邑庠入太學,封潘伯抑溪徐公婿也;次兑、次震,咸修公故業，雅自飭愛。孫之榜、之楫，并飛黄英物。先配王安人，余同堂女弟，勤儉莊懿。繼配傅，撫摩惕勵尤殷，故公得以息機塵坌。晚歲卜堂於桐溪之濱，日與鄰翁里父，以逍遙於桑麻榆梓間。

兹七秩矣，今年十月五日，其誕降之辰。予叔父八十七翁南山先生、八十六翁西皋先生，以公内坦，令余率子弟登堂爲壽。既成禮，酒酣，余顧謂公曰："僕嘗語相知，吾年已七十矣，今而後，歲月當與諸公共之，勿敢得私。若欲游即與若游，若欲飲即與若飲，欲題詠即與若題詠，若彈和即與若彈和，溪山風月，吾白頭塵尾間長物也。而吾與若，得以常住而公用之，足乎是，是亦足矣。又安能隨世逐物之汶汶者，以僕僕已哉？公長余四日耳，不知公今而後歲月亦公於人耶？抑已得而私耶？如公之游覽題詠彈和，皆公所優，惟飲差別耳，君其何如？"公忻然而笑曰："公之哉！公之哉！惟君所從。"酒已，記爲壽言。

時嘉靖乙丑冬十月吉。

顔母金氏五旬序

仁孝宗皇太后内訓有曰：貞静幽閒，女子之貞德。性也，其要，又本之於孝敬，仁柔和慈，時哉斯乃婦道備矣。嘗歎夫世之克由者鮮，有武州姒顔母金氏者，庶幾得之。母今年正月十四日，五旬之初度也。余於母爲聯姻，稔知其内相之德，於其處妯娌，而見其和；於其處宗族，而見其敬；於其恤孤惠下，而見其靡所不至。且聞其具酒禮於誕辰之先三日歸寧拜獻於母氏，是不忘所自念本之意也。吁，是益以見顔母之賢矣。

余曷容默無言以揄揚之也，《詩》稱"姒爲聖母"，以太姒貴也，而能勤富也，而能儉敬不弛於師傅，孝不衰於舅姑母之勤儉，孝敬似姒者多矣。故慶衍厥後而龍鳳麒麟之瑞協夢而出，今咸克振家聲，裕後嗣，鄉間交以賢稱，所謂作善降祥，自天佑之。予於是見金氏之素行，顔氏内助之賢，母儀之化而及之於遠，又知顔母之年未艾而耄耋期頤將日臻矣。予何言？予何言？遂秉筆書之，同諸金子鑾等以爲慶，是爲序。

嘉靖十九年歲次庚子春太簇月中浣之吉，賜進士出身推廣東僉憲麓泉王崇。

樓君廷彩年躋七袠文以壽之

成周辟召，人以篤行，盛漢猶遺意不忘，文非所先也。故人才每有實用，而世從之登。夫取人以行，則鼻牛之牧可相，鼓刀之社可侯，褐冠寬博，皆被組紱，惟其賢而已。若吾姻丈樓君廷彩，非古之可備辟召者乎？曾知其有實用也。崇嘗見適齋朱公贈言，而知君孝焉、悌焉、仁焉；又嘗見君宗人衣冠十數輩，而益知其孝焉、悌焉、仁焉；又讀六虛周公、鶴溪徐公所爲文，而益信其孝焉、悌焉、仁焉。凡識君者，若一也。

君考嘗臥疴，療之萬方。時左右問所欲當其意，艴然怒，則恐懼將之，必解乃已。日延其嘗所與善，摩耳謹謔，以相樂其餘年。考善殖饒貲，君務拓之十於舊，茲非其所謂孝乎？事諸父有禮，洽諸昆季族侄以誠，里閈間溫溫無疾言倨容，行不高趾，群不凌儕，居不擇已。茲非其所謂悌乎？凡舉貨弗重取息，貧弗償者置弗問，尤急難，供其困乏而善爲之所償。賑饑出粟於活者亦稱是。俗好鬭喜訟，聞之曰："此心熱也，無乃自焚者乎？"就之計，輒婉辭道之，讓之咫，第自止；讓之尺，徐自及，何苦乃爾？於是結解糾分，以游刃於理，俗讒詆傾奪，巧譖相射，君一之以不逆不億，而人亦諒其悃愊，可以無衡斗刑繩，要之胸中真上世之樸未散也。茲非其所謂仁乎？夫孝焉、悌焉、仁焉，三德也，得一且足爲善士，況兼有乎？而所以君君臣臣，親親長長，老老幼幼之道此足矣。

茲非可以備古之辟召者乎？顧未徵於遇，而見其用耳。君子論人不於其遇，而於其所可遇；不於其用，而於其所可致用。今夫玉，天下共珍也，其爲珪、爲璋、爲瑹、爲珥，雖所遇不同，其爲玉一也。是故一杞梓也，以爲靈光臨春，則材之矣。以爲楊亭葛廬，謂其非美材可乎？古養士養老，二禮并隆，出則爵之於朝，居則賓之於鄉。車服之榮，俎豆之盛，均尊賢也，謂其可以風人人也。君即不爵，然邑之賢令博，每延以爲鄉飲賓，亦既尊之鄉賢，又惡知其鄉有不親聽而君興者乎？凡賢於君，而君賢者，謂君已同；凡未君之賢，而君賢者，欲已君同，是則興於君者也。兹非可以風人人，而爲實用之端矣乎？

是歲君七旬，其誕辰焉二月九日。先是，君諸弟廷衡、廷音者，以崇君婭也，願一言爲壽。於是姑拾君篤行之概，以觸君之賢，且使聞之君宗人、里人、邑人，亦無弗君也。若數君世美，則自襄靖公之相業，亞參公之政勳，守武昌者以方正辟，殉北狩者以忠節顯。宋元迄明，代有聞士，惟賢子孫若君，若君嗣子鈇者、鉞者，若衣冠者，若宗人以君興者，共不墜焉爾矣。

贈郡侯漢浦周公入覲序

明歲乙丑元朔，當天下朝會之期，金華郡守周公實應命北上，郡之鄉縉紳大夫相與徵言爲贈，以余氅次。余讓弗許，某乃言曰："榮哉，欽哉！將拜首稽首覲聖天子之耿光哉。"禮成，君侯得召見便殿，問民所疾苦，君侯祗式循故事曰："無勞於恤，紓九重之南顧乎！"抑舉民所疾苦，而憂怨哀痛者，以實告也。

今小民耜數畝田，布種稑也。培焉壅焉，蔫焉蓑焉，又爲之疆且畝焉。悉一歲之力，而不能以一朝輟也；悉一家之力，而不能以一人逸也。尺尺寸寸蒔之子之，翼大有獲，贍俯仰也。既入其土實矣，乃一吏追呼之而賦也，額溢而倍。遂空其困，無餘粒焉，民安所不疾苦，而憂怨哀痛也耶？

今小民植爾桑麻，藝爾菽粟，挈爾牛羊，字爾雞豚，獵稿爾魚鱉，委積爾芻薪，紛疲吾於梓匠，於陶旊，於函裘之勞，以筋力糊其口也。乃一吏追呼之而役也，若謫發然。人不耐其往，遂不能以寒暑艱危，而擇足焉；不能以途漿旅苴，而辭費焉。饋督隷，周勾稽，以弭後咎，用斯不足也。

又舉其婦所織紝紃綴，以卒歲者而副之，民安所不疾苦而憂怨哀痛也耶？若上也，姑以其賦也、役也，而和征之，民猶可少假也。何也？趣之者不甚急，罪不能以死邀也。今不曰賦、曰役，而曰餉也、兵也，動令之日，敢後時者殺無赦。民惟其震恐也，長物皆皸廃棄之，室罄懸而已矣。以是而謂民不疾苦、不憂怨哀痛者，罔也。

夫使小民之必益其餉也兵也，而於戰勝攻取之策果有賴焉，即驅而之死無恤。士以衛民，民以養士，其誼分也。今夫餉戈而壔者不必飽，介而馳者不必飽。力不勝甲者食，臂不勝弓者食，持不勝殳者食，書生以顯族食，紈綺率驕從皆食。彼皆吾鄉人也，備嘗其生平而無所喻於兵也。今一旦輒以其餉厚遺之家，是非害農靡穀者蕃歟？若兵則皆搏畜菟者，獵田虤者，法股慄者不戰，撼而辟易者不戰，不習金鼓旗幟之用不戰，不諳坐作進退之節者不戰。然則兵與餉也，徒兩冗也，其於戰勝攻取之策何哉？督撫亦嘗嚴法汰去其兩冗矣，不知安所從來者。飛募檄日，四方猶號召人輕去其鄉，捐舊業，望坐食者以萬計。有時事已，此輩將用之耶？以是而謂民不疾苦、不憂怨哀痛者，亦罔也。

夫小民之以其賦也、役也、餉也、兵也，方疾苦憂怨，哀痛之不勝也。以號於上，幸君侯臨而撫之曰："無恐吾爲。若主上非厲若，顧未悉若隱幽耳。"民始相悦曰："君侯仁，先君侯而撫吾者仁，今益仁，相繼而節鉞部使，其上者益又仁。夫君侯邇吾，朝發而夕至。吾也，力可上達於天子，下達吾於節鉞部使，吾其更生也歟？"

如君侯見便殿也，必問必答，必不忍不悉民隱。天子神聖，惟君侯未之悉耳。廟堂之上，必有以所之者在也，惟君侯憐之圖之。彼元元者將額手稽首聖天子之德意，以祇承君侯之大賚，在此行也。是爲贈言。

《金華文徵》卷四

嘉靖丁未鄭氏重修譜序

　　蓋聞孔子作《春秋》，以正一王之法；溫公編《通鑑》，以序歷代之統；歐陽公修譜牒，以明宗派之源，自昔賢士大夫莫不謹其家之圖譜，以致孝也。況祖宗之源流，世系之繼傳，親疏之隆殺，皆由此而攸關焉。倘使家之無譜，則孝悌之心，親親之念，何由而作？故五服未盡，則視骨肉如路人者有之，良可悲也。余之友生朱良輔，率其戚鄭南江，捧鄭氏宗枝圖一幅出示，致言曰："江祖採公避難，流寓邑南沙田居焉，後歸故鄉浦江義門求圖譜，內與臺仙南溪、蘭溪花塘、徽州歙縣、括蒼麗縉等邑，其計一十八處，各有分支圖一幅，以爲同族之照，無此者則非親族焉。乞公明大人一言，以垂後世之無謬也。"義不容辭，據此生乃一代碩儒，博覽群書，故能搜集古今，溯厥淵源，歷歷分明如指諸掌。

　　予因是而有感焉。思昔商賢大夫老彭，述而不作，予豈敢爲之誇張虛譽，以襃揚鄭氏？而鄭氏亦不必冒顯貴，以咤鄉間閭，以沒真傳。吾友松溪程子常有言曰："譜者別生分類，以著姓氏、叙昭穆、列親疏、崇繼述而已耳，何事煩蕪？昔郯子能言其祖，《春秋》稱之；籍譚不識其先，燕邦恥焉。況譜其譜者，尊祖之器也；道其道者，尊祖之寶也。盡其實以抱其器，則器不虛。愚者昧其先，往往引貴族名賢以爲宗，生悖其親，死誣其祖，良足恥也。"

　　程子誠見道之言，而鄭氏之木本既清，水源不混，更能繼修其緒，則前者可考，後者可稽，譜之能事畢矣，而尤不可以故牒相視也。神而明之，擴而廣之，存乎其人，故出乎其類，拔乎其萃，全憑後人，以力學屬行求循，致乎誠正修齊，由家而之國，由國而之天下，是譜之善物也。余嘉其來意，遂爲續貂，以弁諸首。

　　時明嘉靖丁未孟冬上瀚三日，賜進士第兵部左侍郎松石山麓泉王崇拜撰。

光緒《橫溪鄭氏宗譜》卷一

黄崗胡氏宗譜重修譜序

　　按胡氏之譜牒，舊圖出自石塘先生之手澤。先生諱長孺，字汲仲，侃公之孫也，乃順二潤公滋仲之從兄也。初，先生舉賢良方正後，銓試第一，官台州主簿。行最高，名最著，世有獲其文者，珍如拱璧。隱居不仕，與大父侃公，號"雪江先生"者，築室西湖講學。與高彭等號爲"南中八士"，其講堂遺迹至今尚存。時滋仲公踵西湖會譜，先生歎曰："不忘所自，真吾家風致也哉！"於是偕滋仲公同歸黄崗修輯譜牒，考明世系，辨正支派，叙别昭穆，疑者删而信者存，宗歐、蘇二家之法，耳目煥然一新，譜學之明，復見於斯矣。

　　胡氏之世系出於舜，國於陳，封於胡，官於周，歷漢唐、晉宋，皆有可考。若唐僕射證公者，出晉太守鳳公之後，居邑之迎恩門外，生彭。彭生彦潊。彦潊生承師、承旺、承祐三公。祐因兵燹，遷居龍山之栢障。師遷胡庫，侍郎則公，蓋其子也。旺於天福三年之春遷居黄崗，鼎建"積慶堂"，與夫"課耕軒"焉。迨孫達可、儼、鳴鳳三公，三世科第，官皆顯耀，聲譽籍甚。三族衣冠，拾有八人，時稱胡氏爲八邑望族，洵有由矣。

　　鳴鳳公以官歸，因兵燹復避邑之舊址，越數世，朝議大夫順二公再祖。厥後子姓繁衍，胤祚寖昌，其有光於譜牒也，猗歟盛哉。自賦公而上，悉皆科第顯著，自賦公而下，世簪笏聯芳，雖不無遷徙斷續之殊，而寔有世澤相承之自。試觀宗例，詳略有法，出入歐蘇，益加詳密。於戲，若仁與軒恩諸君可謂賢矣。志譜學而嚴加修輯，洵不負於先人也哉。稿成問序於余，余因歎曰："有志哉，諸君之爲人也。"使胡氏人人不忘其所自，則孝悌之風可法也。蓋實大者聲宏，德厚流光，以實德修身，以實名著世，上光其祖，下美其俗。余於胡氏益有望焉，因姻戚之故誼，其克辭？是爲之序。

　　嘉靖庚申年孟秋月穀旦，賜進士第兵部尚書大司馬眷生王崇拜撰。

康熙黄崗《胡氏宗譜》

贈中山盧子隱德序

余登宦途，屢遷險要，弛行馬督貔狁，而憂國憂民之念，恆切肝膈者，歷四十年於茲矣。而衛生之術未遑，至於上疏乞恩旋林，分藜藿，取望芬甘，而綺繡芝蘿之衣，亦不辨其榮且鄙也。乃知燒丹采藥，欲求永年，恐非賦分。第思金繩寶筏，開覺路，渡迷川，而無由耳。

一日從弟仲慎過余，具述中山盧子，焚香禮、斗素殯以禳母疾瘥，神格果獲延算。既而，哀方士諸書，深得白雲佳趣。數十年復得元修之道。默契點黎，桑梓衆庶，歸之若市。其與明尊白雲宗之流，相懸不啻天壤，隨命請而覿焉，但聆高誼，劇談皆出未聞之外，而予心每有感激，故贈以"歸心"匾其堂，欲其自勖，而馴至精微之奧，宛在目前，何其光陰迅速。又越數年，叩其純粹，得少宰程公，小漁唐公，方竹姜公，少溪盧公，近齋徐公，麗峰周公，亦溪吳公，東皋徐翁，月坡胡公，藩伯柳溪徐公，敬所王公，少宰盧翁，暨後溪陳侯，廣文張、丁、羅三公，悉貫珠贈以瑤篇錦軸，而義其所爲，道其事實，迨求空色了於無形一間耳，不能不爲之序。

且夫水流則不腐，樞動則不朽，日月運行於周天三百六十五度，寒暑往來，資生萬物，故《易》曰"天行健，君子以自強不息"，與深慮吾子作於前者，猶或輟於後。成其始者未能淑其終，《詩》所謂"靡不有初，鮮克有終"，正此意也。若歸心之理，復其一元，聲色不能動其中，勢利不能撓其志，視於無形，聽於無聲，與造物優游。更冀銳鐵牛出血之勇，戀仙禽貼日之高，不與青牛子之列不已也。余亦又何惜於其言？庸書前說以勉之，敢附於諸公之後云。是爲序。

時隆慶庚午季秋吉旦，賜進士通議大夫兵部左侍郎加俸一級兼都察院右副都御史總督湖廣川貴軍務前吏禮二科左右給事中致仕奉詔進階尚書麓泉王崇書。

《牛江五雲盧氏宗譜》民國重修本卷一

奉賀大秋元濟塘朱君六秩序

　　吾永有鄉先達適齋翁者，姓朱，氏族最大且久。其學鉅儒，其人古純樸篤行之士。其政事名臣，以進士起家，累官至雲南行省參政。聲績所至，輒祠祀之，名宦鄉賢，輿志可考也。公篤生允子，是爲濟塘君。君鬐時即不爲群兒嬉游，出就傅，授古載籍誦讀。入即督家人，藝農圃。凡村童里豎所嘗肄習而角戲者，不惟不落場隊，固深自厭惡，天性不入也。及長，治典謨訓誥，《尚書》、通安國、元定奧旨。充邑弟子員，屢試舉第一，子特廩食之，踰二紀矣。雖八戰棘圍未捷，名自是益起，志日益淬勵，若蛟龍在淵，終當乘風雲而上，上天直須時耳。平生無疾言倨容，顧慷慨強義，遇事裁決不旁通，多可正家，率族黽不敢以綱常倫理少寬，誠所謂挺拔於章句文字之外，而立於獨者。日用飲食不妄弛一錢，顧不嗇濟施，有請貸者未嘗不予，予不能稱息者未嘗必滿，其所舉息不能償者，亦不必要之償。每歲較所償，入必重縮，夫故所嘗出，不爲異歲，稱貸不廢，不錙銖於囊篋、衡斗之間，而善擅夫天地自然之利。宅毛野殖，貲誠萬金，不秋毫苟得也。精醫藥，究竟黃岐諸書，多蓄夫草木金石之英，以保衛民之鮮戰穀者。人間之疾，必偲偲，悉所主治示之方不能自給藥者，即咀遺之救焚拯溺，以急人危，殆其所全活，歲不知其幾也。尤工星命，深堪輿氏家學。人質之禍福，考所針定山水，即門無虛日，不敢以枝辭漫對，務傾誠焉，故其奇中也如響。

　　子三人，三庠生，積學蜚文門，闖然游於萬仞。三女，其一適吾兒秉鑑，以邊功授指揮使，封宜人孝惠勤儉，席君之教良多。今年君六旬，正月三日實爲誕降之旦。兒歸自京師，將偕婦登堂稱壽，請余數言。余自太祖姑嬪於朱，百三十年於茲矣。嗣後代爲婚姻，內外以名分遞稱，可相爲姑舅、伯叔、兄弟，知君宜莫如予，姑次其大略如左。若君自大父澹菴翁而上數世，皆明德長者，積幽闡美，於適齋公爲發靭,一見譬之江源發岷源,本不可見,所可見者岷耳,矧公之爲岷也? 其積益盛,故其流益長,流益長,故其匯益大。譬之江流接海,益浩蕩無垠。公家世澤,自君卜之,猶海也,君之禄位名壽猶夫海也,安所致測識哉?余言僅望洋耳,故自知其言不足也,復爲之歌,俾歌云。

歌曰:"伊江之源岷兮,戴鼇極而嶔巇。繋岷之流江兮,接天漢而縈回。源果自於岷兮,摩烟霄而上之。高猶可思流果止於江兮,奔蛟龍而東之。遠猶可追吁嗟源兮,不知其所自兮。將安思兮,吁嗟流兮。不知其所止兮,將安追兮!"

嘉靖四十五年歲在丙寅正月上吉,賜進士通議大夫兵部左侍郎加俸二級兼都察院右副都御史奉敕總督湖廣川貴軍務前禮科左給事中經筵侍儀眷生王崇。

光緒《金城川朱氏宗譜》卷十六

處士一峰陳君壽旦叙

隆慶改元丁卯八月既望,大郡伯東皋徐翁,詣余光霽堂,再拜而言曰:一峰陳君,僕内同胞弟也。含經味道,晦迹弗耀,有考槃風人之致。伯仲四人,長曰静齋,貌樸心古,修然高潔,事鉛槧業,教授來學,嚬笑不苟,邑侯龔公書"鄉評高行"匾以獎之;次曰南屏,質任自然,不事邊幅;幼曰丹峰,天性純篤,生平無妄語;季則一峰也,壎箎迭奏,望重里間,自處静恬,視穠華聲麗,若蝸角蟬翼。每遇族姓以前人所遺詩禮家缽,勉之循守,不致抑墜,無少長疏戚,咸以恭遜接之,恂恂然稱望族者,君實成之也!鄉隣有競出片言,折其不平之氣,莫不俛首聽約束,人以王彦方目之。居閑無事,輒閲文史以自娱,與高人墨士劇談往古,歷歷有見,興至酌酒對弈,意恬如也。子二,幹蠱有聲,服田敦倫,不落浮佻。諸孫繞膝,皆卓有植立。

是月廿有二日,實其弧旦,將率家兒姪輩登堂稱觴,以祝難老。余日聆公之教,備悉陳君大都。竊意其碩人高士,標徵揚媺,敢厪無辭！君能私淑先達前賢，獲其書香道脈，雖不能要時偶會，激昂青雲，而飭躬率族，亦親睦之化也。解紛息爭，亦平章之治也，以至上下古今，銖塵勢利，又能可舒可卷，視拘拘一節者不侔矣。

古有不事王侯，而竊其道，以理身善俗者，如君非哉？故今頭上髮蒙，眉間氣紫，承前有子，衍慶有孫，名修無瑕，祐終有捷，抑且超凡脫外，揮鍾呂於雲端，追王喬於海島，佛日祥嚴，仙顏永駐，八十云乎哉！謹此書以賀。

賜進士通議大夫兵部左侍郎兼副都御史麓泉王崇拜撰。

民國重修《梅隴陳氏宗譜》

贈賈母惟錫公呂氏安人八旬壽叙

弘治辛未歲仲夏月二十有六日，賈母呂氏壽屆八旬之期。母之子有三，曰沂曰江曰游，皆克肖迺先人，悉通經史，好學問，知道義，廣博施，善濟衆，府縣屢嘉獎焉。余托姻於母，知致壽之本矣。母裔先萬川之呂，華族振於鄉邑。母生而清淑，鍾愛於父母，嬪於賈翁，怡顏愉色，孝敬事舅姑，克盡婦道，內外贊助，綜理家務，遠邇悉稱之者，其事舅姑之道賢也！相其良人賈翁者，壺漿時肅，家事整整，舉案齊眉，俾賈翁顯顯令德，有君子之風焉，其相夫之道賢也。每懷抱厥子，方其幼也，教之以忠信之言。及其長也，教之以孝弟之行。故三子皆成人有德，克孚令聞，資業益饒，首冠於鄉，遺澤益厚，垂統於家。其教子之道又賢也。夫然後觀其事舅姑之賢，則知母盡舅姑之道；觀其相夫之賢，則知母盡爲婦之道；觀其教子之賢，則知母之備隆毋道矣。洪範五福，一曰壽，二曰富，三曰康寧，四曰攸好德，五曰考終命。母備衆福，盛德無涯，故天植其仁壽之本，殆猶川之濬其源，木之培其根，高大深遠，有不可量者矣。況聖朝皇上恩被民物，振提宇宙，咸濟之仁壽之域，如母之多壽而多賢，子孫詎非可祝頌也哉？而有輔世之職者，能無慶乎？

今也，予羈於官，勤勞王事而不得歸，未獲登母之堂，慶母之壽。幸嘗竊頌母福無窮，母壽無疆，而喜爲天下道也。故嘉其賢德以壽之詩曰："如日之升，如月之恒。如川之方至，以莫不增。"敬以爲母祝，於是乎先書母壽爲詞章以贈云。

賜進士第大理寺少卿車駕前翰林院大學士王崇拜贈。

乾隆東陽《貫氏宗譜》

贈松月田三九府君八秩序

夫喬木之佳秀者，以其本之培也；川流之瀠長者，以其源之深也。今觀夫人，非善自静心養性，積德累仁，而能躋壽筭於無疆者鮮矣。既而予表弟蘭溪趙子來謁，告於予，言曰："吾郡蘭邑石塘盛翁，屆兹首夏月十五日，乃其八袠初度之辰。予與翁之乃郎有金蘭之契，欲效華封祝，請乞珠玉，以爲之贈。"予曰："壽者宜慶，而慶者貺之以言，古禮也。"

盛翁蘭之巨族，余稔知之熟矣，余復以何辭焉？然而翁之壽逾八秩，斯足以徵其德之實也。翁世居蘭邑東鄉石塘幽社，養志林泉，倘徉田里，不尚浮侈，不慕傲倖，等富貴於浮漚，置功名於片葉，誠逸士之高標也。有司因其家之富且良，遂爲之命長於鄉，而化八百家。方今東南多故，兵需繁劇，翁能戒諸子姪，上應公家，下紆民隱，供輸不匱，誠良民之傑出者也。且敦龐和教之德，仁慈測隱之心，又凛凛於鄉評。吾知其是日也，親姻集貺，羔酒填門，諸子率諸孫以次奉觴，綵衣翩繞，蘭桂芬芳。即今聖天子初御寰宇，而翁克享無疆之壽，以樂太平大有之年，備人間之五福，集天上之千祥，殆翁静心養性，積德累仁，故天畀之於是哉，與夫喬木川流之同培同深者乎！

予乃誦《螽斯》之詩，爲盛翁祝曰："綿綿瓜瓞，蟄蟄螽斯。以燕以翼，以允後裔。"又再誦《天保》之詩曰："如日之升，如月之恒。如松柏之茂，如南山之壽。"趙子再拜，謝曰："此古華封遺意也，盛氏曷克欽承，遂請書以爲贈。"

隆慶二年孟夏望日之吉，賜進士第資德大夫正治上卿都察院右都御史前任欽差總督三邊軍務兼兵部右侍郎永康麓泉王崇撰。

蘭溪《石塘盛氏宗譜》卷二

竹庵華七七公壽文

是歲辛酉，竹庵舒君壽屆五秩，夏五月十有七日，實其懸弧之辰。吾幼弟禄，君館甥也，欲予作贈言於是日獻。余惟世姻，懿行私悰，嚮往久矣，顧無一言以答。吾弟君大族，冠者千餘人，井落相望，褒延十里。大父道達，考璲，豐藏強誼，鄉閈稱雄。君席故拓新，家益振起。性質任不鈎鉅，人樂近之。然公平里中鼠雀詣質，必周思所以兩解，審而後動，人各當之。尤孝友，事其先公敬慎，撫諸弟極知和樂。家常巨細，推體必誠，諸弟亦相率性命，一門之內，于于衎衎，雖古姜田不遠過此。平居業生，只課農藝耕稼，尺寸積地，力致封殖。人舉貸者歲息甚廉，數千金家資秋毫不以非道得之。有時閱方書，讀史百氏，不則對棋引羋，亹亹佳話。不則繭足，一惟軥軥鼾睡。其於利罝塵箕，淺夫薄子之所爲，機穽攫金，摟物若神，輸蛾入者，非惟口不之及，耳不之染，心亦不之識也。子四，孫且二。髯者，髻者，出就師傳者，嗜棗栗者，雖少長未倫，瞰其頭角，要皆他日丈人。君才五秩耳，螽慶方來滾滾未艾也。夫《禮》稱六十始壽，吾鄉五十而贈者，非以秩五足贈也。贈開百也，世固有稟而壽者，養而壽者，德而壽者，善陰隲而壽者，是有一焉，亦可贈也。

今竹庵君身不載流，行可謂德矣。神不逐苟得，亦乂養矣，祖父世澤可以占稟心田，所蓄可以占善陰隲，君不兼乎？識者曰：君善人也。

天壽善人，其信也若券。君務不休其所常知，而又益大其所常致，力將繼今，而耆而耄，而耋而期頤，天可預諶矣。開百者，開百歲，而造端乎今日也，是可盼也。於是乎作贈言。

時嘉靖四十年仲夏之吉，賜進士通議大夫兵部左侍郎兼都察院右副都御史奉制敕總督湖廣川貴軍務前禮科左給事中眷生王崇謹書。

同治《永川舒氏宗譜》卷七

又竹庵公六十壽序

嘗聞鉛槧青袍之士，方其年壯氣豪，長視闊步時，丈夫若有不屑爲者。迨乎□□備嘗，豪華漸落，則斫方作圓，窺眉睫投時甜澹，殊不舊時風裁。甚哉，執德之難也！若砥概礪名，操堅守定，金百煉而益勁，水萬折而必東。如吾姻丈舒竹庵翁者，非空谷中之足音也耶？翁乃余幼弟太學生禄之岳丈人也。族碩大綿瓞，祖禰世德，閑於義方，恥浮薄游。心醇厚，孝隆怙恃，和洽昆仲，撫幼尊耆，釋爭恤苦，利網塵箕，不敢一掉臂搖足。行乎里閈，各起薦紳，蠟賓敦致，已三勸駕矣。雖不拜登歌酳爵盛儀，而淑問風馳，震動林谷，屈指時耄，不多讓也。是歲甲子方周，正月十有七日弧旦，吾幼弟將攜內及子登堂稱壽，請余言將之。先是翁五旬，嘗數翁才賢以贈，猶望翁不休，所謂樹德茂聲，老不倦於勤者，非耶？夫篤行則神介之休，上善則天錫之福。翁內職已雍如其修，家慶復翕如其盛，造物可諶，若券之不愆於素者，可知也。繼自今而耄，而耋，而期頤，以滋迓百祥，式勿替其世祐，不又預可知耶？

《詩》曰："樂只君子，萬壽無疆。"壽之日，珠履方來，笙鏞既聞，祝嘏稱觴命歌，是以相酒。

時隆慶辛未仲夏之吉，賜進士正議大夫兵部左侍郎加俸二級兼都察院右副都御史奉敕總督湖廣川貴軍務前禮科給事中經筵侍講眷生王崇謹書。

同治《永川舒氏宗譜》卷七

榮堂舒翁七秩壽序有祝

嘗聞《語》曰："仁者壽。"又曰："仁者必有後。"故壽爲仁之徵，而有後乃爲壽之壽也。不爾何稱耶？余自諫垣讀外廬，一日幼弟禄告余曰："弟舒太翁榮堂公，是月初五日，七十懸弧旦也。制不趨賀，乞一言以贈之。"余曰："其人如何？試言之。"曰："爲人孝友謙恭，忠誠樸茂，充拓世業，存心利物。建宗祠出舍基地，遇饑荒發穀賑濟，橋梁寺宇捐貲罔計。安人潘氏，慈惠賢淑，閨閫肅然。生岳父昆仲四人，俱善繼述，行義濟世，侍祖翩翩，寧馨其羨。茲縣復以蠟賓請焉，亦足以壽否乎？"予曰："善，是亦足矣！大都山林之士，躬行孝悌，存心賑施，則爲仁矣。仁則壽，而非倖也。多男孫子，咸克承繼，則有後矣。有後則爲壽之壽，而非徒也。既非倖壽，又非徒壽，又何贈言之不可哉？且將祝之。"

祝曰：古稀躋兮，仁者壽兮。德彌邵兮，年彌高兮。厥後昌兮，厥世永兮。遍觀永川，得非壽之壽兮。

眷生麓泉王崇頓首拜撰。

同治《永川舒氏宗譜》卷七

泰百六喬宇五旬壽序

嘗聞不學而能者，天能也，學而後能者，非天能也。世固有破萬卷不識一字，豈學爾愚乎？不施於身心糟粕之已矣。至於山林隱逸之士，不墳典丘索而思，必中動必合軼經生焉。何也？蓋神之解於天者。常厚，神之應於天者不私。非得於天者，定耶？天苟不足而資人以勝，是猶置楚人於齊，使齊語也。傳不衆習不恒，則語不純齊。即齊，猶或時露蠻訣，終不著緷褓孩提於齊者，而入之利也。此天人之所以想懸也。

吾康若喬宇徐君，其定於天者多與。君淳謹誠樸，口恂恂若絨，時然後言也；足逡逡若曳，審而後動也；心退退若處子，然日有所不爲也；不逐逐於物，若以自蹶也；不炎炎其欲，若以自焚也。事考清溪翁母安人潘、安人錢以孝敬聞，從二兄以友讓聞，撫伯兄之孤以恤愛聞，處宗黨賓戚以謙厚聞。居縣市廛間，市人饕悷，強者罟攫攘奪人，不爲憚弱者，銖銖兩兩，蝦蜆之不知。殆君固督農課力以殖，有天地自然之利，生息先人餘資，而薄取其贏，家累數千金，不落刺口，未嘗妄一錢入，亦未嘗悖一錢出。然見義必施，當分必倡，不齦齦然虜守也。室俞安人，女則婦順，并騰羨頌，府帑饒溢。織末出安人手，尤將順，匡襄君不輟，昕昕斯昂，□爲時丈夫，實安人有以丈夫君也。安人生一子，十載不孕，屢勸君廣嗣納娃，君輒辭曰：「一子足矣！」迨今雖安人即世，而猶以其鰥已焉。彼宣欲多媵，夭豔充閬閣者，亦可以自愧矣。子世芳，自髫齔不兒群，弱冠青衿，頃復上太學，交游海内奇傑，思顔般之電，不敢自後，夫是以聲聞士林。

是歲君五旬，九月二十三日即其懸弧之旦，吾弟二泉壻君之子世芳，禮得爲壽。先期率弟姪造余請言。予於徐爲世姻，門上比廬也，雅知君，故余以天能歸君，謂君純德性用事，非尋行數墨者比兩。昔人有曰：使世教之必昌於書耶？然皋陶、稷、契之世，無書也。何比屋之皆可封？使其書之必關予耶？然春秋戰國之時，書大備也。何大辟之，遍天下識哉。無書而必智於書，有書而或仇其書，以德性作用先王，所以上之也。世之工誦讀者豈少也哉？其伎倆稱賢能，如君者寡矣。君其堯舜之民也，夫是則可以充壽言也。若世德嫣妍，家聲鴻遠，諸君之言，壽者備矣，餘惡乎疣。

賜進士正議大夫兵部左侍郎加俸二級兼都察院右副都御史奉敕總督湖廣川貴軍務奉詔進階一級前禮科左給事中經筵侍儀眷生王崇拜書。

民國《徐氏宗譜》卷十一

泰九十三石屏五十壽序

是歲丙寅，吾姻丈石屏徐君壽五十。十二月二十五日，即其誕降之辰。吾鄉之諸士大夫，咸集而謀於余曰："石屏壽五十矣，然且賢，宜壽之。"

嘗聞生有所可悅也，不悅以侈躬，而益自儉約，曰"立"；勢有所可乘也，不乘以驕人，而益自謙抑，曰"立"；俗有所可浼也，不浼以失己，而益自修潔，曰"立"；難有所可避也，不避以逸己，而益自強毅，曰"立"。

石屏生富室，孩而父厚庵翁，郎世母鞠之慈。人曰："將恣之，而集於奢。"乃其母朱太夫人，顧益教之儉，衣布，食不□，出不車，暑不蓋，諸所燕貽，示毋失於禮而已。故石屏長而操家，輒負荷是懼，業累累興，不靡靡時好是非，不以富而侈躬者乎？徐貴盛族，可萬指席，是其不陵轢人者幾希。石屏顧卑下若處子，凜乎匹婦，勝予棁其門而俯首芸程，不始爭，不繁怒，不務爲人敵，是非不以衆而驕人者乎？世居市之闠闤間，巧僞百山谷也，山谷人視之。鬼蜮，舞形射影，搖睫而墮其術中。石屏以汙巇也，一不入睹聽，而於其閃倏變幻，人以爲長技者，心固未嘗識之，是非不以其俗而失己者乎？徐氏多事，關倫理、涉宗祠者日生，孰不諉曰："獨吾責也乎哉？"石屏顧首義而麾帥之。勞前費前，郎怨亦前，惟其是而已。不袖手，不曳尾，世淬嚼如也，是非不以其難而逸己者乎？石屏可謂自立者矣！夫儉約也，謙抑也，修潔也，強毅也，即使阡陌之子，隱淪之夫，一無可挾者能是，是亦難矣！而況於華豔之胄，冠裳之屬者乎？即使父兄之所告詔，家庭之所夾持，而漸磨歲月者，能是是亦難矣！而況於憨侍之，必於姑息獨行之易，以迷謬者乎？以是知石屏之立，自悟自度之，尤爲難也。向嘗起膠序，以例貢入成均，尋復上天官，入爵江西司理，即今將珮綏而之其官，乃操是四者，日嚴日勿替，所振飭於始仕，彌堅且定矣，請無惜壽者。

余曰：石屏之覽聞之素八九人，覽之未同也即十人矣，而人不皆賢未同也。今吾鄉之諸士大夫，無慮數十人，則皆賢矣。賢一口矣，斯不公然同哉？同復云何？第述諸君之一口者，歸之是則，壽言已矣，余復云何？

民國《徐氏宗譜》卷十一

淮二百四十五本明公壽序

本明方公，奕葉種德，有聲里閈。父一二翁，母樓安人，縶徽比嬺，迹覬梁孟。生丈夫子四，而公次居。幼性極孝友，一二翁殊愛之。嘗語人曰："此吾班衣兒也。"弱冠束修，從師學為舉子，歷試未酬，遂輟舉子不治，收聲卷迹，砥礪閭閻，事一二翁、樓安人，左右承顏，無少疏失。愛敬諸兄，若任勞推逸，又皆餘事焉。至於比鄰與處，無分好醜，悉以至誠接之，或非理相干，則閉戶內訟，不瑣瑣較辯，雖頑梗者亦無不相戒曰："自今伊始，無干東園君。東園君，長者也。"

配徐安人，饒有淑德，與公相敬如賓。自合巹以至斑首，歡愛如一日，絕去戶內嘈嘈。外母陳早寡，夫婦孝養，如事所怙也。子三，長際貴，次際顯，并為掾吏，幼際達。額髮未覆，即教以義方，年甫弱冠，已補邑庠弟子員，藻思綺辭，蒸霞麗日，為士林翹首，所謂克家令子者，公誠無多慮矣。因謝世緣，留心風月，嘗於屋側結草堂數椽，前鑿沼引水字魚，朝夕賞玩，以怡蔗境。或良朋戾止，輒呼童把酒，岸幘快飲，酒酣興逸，行吟睒朧，人之望之，儼如霄漢中人物也。茲甲子周十有一月，中旬一日，實維公六矢懸門之旦。婭翁善公者，將登堂祝嘏。先期介上舍生徐君汝孝、邑庠生潘君鎮，徵余言。君，余曾大母之族孫，而仲兄本學，又與余同師水部石泉李公，瓜葛既連，蘭桂復契。摘辭薦美，非余而誰哉？

竊聞壽者受也，受之於天者也。天之錫壽，猶沛雨之沛也。江河受其蕩漾，涔潦受其涓滴。天豈有豐嗇哉？量不同也，其錫壽亦然。世之人不察，往往挾數任術，覬意外之獲而徼無疆之福。利於天，甚至導引按摩，盜氣機以延壽命，是以涔潦之量，而爲江河之受也，惑亦甚矣！

公刊浮革薄，迪吉蹈康，心如虛舟，行如標木，棲眞於澹泊，寓情於風豪，所謂江河之受，非我公乎？將由是而齊上壽，介景福，紫泥貤恩，黃麻疏寵，蜚玉署，立芳聲，樹譎里之雅望，又何莫非我公也？

賜進士第兵部左侍郎眷侍教生麓泉王崇拜撰。

乾隆《柱國方氏宗譜》卷十七

竹窗君七十壽序

竹窗陳翁，其先由柏巖徙居棠溪，實龍川文毅公遺文所稱七族之一也。家素敦，尚詩書，一時文士彬彬，有聲黌序，屹然爲吾永望族。

翁考堅十八府君，抱樸守雌，偉人長者之稱，津津溢人口吻。發祥衍祉，生丈夫子三。翁其最幼也，姿標清韻，遠從學於四方，輒以名行自淬礪。事考妣先意承顏，諸凡措注，惟豫是務。與諸兄塤倡篪和，友愛尤篤。自嬰孩以至斑首，連床風雨之懷，未嘗少輟於中。配朱安人，婉懿恭肅，嫻於内訓，常持古誼，勉翁作求，勸其損情去欲，以成翁之高至，有以孟光方之者。子三，曰祥，曰瑞，曰珍。治生治儒，并克豎立。諸孫秀發，蘭芳玉潤，行看具六翮以萅者。若翁其人，真不多觀。

舊居邑東之棠溪，晚遷東陽之西源陳橋。是歲臘月廿九日，七秩弧旦也，邑中婭翁曹君龍崗，將登堂稱觴，先期請予祝言。予乃習知翁爲一方高士，夫復奚辭？竊惟萬物以宇以生，而人在天地間，猶一物耳！自幼至老，大都不過百歲。而百歲在天地，猶晞露之零草頭，易既也。所不隨時光而翕霍者，顧所豎立何如耳。翁婆娑藝文，雖洗心聲利，名不掛。於朝籍，然標植的，柱礎鄉間，不既足述耶？行且躋上壽,介景福,五誥馳榮,六豆崇養,作聖世之逸民,爲仁里之行仙矣。古稀云爾哉？河上翁曰:"雖有拱璧以先,駟馬不如坐進,此道翁之謂矣!"

時隆慶三年歲次己巳臘月之吉,賜進士第正議大夫兵部左侍郎加一級眷弟麓泉王崇拜撰。

《棠溪陳氏宗譜》卷一

贈宮四十四獅巖翁七秩雙壽序

予受命總湖毫末,幾以宅艱歸。一日,寓於麓泉書院,覯龍川子於希潤。見其持箋軸,立蒼頭於階下。因問之曰:"此何爲也？"方子再拜而對曰:"金華巨族,曰履湖,姓莊氏,諱辰聰者,乃郡馬之九世孫也。予姑適焉,今年七秩,姑亦與之同庚,是之謂雙壽者也。敢請大人先生一言以贈之。"予曰:"顧其實何如耳？"龍川子復曰:"幼穎悟而立志不群,長克家而恢宏先緒,晚好善而積德彌深。鄉閭敬服,推爲善人。郡守賢之,聘爲介賓。夫姑也,亦勤儉而善持家明,婦順以聿修內則。誕五子,皆足樹立,於繼述有光焉,其大略有如此者,餘非所能盡也!"嗟夫,是可謂有道之士,賢淑之母矣!

夫天地間至難得者人,人而至難得者壽,壽而至難得者夫婦之齊眉也。何者？以梁鴻之賢,不免於鼓盆之悲,共姜之淑,猶遺恨於柏舟之詠,偕老之願久矣。其難遂也,以莊子有焉,詎非爲純嘏乎？雖然,德者,壽之本也,壽者,德之徵也,故詩之蓼蕭,曰:"其德不爽,壽考不忘。"既醉,又曰:"高朗令終,令終有俶。"蓋言壽以德享者也。莊子苟能益懋進修,亹亹不倦,則由茲而耄耋,由茲而期頤,安知不可揖廣成子於崆峒,驂西王母於瑤池乎？是在莊子已矣!龍川子欣然曰:"公之言誠是也,持請之以贈。"

時嘉靖庚戌秋七月望日,賜進士第湖廣按察司使永康王崇撰。

民國《履湖莊氏宗譜》卷七

壽羅山胡君六秩序

夫壽者天所畀也,而致之必本乎德,是天以人成也。有德有壽,而親愛者慶焉,情也。情弗能達,托諸言而情文備焉。雖古未之有所謂以義而起,揆諸禮而協者也。言根乎德,發乎情,止乎禮義,而教與勸悉於是寓,君子所弗辭也。

維東南湖胡氏,東陽望族,世有達人,今益衍且大,才彦彬彬,嚮用而處者多隱德。有曰三峰翁者,少孤貧,孀母盧氏有賢操,撫而教之,傑然有立,務本積實操奇贏,通濟閭里緩急,而益致豐裕。居常服御甚儉,至義所當爲,雖倒帑獨之弗靳。嘉靖甲辰,歲大祲,發粟賑貸,人多得之。毓丈夫子六,羅山君居其三。天賦樸茂,平生無飾言,無頗行,勉勉本孝悌,以恢乃翁志業。積而能散,儉而有禮,遇鄰里爭曲直,一言評之輒服。邑大夫聞其賢,以匾額旌之。

今年仲夏二十二日,壽届六秩。厥婿吕鐶,餘外孫俊從兄弟也。具餱筐贄,跋涉數千裏外,因俊而請於余曰:"鐶也,賴外父二天之庇,而勿能效涓滴之酬,倘辱大人先生榮之一言,則百朋之錫也。"餘聞之,書曰:"惟民生厚,因物有。夫敦其厚而不遷,德也。陶唐氏之民,耕食鑿飲,出作入息,順帝則,而不知嘻厚矣。姬周借后稷之業,以有天下,《無逸》之篇,諄諄乎!稼穡之艱難,《豳風》之詩,至今歌之,足以使人愛土物而戚厥心。慨自古道遠而世教衰,義利淆而浮靡熾,汩汩焉競刀錐之末,而以資車服舍之侈,爲口腹耳之娛,一膜之外視若秦越,而不拔一毛,天下皆是。求若胡君父子兄弟之敦本而不浮,處盈而不驕,趨義而不阻,直己與物,下悦上乎,熙熙焉畎畝之適,而超然於勢利榮名之累者,豈易得哉?兹所謂不遷於物,而全其厚者也;兹所謂以德獲壽,而是爲慶者也。"

《七月》之辭曰:"九月肅霜,十月滌塲。朋酒斯饗,曰殺羔羊。躋彼公堂,稱彼兕觥。萬壽無疆。"吕君尚登堂稱觴,誦余之言而歌《七月》以侑焉，未必不當君之意，而君之壽，豈有疆哉？君名煮，字廷昌，別號"羅山"。厥配邵夫人，貞淑宜家，有子五，曰：元朝、元明、元亮、元鳳、元鵬，皆材器不群，克競其箕裘之業雲。

時嘉靖三十七年歲次戊午秋七月之朔，賜進士第通議大夫兵部左侍郎兼都察院右副御史奉勒總督湖廣川貴眷侍教生麓泉王崇仲德頓首拜書。

道光《東南湖胡氏宗譜》卷十八

壽梅軒陳君七秩序

壽不易言也，而亦不可以幸致也，是祝之者，以情而期之者遠也。古獻《出關圖》《寄南飛曲》《永南山歌》亦將效其情而期其遠爾。嘉靖壬戌季秋六日，梅軒陳君壽屆七秩，儲封徐子曉山、吳子白州乞予言而爲贈，予夙慕君有日不腆之言惡得而辭哉，因進而誥之曰：令德壽考，詩之仕也；仁者壽，語之訓也。請詳君德，僉曰：君生平負奇氣，以名檢自砥礪，孝弟行於家，而仁愛及於物，和睦親族，崦正直理於鄉，資富能訓，克由文學。當五十之年，六虛周公鴻辭贈之。六十之年，鶴溪徐公更贈之，君德修矣。載誥之曰：若是，則無容贅矣！予聞伊陟棐賢於公，世美故家，喬木之系，烈祖賢裔之符君之流衍，其曷始終乎？僉曰：君世居卉川奠源，其宗蕃，其居逸，盤環山水，挹秀擅奇，可漁可樵，視古之盤穀不多讓，爲永康衣冠著姓。載誥之曰：邛洛耆英，香山有社，尚父釣於渭水，箋鏗隱於菊潭，地言其靈，人言其傑，清淑傀儡之毓，君居擅其美而頤其養也。僉曰：君也，嗣後疆誼，視前懋修，爲長厚之行，以洗澆灕之習，故環居君之里者，父兄務於教子弟，務於學故君，居而聚者，務於禮讓，彬彬雍雍，宛然三代一鄉也。且耳聰目明，步履強健，抱膝鼓舞，夷猶北堂，是猶得其養也。縉紳過其門者，鹹交相下榻。松溪程公以奠源華其門"復溪"，馮公以"迎薰"匾其堂，方竹姜公聯其居，方山趙公樂其叙，邑令洪公委以"公正"，後溪陳公贈以詩章。如古之鄉，師法里以君聞，亦可爲完丈夫矣！乃起而祝之曰：

夫人有壽，而後能享。諸福君種，德如比願。敦享諸福，無涯顧不。不在今日之祝多壽也，惟其務益進修，如衛武九十不懈，播當時、傳後世。不獨今日一成憲也，又必以古人自期，待其在鄉閭也，必求如王彥方之表正可也。其在宗族也，必求如揚播之稱義議可也；其裕後也，必求如龐公之遺，安可敢如是則心虛，心虛則善入，而德日茂矣；行且登期頤之年，膺褒嘉之誥昭，聖世之上瑞，發潛德之至光。上賓有禮，又何疑耶？君其勉乎哉？若夫諸英詵詵，蘭芳玉潤，不可以選。以子若孫，賢且才矣。褒榮尚俟於有日，惟其考實推行，莫過於鄉善。夫白州子，信人也。因重其情，遂書而祝之。

時嘉靖壬戌菊月朔日。

《東山下陳氏宗譜》卷一

贈貴百六十二金峰楊隱君六袠序

余自解組歸日，惟怡情花鳥，適志琴尊，筆劄之廢也久矣。猶子秉鈞來告余曰："是月二十日，爲列嶽金峰公六十懸弧之辰。鈞將剪蜀江之錦，走中山之兔，敢藉大人一言，以爲稱觴之助。"余應之曰：爲是公壽，是余之所喜也。夫壽亦難言之矣，德不足不能表閭里，弗壽嗣不足以紹箕裘，弗壽德盛矣，嗣賢矣，而蓋藏不殷，僅資菽水，雖壽亦弗華也。余聞是公稟性端方，好施樂善。爾嶽將謝世，遺金五百兩，爾舅孤幼無以爲托，乃以金并孤托公，且囑之曰：是兒而才可與之，不才當自取之。公受其孤，撫育教訓，一如己子。閱十八歲，悉諸族中有德者，面出前金與之，封識宛然不差絲忽。衆皆異之，此其德足以表閭里。一宜壽也。歲延明師，授諸子以經義，諸子鹹博學，能詩文，濟濟鳳毛，皆廟堂器，此其嗣足以紹箕裘。二宜壽也。世擅華腴，不以自奉，而推其餘，親禮賢士，賙貧恤匱，事有涉於公，如橋梁道路之修理，獨力爲之，惟恐後時，此其力足以付其心。三宜壽也。且聞潤川之境，山水靈秀，黃俞峙其東，玉環峙其西，往往爲神遷之所宅窟。公以三宜壽而居之，馴是而躋耄耋、躋期頤，翩然上仙，蓋可期而必矣！六十云乎哉，然予之所望於公者，不直此也！

語曰：行百里者半。九十爲九仞者缺一簣，必也奮雷厲風行之勇，慕仙禽貼日之高，不以百里自足，不以一簣隳功，則他日聖天子安車蒲輪訪天下耆碩之老，而尊禮之，非公誰則？吾於公有厚望焉，遂命秉鈞筆之，以爲公壽。

時隆慶二年歲次戊辰季冬月吉旦，賜進士第通議大夫兵部左侍郎兼都察院右副都御史奉敕總督湖廣川貴軍務前禮科左給事中眷生麓泉王崇撰。

《仁川楊氏宗譜》

賀朝憲翁八十壽序

康人有隱君子謝朝憲，乃吾室淑人之侄，於余爲內侄也。謝係江左安之後，自元爲康人，國初諱景銘者，財產殷富，甲於金華，當代輸一郡監課，義望飛動，人樂道之。諱忱者，舉永樂壬辰進士，官侍御史、四川按察僉事。永康科甲自此始，代以詩禮作人，家庭之間儼焉。

序正德甲戌，余奠雁其家，少者序謁鴈行間，君獨修長秀整然。下余一輩，姑事吾淑人，而齒實長余十多歲，每宴會，諸謝嚴肅，今且老，猶不失助力爲禮，平生矩閑尺檢，楚楚以謙篤，將無人擇屌耄艮暴，疏戚一以恭願，恂恂處之。然中洞玉石自鑒，尤侃直不訹，正以析不鑿方以圓，同室鬥者取平焉，鄉鄰鬥者取平焉。曾未以情面覆蓋人，人亦未嘗違君之所鞏，咈偏頗欺曲，惟君是繩也。田千畝，錢繦以萬，悉席祖父之遺，而以勤儉累贏焉，即一錢斗粟不苟魍蜽之嘲，君其免。

夫縣大夫博士廉其賢，延以爲鄉飲賓，雖深自貶損不一，赴而峨冠褎衣，肆然於俎豆者，其慚君遠矣，賓幡然，君即不幡然，乃其心獨幡然。古心古概，呶呶者以盛典不能敦，致君可憾其厭服人，人也如此。

配潘安人，賢淑將順，琴瑟偕老。子四人，舉、挺、發、克家。其所生植，距翁少壯，亦望望阿翁。孫十三人，玄孫八人者。耄者，相提攜者，在繈褓者，多魁礧碩顁，要非雍頭婆餅錢薄子，且燕吞熊葉方雲礽而川至也。是歲八十，十月十有七日即其懸弧之辰。

是日也，纁篚琅函，杯匜蹯角，四至珠緋，充堂環君稱慶，有執配而颻言者曰："君其福哉！富壽多男，子非封人之祝也耶。人難於壽，君八十可謂壽矣！人難於富，君廣脾豐積，可謂富矣！人難於多男，而君之於子若孫，珠聯玉列，凡二十五人，不可謂不多矣！然夫婦執手并躬逢之，不其福哉？所欠者只貴耳。"於是爵君三禮成，余乃前諸賓而足其辭曰："昔壺邱老人率其徒千人也，老人曰願君崇詩書禮義之教，辯長幼飭等威，使少於吾者長，老吾者弗若吾者師傅，吾者以榮可呼諸俛仰之尊杖，幾與君之斯貴矣，而何名器之云。今聖天子以重熙之化，洽四方而尊賢敬老，備矣！君之家而閭而里而鄉而邑，其孰不貴君而視文繡猶華也。後人尚旂庸，詎知其不鵬搏鶚薦，以扶搖霄漢也耶？"賓哄然曰："駢哉！君所以爲福也。"君逡逡不敢當，祝者益刺之相嚮，賓退，余遂執筆記之。

時嘉靖四十年歲次癸亥十月十七日吉旦，賜進士第資政大夫兵部尚書加太子太保侍經筵前吏兵二科給事中都給事敕總督湖廣川貴三省軍務都察院右副都御史兵部右侍郎王崇拜撰。

《柱國謝氏宗譜》卷一

壽寶峰周翁八十序

是歲甲子，寶峰周翁八十春，正月□日，實懸弧辰也。先是，翁家孫啓齋以司寇郎奉天子命，有事南畿，既竣，例得過家，於是歸侍其父母,開重慶堂以奉祖壽。司宼郎之夫人即余從妹,妹之女又妻吾弟國子生洪之男秉錩。於是吾弟姪齒士夫從後者二十有四人,造翁稱壽,而鄉邑之大夫士亦相率而從焉。賓客如雲,充滿庭坯。雖未盡朱履之貴要,亦盡康人之賢矣。麓泉子執爵颺言壽翁曰:孰不有祖?乃其祖親見其孫之以名進士,錦衣繡裳,拜堂下而稱壽者,能幾人哉?孰不有孫?乃其孫爲天子近臣,適載命歸,得偕其婦,奉父母,以壽其祖者,能幾人哉?孰不稱壽?乃其賓若婭、若門生、若故舊,盡康人之賢者、顯者,萃重慶堂,執爵揚言而稱壽者,能幾人哉?環視吾康,翁一人耳!既成禮,諸賓亦執爵揚言以平生□若曰:翁治舉子,游陽明先生□□□□□□□□□□□祠尊祖孝,親悌長,課子睦□□□□□□□□□□不爲,衷然稱古,篤行峨冠,休聞華於命之士子,羅山率其徒攻志鉛槧,師於鄉人。

今司宼郎抗聲文圃,連迹才流,供國豎勳,爲名宰執,以光我金華前修,皆羅山翁自以其鵠伏之也。司宼郎之母太夫人王氏,又以孝友勤儉,率王夫人。王夫人讀書通《內則》《列女史傳》,服太夫人教益,翼翼焉,人謂"羅山有父,寶峰有孫,一門世善,天隤蓋未艾也"。寶峰固頤且期矣,又安知羅山之不期且頤,而康强,親見其孫之顯庸耶?又安知羅山公之孫不爲天子載命適歸,偕其婦,奉父母以壽其祖耶?又安知不盡康人之賢且顯者,執爵颺言,壽羅山公於兹堂耶?

言既成禮,主人各如禮請罷。麓泉子又曰:"善而壽,而子而孫而貴,理也;壽而益善,子孫貴而益賢,福也;福以理得,其澤益長。"君子謂之曰:"世祚諸賓之言,信哉!良可紀也。"遂援筆以紀其事,若文則古河尚書備矣。顧紀之紀者,存其實者也,不文。

賜進士第資政大夫兵部侍郎奉敕總督湖廣川貴地方前都察院右都御史眷生麓泉王崇拜贈。

民國《周氏宗譜》卷一

慶南郊周翁八旬壽序

嘉靖丙辰春二月,膺命至京,仍督兵務。適啓齋周子(予妹婿也)應試將南,謁予請曰:"生伯祖南郊翁,壽屆八旬。六月二十有三日,其懸弧辰也。合族將稱壽焉,敢征公言以侑觴。"予以事劇辭,而周子請弗已,且曰:"翁非徒壽者也,悉其素履,善承先志,敬愛同氣,中罹炊臼之變,誓弗復娶。嚴惇義方之訓,子姓克成,胸次灑落,怡情山水,偕耆友以自娛,淳樸之風藹如也。行聞縣尹陳公,榮之冠帶,隱德有征矣!是亦足以不辱公筆也,公無辭焉。予以娟婭之好也,知公喜而樂道人之壽也。"

遂弗獲辭,而爲之言曰:夫壽也者,天之所賜有德,朝廷之所甚重焉者也。翁今孝德善承先矣,慈德善啓後矣。棠棣怡怡,友德其純乎?鶯膠弗續,依稀關雎之德矣。惟德格天,惟天佑德,則翁之壽宜也,而非幸也。矧其童顏如丹,鶴髮如銀,氣體和粹,步履精強,由是而躋期頤,以人瑞旌焉。朝廷之寵未艾也。因爲之祝曰:惟翁令德,遐齡乃集。乃富康強,乃攸好德。子歸,會黨里,亦誦是而三祝之,將南極呈輝,玄鶴翔集,和氣暢而天地應也。

周子起拜曰:"是足以壽翁矣!請書之。"遂爲之序。

龍飛嘉靖三十五年歲次丙辰春二月之吉,賜進士第通議大夫兵部左侍郎奉敕總督湖廣川貴軍務前都察院右都御史眷生王崇仲德頓首拜書。

民國《周氏宗譜》卷一

書

與東浙直總督胡梅林書

屢奉來教，謂告者云，盧溪有蠻兵，鎮溪有報效兵，五寨有居守兵，皆可調發。咨文手翰，即欲調發如數，至再至三，勤勤懇懇以急外攘，以福元元，甚盛心也。故隨到隨行，唯唯惟命。既而，據守巡兵憲、參備、有司者查報，始知告者之言皆妄也。蠻兵不越，民壯隸有司，守尚不支。非戰。卒其報效，揭帖來文，謂田興邦所上。今其人在寨，并無來浙，帖中實詭名耳。

五寨兵不滿三百，其自應守營哨，皆官府代爲顧募打手，歲費數千。使其有兵官，肯乃爾費耶？惟鎮溪之兵，各道僉謂慣戰可用。於是議令摘調如來數，編甲伍，嚴號令，選把目管押，責寨長擔保，鈐束備至。行矣，然無奈浙人一種稱募兵者，如李承差、陳承差等，却又颺言，彼奉浙直軍門明文，聽其帶銀，徑自召募。於是，不赴本鎮軍門，不告本地官府，不由本管土官，私帶弟侄多人，擅入募寨，誂之以利，歆之以功。彼土人者已，每見往歲兵回，財帛充棟，子女盈室，銅漆器皿，填門塞路，凡可以滿壑欲、逞鴛淫者無弗有焉。又知軍前無功，則罪不之加，少勞則厚爲之賞，無一不如意者。於是，已去者争再去，未來者争欲來，譬之渴人赴飲，饑人赴食，貧人之赴寶山，潰然而四出矣。來差主召募者，則又不問其武不武也，而柴夫耕叟，流民積棍，惟其自稱曰士兵，而一以賄成之，止婦人不在行耳。如千户張正者，則又將張空等所退不堪者五百兵，嗾而從之。夫此輩既無管押，又無擔保,并不曾有半點殺賊心腸,及一毫殺賊武藝,乃私相引領,越度關隘,守者詰之,則來差叱曰:"浙直軍門,固奉旨聽吾自募!"又以公文旗牌示之,此非徵質乎?若此輩乃敢吾沮撓也?於是,旁谿曲徑,蟻附而前,雖守者四追,漫無及矣。祇今虎狼當道,無非空人之家,寡人之妻,孤人之子而已。不惟虛糜糧賞,與臨敵誤事,萬一情衆不檢,患生意外,咎誰任耶?此其大可虞者。

即幸不然,卒亦不免。如去歲容美十四土司兵還,舟泊餘二十里,而搬運人口貨物,絡繹不絕者,十有八日。又如往歲,辰州府道不愈其土兵舟中搶獲男女盈數千也,欲搜取之。事泄,俄頃之間,盡沉之水,豈不上干天和,下窮人凶,殘慘大有不忍言之。諺曰"寧遭倭寇,無遇土兵",可明鑒也。蓋倭寇其來有警,而人皆去之;土兵其來有名,而人不知避。故倭患止於一方,兵患沿及數省。明公赤膽民恫,苦心已瘁,急欲多兵禦寇,不暇他虞。即蕘言途語,不肯輕棄,懼人以言為諱耳。於是博窮蒐採,海且為枯,使少有人心者聞之,亦當如不肖捐心斂服,不可跂及矣。其如來者,迄無一人仰承德意,道實言,幹實事。惟游擊李忱差可,而又制於其群,終恐百囂一諤,有以制其肘耳。

今調去二千五百名,乞麾下恩威并馭,有不用命,必以軍法從事。其餘稱召募者,悉皆冗惡,請善汰之,否則,請善制之,勿玩勿激,惟其不稔毒則已。且自辰、常、荊、岳,以至九江、池、太一帶,經行水陸,直抵杭州。某俱有榜文傳去,及備行湖北守巡、撫苗兵,備上下江防,武昌九江等道,并江西撫按、按察司,一體嚴加督理,以重衛於其所至。繼自今門下有進揭帖,稱報效,稱召募,悉奸人資剽掠為己地者,乞一切禁絕,以杜禍萌。仍俯究私引苗,如李承差等,一如本鎮咨文所懇。後凡動調土兵,彼此必奉旨然後施行,庶幾邊疆幸甚,浙、直、江、廣、蒼生幸甚,某亦幸甚!干冒尊嚴,臨書無任,怨懼之至。

上都察院谷中虛公書

　　節鉞自天，金湯亙地，不惟海若效靈，倭奴絶舶；馮夷聽命，峒醜滅燔，而江南數千百萬蒼生，甦有日矣。何也？公，智將也，然長者仁聞，已孚先於前時，威望尤奮飛於今日。出奇制勝，有以作士氣於飛狻決漢之猛；開誠置赤，有以固人心於泰山磐石之安。外攘之勢成，而内治之略，斯次第而舉矣。

　　今康民間疾苦，惟錢糧、盜賊二者最大。錢糧不在見年常賦之追徵，而在積歲諸逋之并急。蓋一歲地毛所入，止有此數，頻年節欠，何堪取盈一時？吏卒之所追呼，家無寧犬；桁楊之所箠楚，人鮮完膚。是以挖肉醫瘡，所至有常饑之口；鬻田變産，即今無可卓之錐。甚者，質子於官，竟刳恩於沒獄；挈妻於路，甘割愛以空房。本無幹，而根連蔓及；惟有物，則瓶罄罍空。官府利其易完，明知鹿馬；親戚責之代賠，何擇牛羊？寃泣籲天，怨聲載道。以上皆積逋并急致然，而往歲之爲康人患者若此。盜賊不在於親被其敓勷，而在於他方之追捕。始之以讎口之誣扳，繼之以詭名之妄報。上司信爲真情，吏書視之奇貨，捕隸遣而之先，失主隨尾其後。相務於得，城火輒及池魚；以假爲真，棚須盡疑蛇影。或卷户而潛逃，或闔門而被逮。逃則男女靡有孑遺，遞則老稚即同俘馘。窮凶拷掠，刑爲官府所無；贖命行求，財罄室家所有。牛羊倉廩，聽其自封自炊；門扇窗櫺，拆之作薪作爨。田無服鎛之農，野有夜嘯之鬼。以上皆他方追捕致然，而往歲之爲康人患者若此。

　　時雖有藩臬大夫分路之名賢，當郡長貳親民之碩彦，顧一時議論，争尚嚴急。深刻之分數多，寬大之分數少。在積逋，則曰非不知百姓艱難，各處之支用缺乏；在追捕，則曰重犯不得不拿，公差不得不遣。中間豈無明徹豐蔀，仁先罟獲者當之？一則上修潔者，避嫌疑，自不覺流於殘忍；一則慮違忤者，事完報，自不敢爲之調停。未聞有破格出套，冒忌諱，明目張膽，爲蒸黎作砥柱者。即有之，又皆制於衆論之所未然，而持閣於群情之所不樂，姑惟鬱不能施已矣。然非有寬仁長者，操獨擅之權，政令之作止，自我臣工之殿最，自我生民之休戚，自我良暴之生殺，自我者以臨於其上，方内何以得有更生之日耶？恭惟明公，逵神明通變之識，宏豪杰命世之才，急民瘼之周知，先人窮乎發智，而又以忠信惻怛之心將之，遑遑乎若救焚極溺之不敢後。於凡軍衛有司之官方吏弊，而幽微洞然；間閭甲伍之物蠹時艱，而巨細畢舉。時奉新移，皆百姓前此未睹；日宣宏議，尤群工曠世僅聞。誦之則可憲可書，行之則可大可久，環方數千里地方尊之神明，親之父母，恃以爲司命者，眞千載一奇邁也。某山中一野人耳，不敢謂慮有一得之愚，亦頗有民吾同胞之誼，矧有以仰見不世出之賢，得開口之日，而又隱忍不言，誠所謂恝恫瘝已甚之沉疴，而不之救略；和扁必瘳之妙劑，而不知求是，豈得爲仁也乎？試終陳之。

夫錢糧以一條鞭之法追徵，既無耗費之漁，又絕侵欺之弊，亦甚善矣。誠恐衣食於官者，巧名色以中其奸，訛議論以變其法，則非所以惠民矣。然必分限而不厭其數，零收而不責其全。蓋少則易辦，不取必於速完；有則收受，不那奪於他用。里遞若見年之先揭，則貧不贍者破其家逃移，若甲長之代賕，則存未逃者效其避。至若積逋一節，只宜相時擇急立法帶徵，必從用一緩二之謨，以爲積寸成尺之漸。寬期而不嫌夫歲月之多，自限而不至於差遣之擾。譬諸昨日之饑已過，明日之餓宜思，故不可盡其所有，而尤當亮其所無；不可責於救死不贍之時，而尤當伺其飽自棄餘之日。當使不足在官，而有餘有民，所謂什一在内，而什九在外者也。夫是事則集，而官不勞；逋則完，而民不病矣。

地方之有盜賊，猶目中之有刺，恨去之之不速，而捕之之不早也，乃委之於上官差人。夫差人豈能獲賊？祇放賊耳。此屢歲之明驗也。何以故？蓋賊在則獲之已矣，無所肆其橫索。惟賊走，則既得賊之重賄，又可以指賊而逞其溪壑。如賊姓趙，則凡趙姓皆執之，即鄰里，即鄉鎮，無分乎男女也，皆執之以拷賊所在。人不勝其慘暴也，只得百計營財，以出己於垂絕，仍信口胡說，曰賊在某處，又從而之某處。其執拷慘暴也如初，彼知財可以慘暴得也。於是之一家，又之一家；之一鄉，又之一鄉；之一都，又之一都。聲勢威於巨寇，賄賂多於強劫。地方震驚，人心動搖。前年又有一起，自稱督府差官，所帶六十餘人，并蘇州失主，私自下鄉，其所執拷慘暴，即閻羅殿前殺手耳！言之尚可酸鼻，況受者乎？以故，私陪失主之贓者三百兩，買命於多人者近千金。一夜潛回，竟莫知其所之。夫康人之易於嚇詐者，類若此。所以爭相倣效，嗾賊誣指，打網之風大興，追捕之文益盛。夫去賊，所以去其害民者耳。而其害民，反有甚於強賊，又何以官府差人差官爲哉！繼自今，只一檄下本縣，而責之掌印正官奉文之後，一面如檄追捕，一面多方查訪。苟真賊也，則親屬懼其連累，團保懼其干害，里遞懼其勾擾，官府因以責之訪拿，合謀并力，豈有不獲者哉？苟非賊也，天理自不容泯，人心共爲不平，家長必保之，團保長必保之，糧里老十遞年必保之，官府便須白於上司，住提止解。若曰解赴失事，地方與賊對證，則攔柄在彼，十去而十死耳。鄉人之語曰："百訟可私，惟強賊不可私。"強賊猶夫火也，孰敢蘊火而以之自焚？猶夫虎也，孰敢養虎以自貽之患？矧多人也，尚有學較諸生士大夫之有公言者在也，即欲私之，孰從而私之？若以團保長、糧里老爲不足信，則亦別無可信之人矣。自餘如捕隸諸役，則其人益寡也。衆若可以賄成寡，顧不可以賄成乎大衆？非有公言，此輩能有公言乎？至謂大衆可賄者，妄也。上司信之，問官之言誤之也。問官惟欲實己言，是己見，何卹乎人情事理之悖不悖哉？夫張官置吏，無非爲民；民之利病，死生以之，是先民而後已也。世乃有攘民食以應上徵求，奪民力以供上役使，殘民命以干任怨之譽，入人死以矯執法之能，慺身高舉以博美官,畢竟己私而已,其於民也何哉?

臺下鑑空衡懸,故一時藩臬郡縣皆中原麟鳳,豺虎無所投啄,而狐魅落膽重足,誠兩浙生靈之幸也。某無聞,惟知公好問好察。何以明之?公之淵思遠覽,固自天性學問中來。然民情土俗,非好問好察,必不能種種色色,若是乎其明且盡也。於是輒忘鄙陋,不覺縷縷。雖一縣不無他縣之相似然者,雖往事不無今日之可鑑戒者,語曰:"芻蕘之言,聖人擇焉。"臨書無任瞻依,惶悚之至。

與東陽虞坡書

古之君子易世,今之君子易於世,非才不相能,其趣不同也。漢唐盛時,豪杰通天下為一身,匹夫弗獲,若自罹灾害,皇皇乎治平以所之安。語曰:"苟利社稷,死生以之。"故天下從而大治。今之稱豪杰者,非不巖然義防,乃世態磨礪,日就圓滑,顧利害,患得失,不免隨世取容。高者急簿書,善功狀,祗彌縫其身於不可非,以自了名譽。至於地方禍患,時世之不可率易為者,直付之於無可奈何,袖手凝睇,辟之颶濤航海,濟不濟聽其遇耳。而蒼生之命懸一綫於天焉,而於吾何有?間有作者,又以為國家受病,非刳腹澣臟不可,遂出繩墨,觸嫌忌為之,而卒不理於口。於是,一時之士寧恝天下,而無寧恝其身。凡平生自許,每奪於世也。

仰惟明公抱命世之才,富佐王之學,邃經略之智,挺擔當之勇,其在宣大,其在薊遼,際天下極難之時,處天下極難之地,任天下極難之事,類能伸挽天河,赤手而人莫能攀;出其身於日月星辰之上,而人莫能滓;功高天下而人莫能爭,夷夏安焉,益而自進於盛美。今復正本兵矣,又一洗新非,而盡復祖宗之舊,使概世挾孫吳而相意氣者,胥慶遭逢,彈劍起舞,爭欲脫穎,以尺寸自效,即今北却匈奴,南殲倭寇,方內若金湯然,以仰稱我聖天子垂衣拱手之治,頗、牧、韓、范,自當退讓一籌,不敢公方也。某山林已矣,惟當抽筆滌硯,作玉筯擎天,頌著野史間。此外，只飯飽黃牛齁齁睡耳。謹承動静，兼布山斗之私，莊肅治緘，不勝向往。

與胡梅林書

嘗聞薦賢爲國，必賢而後薦也。故用之輒效，不負所知。某空谷中一樸耳，幸免斧斤，安望丈引？乃謬承薦剡，舉之荆棘之間，匹諸才彦之列，非望之恩固大，君子誤及而過情之譽，實不肖者深羞。

昔有善洞歌者，人以爲希曠之音也。薦之公室，比至大都，聞陽春白雪之調，忽愕自失。至闕庭，則韶護遞奏，琴瑟笙鏞，各中其呂，遂不覺縮首吐舌，匿不敢出。不肖亦惟自愕匿弗出者矣，其孰敢自昧，以累藻鑒之明？顧自念楚人有得螭珠於彭蠡之濱者，將獻於王，人訾之曰："此盜賄也。"楚人怒，將自投於水。有高幘者止之，且謂人曰："此彭野之隱君子也，早聞之，不苟人。一介珠既獻，王予之金，辭不受還。"德高幘者將報之，請曰："願力公薪水，終其身。"

夫昔人以一語之知，猶畢力思報，況繕牘以告於君乎？所謂一登龍門，價百其倍者也。惟公位極人臣，功高天下。不肖也鹿豕餘生，無所事報三春德澤，徒自抱寸草之心而已。

與兵部葛侍郎書

聖明在御，豪杰彙征。海内多事，本兵要樞也。喜并得命世大賢，舉足可以泰山我社稷者，以力任天下之重如此，安介他虞？倭以南，虜以北，可傳檄而定也。不肖一江鯈耳，向能於微風細雨中，噓紋浪，以獲免漁人。只今徒窊池，綸罟莫顧，不勞吐墨自容，即浮生一遇也。仰視臺下若神龍然，吸呼間鞭雷策電，動作九天風雨，倒海翻山，以震蕩孽狐暴鼉，九地莫藏焉。此豈不肖者夢想所常到耶？山月溪雲，詩簡茗竈，於兹焉老矣。拭目元勳，會見掀天揭日。惟益珍眠食以重慰元。幸甚！幸甚！

啓左東津以中州少藩擢陝西憲使

伏以舜日文明，龍德炳中州而翊化；堯天浩蕩，福星指西極以流輝。快大人試密勿之新聲，孚君子偉經綸之宿望。鴻賓翹采，豹署騰祥。恭惟大憲伯東津左老先生大人，舊寅望玉壺，紗質玟瑰奇才；巨榜照嶙峋，早飛黃於魏闕；幽劌光泅窟，暫試割於元城。循良軼武令，以無雙勞動炯新豐爲第一。爰徵農扈國，泉簡大府之賢；載掌章程，起部典周官之劇。揮盤錯之刃，向不見全牛；凛寒冽之標，而有如此水。乃篋鵷於方嶽，遂騁驥於薇垣。卿月殊明，遍照逃房之屋；心陽有腳，聿回崖谷之春。白筆動生花，剡中雕鶚；黃麻來奕葉，治底鏌鋤。帝大賁余，人具瞻爾。謂洛陽如錦，已詔召伯之甘棠；而太白造天，更望周公之赤舃。朱衣畫戟，方謠授祖逖之鞭；玉節星軺，民瘼寄王遵之馭。河中勞臥轍，借寇無緣；西下喜搖旌，待韓有日。行將詞鋒振響，驅當道之豺狼；會見學海澄波，辨沉沙之玉石。終南山有色，螟蚨誓赤手以無疆；星宿水生香，葵藿耿丹心於不拔。漫陳鄙俚，少破風塵。句豈貞珉，情惟溢海。

詞曰：紫薇郎送紫薇郎，且共離觴。浮生根蒂嗟萍絮，一挼沉醉無妨。明日相思何處，漢雲秦樹蒼茫。　　金湯百二拭干將，西斗光芒。長城萬里榮鰲極，洗猩臊，手挽銀潢。一柱承天屹立，五龍夾日飛揚。（右調《風入松》）

與朱適齋公簡

崇頃在京師，聞公乞休疏上，士大夫有知公者皆能頌德，嘖嘖古君子不休。崇曰："然哉，公完人也！夫士之仕也，猶田者之樹也，劬經犁道，投嘉種矣。及其仕也，則芃芃然秀而華焉。行志以善其修，敷仁而澍其澤。而未成也，必也效賢而謝政，功蛻而休其餘年，則栗然實矣。穧之有秋，庾之各足，慎餘蓄羨，用宏其生，夫是之謂。"

上農氏日服其鎛,而年穀勿登,舉世累然,下農耳。公少佳士也,進而載耀,退而葆光,若上農氏之烹雌自勞,以嘉有場功。萬仞岡頭,髯然復見香山大老。故曰:"公完人也!"

光緒《金城川朱氏宗譜》卷十六

傳

贈侍郎豫七府君傳略

行狀略曰，公諱福，仁厚誠篤，性根天賦。或有述流俗狡詐刻薄之行，以告公者，公聞，勿謂人有之。舉世巧譎，心固未嘗識也。嘗曰："孝弟非學，與生俱生之理也。學而能者，皆孝悌之節文也。"腴田美産，多讓於弟，人有訐其弟私財者，叱曰："吾同胞弗信，而信汝爲也？"訐者慼服。嘗道拾楊氏遺金八十兩，懼求者之失其處也，至廢櫛食以俟。既而，求者因醉而迷其失處，謂失其縣堂下，告之縣令請究。令方逮無辜之諸可疑似者，盡箠楚而鞠之。公奔詣令，告所從得，還之。令甚義公，予公半。公曰："如欲之，即匿之矣。其若此心何？"固辭。令曰："以奬汝，安辭？"竟力却勿受。令曰："廉哉！真義人也！"鄰有弗利其舊舍，欲并其基售公，曰以便拓居。公謝之曰："在我固便，獨不聞鄉諺乎？'至貧莫賣屋'，汝安從家？"乃爲之謀於堪輿氏，既而謂曰："必增高其基數尺乃可。"公相之增高數尺，人果富庶。

正德初，歲大旱，日湧穀價。里有賈八人，將請糶，先期共持百金約公，曰："幸貿此，毋諾他商糶。"且曰："日後價高，必如後價，無敢泥今也。"既月，價高果倍，糶者亦果予公倍。公曰："第如初價。是日質子金，固已心諾子於價矣。"價竟如初。有舉貸者貧乏，不能償，公輒弗取償。諸能償者聞之，亦詒公曰："寔甚負公，願來生效犬馬。"公以爲信然也，而爲毀券，歲無數起。

一日，東岳廟灾重建。公施之柱，皆巨材也。往求之山，得巨材出，水雨暴至，木流。公衣單衣入水，令從者亦皆單衣入水留木。或哂而問之，答曰："將宇神也，可裸以褻乎？"其平生不逆人欺與不自欺類如此。他若教子孫，卹宗族，厚姻舊，正鄉黨，靡不遠有古風，老可振末俗者，語在本傳。

祖母方氏，厚重簡約，雅量端姿，平生怒容不見於面，踩言不出諸口。母儀婦道，藹然以親，而閨訓家法，肅然不可犯也。是故內外修嚴，上下惇叙。吾祖之德，以置身君子，哀然稱篤行者，皆祖母有以相之。詳見墓誌。

文明公守義傳

篁源章君字文明，孟貴翁之第四子也。流厚簡約，植於天性。年二十，室東平呂公伯澄之長女，相敬如賓，有古龐公之風焉。

呂氏柔巽順承，相夫子以貞。女一，適名家周耀。子三，長墉，次城，次欽。訓之義方，雖跬步未嘗無法，人以爲敬姜、申夫人之再見也。享年四十有奇而卒，中外惜之。章君追呂氏之懿，而弗忍忘也，爰作隻鳳之歌以自誓。豪右之女之欲醮之者，君辭焉。

麓泉子聞其行而壯之，爲之傳曰：嗚呼，貞矣哉！夫婦，人之大倫也。變故也者，情之所甚弗堪也。情有所堪，斯倫有不暇顧焉者。是故琴瑟鳴於家者，而恣情以野合，至起白頭之嘆者，尚亦有之，況鰥居而靡他乎？危絃之音未寒，而慕鸞膠以續之者，比比皆是也，況於終身？今呂氏之德有感於其夫，而章氏之義於諸流俗未睹焉。夫婦大倫，其可謂交盡者矣。嗚呼，弗秘之，庶其爲鄉式乎！

敕封吏科給事中誥贈通議大夫
兵部左侍郎雙川府君傳略

府君諱科，弱冠業習書史，雅貫理義，口不道謔言，身不載流行。《傳》曰："人倫日用，動皆道心，不假修慮。"昔祖母邁，時疫甚厲，尋祖亦遘疫，又属甚。是岁，厲疫盛行，一門一日，而訃者七人。雖至親不敢近，鄰居不相往，同巷如空。吾母方病娠，與父謀曰："雖娠且病，不可不侍湯藥。"父曰："固吾志也。"遂相與侍湯藥，不解衣帶五十餘日。吾大父聞曰："勞而且久，不傳染乎？"既而，吾母果傳染疾危，語父曰："無分爾心，輿吾，投母氏調治。"既就輿，與父訣曰："但保其公姑，吾目瞑矣。"又曰："無聞公姑，亦無令公姑憂而甚其疾，吾自能善其就藥裹。"逾三月，病者俱起。

祖頗饒貲，一日，語父暨二叔曰："若輩田宅，必以鬮分，無令後人爲口實。"然二叔各先有所主，父謂叔曰："雖鬮，必不拂汝意。"既而，鬮果拂叔，父竟不拂叔，蓋數易鬮云。凡二叔每有所私擅，父不惟不問，若初不知也。性儉素，非賓祭不牲醴，家常豆粥盂蔬，若饋者列品肴，則艴然不悅，曰："毋耽匙箸，蒼蒼者不爾恣也。"然窮獨有稱貸者，輒無分償不償，顧必與之。或有譏者曰："夫非周之也耶？某也窮，某也獨，棄之水耳？"父曰："信若言也，某不爲溝中瘠乎？"母聞之曰："亦周之而已矣。"歲毀券者十五。

嘉靖己丑，某舉進士。母見牌坊銀，泣曰："吾兒貨與王家，不復能自有其身也。"授諫議，父遺書曰："必先體國，必急蒼生，若專飭名節，亦不免矯耳。"明年庚寅，封父徵仕郎、吏科給事中，母孺人，給敕命。及補廣東僉憲，掌兵刑，過家。父戒之曰："爾存仁恕，行不可不威嚴，不威嚴則犯者益衆。人固有蹈水而斃，未聞有蹈火者。"又曰："受百詞訟，不如理一冤民；了百簿書，不如革一弊政。"母亦曰："慎哉！若冤一命，陰譴隨之。"又曰："將逞暴怒，則回念子孫，忿即平矣。"居三旬，言亹亹，莫非持身守官之要。及辭而之廣，未能盡行，而句句字字，今猶在耳，篤不敢忘也。

白峰公安人張氏傳

余玩《易》，可怡堂胡子懋明來謁，問曰："孝孰先？"余曰："先繼述。其不孝莫先於没其父母之善。"胡子拊髀涕泣。叩之，則其母未有傳也。予弟國子生長孫，娶胡子次閨玉。余與胡子至姻也，遂樂道之。

安人張氏，五雲著姓也，素性溫柔，立身嚴肅，及笄，適胡公白峰。時胡公就學陽明先生，安人以家務自任，事無大小，悉餘理焉。舅姑在堂，凡菽水必親具。繼姑俞氏疾，躬侍湯藥，衣不解帶者三年。俞氏夜夢緋衣人語之曰："爾婦克孝，天佑爾躬。"自是而疾愈，人以爲孝感所致。相夫子始終如一，竞履艱歷傾，喜愠不形。長伯廉，每以衣服稱貸而周之。伯婦悍逆，曲諭以理。子二，長懋明，次懋功，少而知養，長而知勞，有不如意，輒訓戒之，推心置其腹中。及懋明就學，期以大用，每歲館需，出自勤苦。戒之曰："吾不知書，但聞古人有磨杵爲針者，汝當效之。"子婦陳氏，撫之若女，未嘗以分臨之。善蠶織，歲出以實其家。時癸卯荒，有饑人至，雖業不能給，恒以己之所食者食之。待子姓恭而有禮，御群小愛而有威，鄰人有變，夜爲不寢，令聞廣譽，膾炙鄉邑。年躋五十有五，以疾而終，歲之壬戌菊月也。

嗚呼，何天奪之速耶？《傳》云"有大德者必得其壽"，《書》云"天壽平格"。安人有平格之德，而天奪之速若是，何耶？蓋德足以師閨範閫者，縱其身不在，而壽則無疆也。安人雖享中壽，而千百年後，誦安人之德，仰安人之内教者不艾也，奚必壽？予不妄，聊述所聞爲傳。

松山隱君傳

余嘗閲《隱士傳》，評歷朝山林遺佚，其品有三：隱不忘出，既出知幾而退，隱行檢節。概終始無疵者最難以潔身爲高尚，而養晦於林邱，其榮與辱兩無干礙者次之。若夫硜硜固執，受癖烟霞，忘情於勢利，無裨於風教者，又其次也。

梅隴陳氏，邑之望族也。爲明時隱士名承點、字廷與、號松山者，乃龍川之後人，一族之翹楚。余仲子之親翁孫宗江之岳父也。舊聞其聲譽，近接其豐霽，潛德之光，隱而弗耀，好揚善者奚忍遺之？睹其色容温晬，如春陽和煦；動止端雅，如就繩尺中敷施。清談正論，悉根心苗，不誕不支，庶幾乎得中倫中慮之下風也。早年經下不懈，銳志壯行。旋以際遇不偶，竟幸素願，乃移情於溪山之適，棲遲巖穴之間，獨善其身，怡游養静，俗之美惡，事之是非，置之度外，若罔聞，知爲天地間一閑民也。要其所以得若是者，前有静齋尊翁以爲之作，後有邦至、邦慶二令器以爲之述，又有余孫宗江居半子之職而贊襄其美於萬一也。

隱君之得耽夫清逸，脱其塵累，不下於隱士之次者，豈偶然哉。余嘗進薦邑侯陳公給其匾帖，辭以"虛譽尚寢"而未彰耳。故詳傳之，以俟修家乘作誌書者採錄焉。

賜進士第兵部左侍郎總督三省兼副都御史麓泉王崇撰。

民國《梅隴陳氏宗譜》

祭 文

謝官祭墓文

　　維嘉靖三十九年歲次庚申，三月丁卯朔，越有五日辛未，玄孫兵部左侍郎崇，謹以牲醴致祭於某公之墓前，曰：崇少習詩書，粗知章句，幸逢庠序，叨列章縫；名起甲科，官居清要，歷陞方面，兩掌巨藩。仰荷聖明，簡超都憲。提督三關軍務，巡撫山西地方。天子無復西顧之憂者五六年，胡人不敢南向牧馬者三千里。功高上捷，匝一歲而三遷；官正部堂，受欽賞也十次。上封祖父二代，下廕兒男三人。誥命輝煌，爵亞尚書之貴；官生仍疊，位聯文武之榮。朝廷又以苗患方張，議者必倚總制爲重，求大臣之堪任者，甚難其人。集九卿之會推，謬膺此選，往總督湖廣川貴。特賜節鉞令旗，控制百蠻，保障三省。得專生殺，擁貔貅之六師；俾肅要荒，設金湯於萬里。擬之以出將入相之望，與之以前斬後奏之權。頗著威名，亦多勳迹。此皆我祖宗福德使然，豈崇伎倆之所能自致也？今以謝官之日，特申告墓之誠，感戴無窮，思慕罔極。伏願益祐後人，引榮華於百世；永豐先祉，馨俎豆於千秋。

贊

題平海衛學司訓中峰揚公像贊

夜雨青燈，公與余共秋闈春榜。余獨先公，初意謂遲速之間，不意竟科貢之別。北上春官，祗授訓職，方拜命乎朝端，即殞身乎京國。造化小兒之妬才，何若斯之特甚也？余時解組，過舊館訪君耶。面公遺像，追惟夙昔。公靈有知，其諒予宗之悒鬱否耶？

五雲江氏九世祖德澤翁贊

至尊者，義之道，行之能致；至貴者，義之德，舉之能勝。鄉耆敬服，無位而尊矣；邑侯寵異，無爵而貴矣。江氏鳴能子者，惟公是歸；五雲鳴丈夫者，捨公其誰？

民國《五雲江氏宗譜》卷二

靜齋忱公贊

謝忱，字惟壽，號靜齋。貢人入太學，領應天鄉薦，登永樂壬辰進士，授監察御史。遇事敢言，不避權要，九爲巡按，詰奸禁暴，無所假借，人稱"謝閻王"。漢府謀不軌，廉得其實以聞，命剿之賜反屬男女吳德等四人。因忤尚書蹇義，僅升四川按察司僉事。歲歉，民多抵法，忱憫之，爲求可生之途。適地方多虎患，示以得虎皮三者免一命。人爭捕之，於是虎患息，而民命以全。卒於官，歸葬之日，行李蕭然。

《柱國謝氏宗譜》卷一

大宋永康茶課司峻公造像贊

贊曰：當時桑孔，計臣王吕，新法利晰秋毫。脂膏涸竭，朘民之生，爲蠹爲蠍，惟我公之清正。茶課是司，裕民足國，以道爲持，宜其積厚，蕃衍宗支。

《松溪朱氏宗譜》卷一

引

鹿峰草堂小引

　　鹿峰草堂者，黄子少放游處也。粤志：小鹿洞，依山懷谷，去南海二十里。峰巒四蠹，蒼翠造天。中曠夷沃壤，稻粱瓜芋，可獻可區；林莽翳如，花果交錯。澗有泉，屈曲在石罅間，亡擇冬夏，瀧駛淵澄，行止鳴寂，素其地也。黄子即其洞之佳處曰鹿峰者堂焉，居斯游斯，其於詩書易理，帝質王文，洋洋乎天解神動，類於其山川之勝也得之。麓泉子崇曰："大哉，居乎！斯可以興矣。"

　　方其撫幽閑，擷芳馨，穿雲眠松，酌瀼濯清時，則有玄鳧素鳥，莫解樊機；白石青蒲，不染世滓，可能已鴻飛寰外之思。是以巢父堅洗耳之介，丈人高荷蕢之廉，沮溺偶耕，石門守晨，蓬瑗葆生，顔歜抱璞，皆傲睨以自豪，繫余馬乎安徽也。及其際熙明，入叢榮，紛旖旎於園林，渙容與於草木，時則有穠英繁綴五氣，咸釣巨動細靈。一理各足，又豈無同人於野之思。故築夫肖夢於傅巖，農人輟耰於莘畎，寧激聲以自投，奚鬻身而載質？柳下既三仕以居卑，子文亦屢黜而不去。此蓋感萬物之得時，忍吾生之齟齬也。已乃澄火，羅躡層巔，上凌嶔巇，縱目南海，第見夫烟波不興，練光萬里，巨艦雙鳧，遥峰寸碧，眇長江於東流，曖衡宗於南峙。慨鯀績之未成，睹禹功之莫毀。斯時也，孰不仰堯天之鴻蕩，睹舜日之重離；羨明良於泰階，散清穆於寰宇；端垂拱以都俞，示懷柔於干羽；羞匡合以諠盟，賤縱横乎言語。俾庶類泯泯乎含滋，進群僚師師乎恭己。此遒軌之可扳，繫何時其能躋也。乃颶風雷吼,霜濤山立,鯤怒龍吟,蛟奔虹舞,押魔驅九首以颮飛,海若駕髯螭而泣雨。洶拍日以襄陵,激翻雲而摧嶼。兩儀不辨,三光晦如。斯時也,又孰不欲驂白霓,鞭赤電,挽烏號,提昆吾,奮力牧之焱飛,揚尚父之鷹摯;虩方叔之師徒,擁吉甫之虎旅;揮頗牧以先驅,殿衛霍於右御;橫天河以射豺,指崐崘而草薙;障狂瀾之必回,振頹波乎攸濟;奠鰲極以效寧,拓坤維於不阤。定不拔之顯功,輯當世之共利,使明主亟拊髀之求志士,雄擊揖之誓者也。故曰:"大哉,居乎!斯可與興矣。"

黃子性沉蓄,不亢不餒,嗜白沙甘泉之學而潛心焉。固早抱夫窮則修吾、達則行吾、老則休吾之識者也。謂非有得於鹿峰之居也不可,因稱之曰"鹿峰子",其亦自許曰"鹿峰子"云。

《金華文徵》卷四

跋

閱閩汀尚友會規跋

　　常聞禮無古今，三代之於後世，一也。由天地萬物之理，而始有禮。自其偏倚，過不及者而節之，則謂之"中"；自其不偏倚，無過不及者而文之，則謂之"和"。是故非天子不議禮。天子者，所以建中和之極者也。

　　孔子之時，天王教熄而禮亡。世所謂禮，直玉帛之。而一綫未絶於天下者，餼羊爾。夫是以大林放之問，而重先進之思。然而中和之在人心，不三代而豐，不後世而嗇。禮則不古，何也？文禍之也。夏尚忠，商尚質，周尚文。必忠質，積而後文，天地萬物之理之序也，雖聖人莫之能違焉。忠質之衰，文則敝之。文敝則浮僞交乘，虛拘焉爾矣，其何禮之與？

　　有閩汀尚友會規，亦惟是刪浮黜僞，還樸望野，將末是務去，而本日就立。本立，則禮從而生，庶幾尋向，先王駸駸乎上之，此早譽之士，所以觀會通敦古，始其諸變齊變魯者乎？而風之於閩汀也。我聖天子懋建中和之極，而明良相與，焕三重焉，即三代盛時之三百、三千，可仰見於今日矣。於戲！斯會也，詎惟閩汀，達之天下可也。

明經鄉約跋

　　麗峰周子出其所刻鄉約示余。雖數條，曲盡婺之頽俗矣。夫俗之隆降，人則爲之。人情易移，草靡靡也。是故君子之德風焉。風斯動,動斯變,至魯至道,胥此焉漸矣。吾邦舊稱文獻,何王金許之澤未斬也,顧未有以起之。其起也有弗振,其振也有弗成乎？初是約也,鄉人之睹者聽者,莫不蛋然有喜心焉。既而鋟之木,廣之人,人又大揭之明經,堂作期會,若受盟誓。乃相率而來歸者,輒數百千人,積數歲益衆。兹非人心之一起乎？

今吾婺之鄉大夫士,每慾慂其風敦之微,以開先其門户。吾郡邑之守,若副、若學博士,又從而勞來之。至於雙山陳公、鳳山洪公、陶山李公、西塘王公、青田陳公、雨川翁公、魯齋顧公、右泉吳公、禮齋史公、履素徐公,則尤銳情嘉樂,匡修其約闕略,以身先鄉大夫之會。於是人樅樅然興,日相向而入也。兹非其頽者之必振乎？由是而久於其約,式勿替其所嘗得而茂惇之。兹非其振者之必成乎？於斯民也,固四方風動之民也,豈古今人不相及,固虛周子之志,重蓄此梨,而無所裨益也夫。

行　狀

俊六十四公行狀

南鄉有雋逸善修之士，曰闐，字文和者。居對屋巒諱紫鳳，因號"鳳崗"，蓋有邁俗不群，如翽翽之羽，鳴於高岡，《詩》所謂"藹藹吉人"是也。謹按其狀：

公幼遹祇考訓，敏習詩書，諳古今墳典，知否泰消長之幾，無有履錯者。尤長於聲韻，撫景陶情，有盛唐風味。其處家以孝父，志所欲爲心，善承順。祖記"拱翠樓"，歲時修葺。嘉靖壬辰，用二十金，首建宗祠，課督子姓，成德達材。見人有技，若己有之，縱橫逆順，置之不校。遇煢迫，隨份賑施。如友人黃文被誣陷南都，囚幾危。公在逆旅，罄囊以救。親人林八十一，以京儲易酒覆舟，欲投江死。公慰之，貸銀二十，上□免其身家，不計後償。里有貧民若褚迪、章呈者，欲賣妻償。公即焚其契而力阻之。公德若此，是以天用眷佑。今年七十有二，公壽豈有涯哉？公生弘治乙未六月一日，娶本邑羅川王氏。男三，長仕，娶花園徐氏；福，娶羅川王氏；俸，未室。女一，適本里李維垣。繼娶舟山下黃氏。女一，適庠生黃文奎。孫男三：德英、德宗、德良。公之望益遠矣，因爲之狀，以爲後日墓碣張本云。

賜進士第通儀大夫北京兵部左侍郎兼總制三邊姻生麓泉王崇書。

明豫九府君行狀

余姪秉鈞常侍，治書好問宗典貽則。一日草及余大父豫七侍郎公傳略,即愀然請曰:"散官豫九府君,不肖鈞曾大父,即豫七府君同胞弟也。其生平制行概有可記,伯父稔,能述之,敢拜乞爲之狀。"曰:"叔祖往迹,誠可狀也。狀吾分也,汝執筆以口授之。"

叔祖諱道,字守義,修潔雅飭,通經諳史,曉務達理。大父侍郎公性簡静,惟總家政大綱,一應門户課務巨細,悉付之叔祖一肩焉。叔祖亦不憚煩瑣,竭心力爲之。藉先人羨溢,産益恢拓。有比畔不售者,則多方倍價,統一其澮畛,不吝不貲。只今餘西隅四望腴畝,得以結構園池,亭亭色色,皆叔祖遺址。非叔祖開先,安所措大也?承世業賈,游金陵,謁報恩寺,參揖龕禪,不採有僕,亦過而揖之,乃笞。愕而問其師之介曰:"齋人也。"歸以告宗人,自是閤宗内外,咸多齋能談因果之説。解曰:"謂前身爲因,非也,吾祖父是已;謂後身爲果,非也,吾子孫是已。祖父吾前身,故吾所受,祖父所作;子孫吾後身,故吾所作,子孫所受。前世來世,難遥度也。"崇信釋典,晨昏焚香,誦《太上感應篇》釋議。是爲善之獲福者,則如炙而歆羨之;見爲惡之罹禍者,則若浼而詬詈之。凡真宇傾圮,道路坎窞,橋梁崩壞,悉多樂修。好賙窮,民質貸踰年不取其息。有貧不能償,欲鬻妻賣子者,即折券不問,曰:"錢財易得,骨肉生離不可復續,此先人遺言也。"

晚歲居負郭西滸大塘北,謝喧避囂,寡嗜養神,曳杖觀魚,跌石覽翠,賓朋故戚,至則網巨鱗,摘鮮果,豐腆款洽,而自奉則湔脍潘飲而已。偕其叔祖妣郭氏休養,八十際覃恩詔,旨授七品散官。九十遇少府下視邑篆,禮延公署,叩正文壽之術,對曰:"省用些,省穿些,省餐些,益壽。"少府曰:"善!"奉事二親,先意承志,事兄甚恭。生冢男鎮,聞詩聞禮。次男唐,邑廩生。一女,適坊隅徐玘。公生正統丁卯正月廿九,娶象珠郭綱縣尹之女。婦道姆儀,不悉《内則》,生景泰庚午九月初九,卒嘉靖丁酉,先叔祖一年二月廿八。叔祖後大父十五年卒,嘉靖戊戌四月初二日,時余已居諫垣,出憲東粵。公革日言曰:"吾守仁兄常在會席間,詡言吾孫某當大魁爲給事,爲人所嗤笑。今兄雖不逮，吾已及見之。當有告於吾兄，以徵前言，九泉之下可含笑已。"

二男。五孫。曾孫十二人。三孫女。朝、禮，鎮所生。孫女適邑博士新齋公季子葉裕。成、德、蘭，唐所生。二孫女，長適桐琴別駕桐溪公季弟金鈁；次適武義井頭徐洪。朝生秉鑾、秉鉞，禮生秉鈺、秉鈞，皆聰穎嗜學，并入邑庠。成生秉鍼、秉錫、秉鑵、秉錦、秉錞。德生秉鍥、秉銖、秉升、秉鍇。蘭生秉才、秉鍈。玄孫宗湯、宗河、宗溧、宗淑、宗溢、宗澄。將來詵詵也。叔祖富甲一方，望重閭里，大都樂善好義，其潛德筆不嚙嚙。附葬於五里牌祖塋大父侍郎之左，以地道尚右故也。

嘉靖癸亥年，姪孫崇謹頓首拜狀。

松軒翁行狀

翁諱天錫，字與之，松軒其別號也。厥考靜齋先生，與吾師石谷李先生爲深交，翁常侍左右焉。故吾師每道翁自少警悟敏達，幼學克勤，不犯教笞。及長，問學益篤，通曉世故。靜齋公以己肆泮庠，慮夫田疇之荒頓也，家務之紛沓也，徵輸之艱辦也，宗戚賓友之不可應酬也，以翁爲長，命綜理之。翁即棄舉子業，承命料理，罔不就緒，資用益饒。已而靜齋公以疾歸老，翁左右就養，日娛以詩酒，靜齋公安焉。

其爲人也，色溫而量洪，貌恭而言厲，剛方自處，忠信與物，解人之紛，急人之難，恒日不暇給，人亦不敢干以私。昔吾邑土田畝步遷隱，差稅不均。覺山洪侯欲清理之，而艱其人，詢諸里老，得翁，遂委以"公正"之任。翁奉法惟謹，分厘罔取，左右咸舉其實，鄉人稱便，洪侯嘉之，錫以冠帶，鄉人欽慕焉。茲復德與年臻，好禮不倦，壽屆耄期，精強猶昔，持養之功，誠有過人者。《書》稱五福人之所難，上則由於極之建，下則由於訓之行。以翁之年若是，可謂壽矣；家若是，可謂富矣。優游暮景，不謂"康寧"乎？年彌高而德彌邵，不謂"攸好德"乎？精氣漸衰，卒於正寢，不曰"考終命"乎？噫，若翁者將謂三代之遺民非耶？翁娶荆州朱氏，有賢行，故庠生金謙爲之銘其墓，概可見矣。長子昆，性行介貞，博聞強記，遨游四方，遍交一時名賢，有光前德；季子侖，操立有爲，勤慎廣業，皆足爲能子焉。語云"仁者必有後"，其翁之謂乎？予與昆陽皋子有知，墨衰詣予，因爲狀其才如此。

嘉靖丁巳十二月吉旦。

明故處士慎庵呂公行狀

余閑居亡事，取三吴皇甫元宴所次《高士傳》而詳閲之，思接被衣善卷於殘編墜簡間。呂生德卿賫書厚幣，命僕童請曰："家大人慎庵府君捐棄諸孤，於兹十有餘年矣。生平志行，尚未載於鴻筆。不肖廷輔誠不忍先人實績一旦暗汩，與電光石火等爐。今子大夫即古之立言者，故敢以狀請。"余惟昔爲諸生時，業與公相意氣。即今幼弟上舍生仲綏，又與德卿締姻。兄女善公婭公，詮次生平，以鏡來世，越余而誰？

按公諱圭，字公敬，慎庵其别號也。系出暘谷令南澤翁，詳見邑志。曾大父季川，大父本賢，奕世種德，長者之聲，津津溢人口吻。父世美公，妣葉安人，貞潔徽懿，生丈夫子三。公於三丈夫子中最長，明爽英特，端方自褆。弱冠往越從師講學，遣筆行墨，已得經生蹊徑。會世美公暨葉安人相繼物故，二弟呱呱尚在童稚，悲深怙恃，念軫棠棣，遂輟鉛槧之業，以支綿薄之祚。卜地葬親，延師開第，内經泉錢，外應郵役，公私交集，而處之裕如。及二弟逾冠，并露芒穎。公賢其可以擔當門户也，乃舉家政付之分理，自第提綱挈領，總其大較而已。二弟揣公之以家政嘗己也，争自淬厲，務求有以副之，辟縱六轡，以騁九衢。里中沾沾自才智者，大相徑庭矣。於是家業視世美公大起，環邑中言治生者，往往指公之經營爲首。然好行德，嘗推羡餘，營室延賓考堂佐之，誼問諄諄，掛人齒牙，不效淺末瑣瑣，身穴金玉而蔑一擲之惠也。宗人萬指，襟居錯慮，翁推一氣之念，慶吊唁問，恩意連屬。

至於比鄰鄉黨，賢愚貴賤，悉以至誠接之。或非理相干，則置之腔子外，并不罣念於胸臆。弟侄族姓與人鼠雀，釁端甫萌，即以温醉解之，人胥服其長者類。謝過不暇，故鄉族得免終訟之凶，而世其富厚也。配朱安人，本邑司倉朱翁仍轅女，大參適齋翁侄孫女也。慧柔懿淑，婦彝貼貼，豎立多其贊相。迨乎晚年，自念顛毛種種，餘日無多，幸有壯子可托門户，乃息機屏慮，退而休於逸老之堂。日集里中耆老，開真率之觴，酒酣興豪，披衣曳杖，行吟田塍，以挹山光水色之樂。收掌宗譜外，一切浮華，悉以水漚泡影視之，於中漠然無着也。嘉靖壬子九月三日，以疾終於正寢，距生弘治庚戌十月一日，享年六十有三。子三：長鈗，娶南湖胡羅山之女；次謨，娶棠川陳鈞女；次廷輔，即德卿，娶芝英國子生應景陽女，繼娶東陽安文陳屋女。鈗、謨修公故業，蜇英里閈；廷輔攻舉子業，補郡庠生。一女適城川朱訐。孫男十一人，文滄、文汀、文周、文洙、文純、文洪、文政、文麟、文朋、文秀、文啓。孫女一，適四川羊天庭。曾孫男一良翰，已就傅。窺其頭角，并他日丈夫也。

逸老崇曰："人有恒言，屈首讀書，要在識字。世有腹貯九經，言泉錦繡，其操作嘗逾頳阢，曾不認忠孝爲何物者，雖謂之不識一丁何異？吕公盛服詩書，逢家多故，輟其成業。雖不獲乘時偶會，立勳名於行素。至迹其生平，大都類可書可史。其尤彰彰最著者，孔懷二人，卵翼兩弟，幼而傅之，長而婚之，割産讓腴，分器取朽，貽同氣之光，人無間言，所謂念鞠子哀者非邪？若公者可謂不剛不柔，允修厥德，觀其一氣而下，珠玉森森，又安知公之仍來，不乘時不偶會，抗志清旻，乘英黄帙，以發公之昂藏也哉？太史公曰：'桃李不言，下自成蹊。'公之謂矣。公逸在服袍，不立文事，陶情詠物，發爲聲詩，才情并俊，人景二妙，有陶元亮、陸放翁風致。至於作柬，矩矱亦自不苟，鸞鳳逝矣，遺翎委羽，拾者珍之。余故縷縷，用俟夫秉彤管者。"

時隆慶三年歲在己巳一陽月中浣之吉。

樸庵陳公行狀

嘉靖壬戌春正月，與二三同志談論古今人物。適侄秉鉉偕友人陳子一德謁予，持父行以請狀。余與君乃岳父孝廉石峰周君比鄰，因與翁相知識，誼不容辭。

按翁諱杲，字叔昭，別號樸庵，行宏廿六雙峰翁之仲子也，藕塘翁之嫡孫也。世也有令德，翁自幼純篤，不尚浮詭，恥言人過失。石峰公以其子妻之，授以舉子業，既厭投牒之恥，遂退而復田畝，勤稼穡，一毫非義不取諸人，家事日裕。及石峰卒，翁哭之慟，吊者大悅。時周氏二子幼，咸撫成立，友愛備至，與其理家政，供賦役，用度伸縮，錢穀出納，毫無私侵。故周人至今念之。岳母馬氏，性嚴厲，寡居嘗患瘋疾。翁事之如母，時其調養，久而不厭，務得其歡心。皆予之耳聞而目見者也。其於外父母兄弟如此，則其家庭之孝友可知矣。性尤重義輕利，以財假人，或有貧而不償者，輒取券焚之，未嘗與較焉。平居仗信義，和易近人，自垂髫至斑白，未嘗對人作怒顏，人皆愛而敬之。課諸子嚴厲有方，隆師處友，雖傾囊不吝。翁之孝友慈愛類如此。若夫和宗有道，治家有條，亦翁之餘事耳，豈能以概述？去歲秋，翁寢疾太漸，呼其子囑曰："吾年六十亦足矣。吾死后汝耕者力，讀者勤，瞑目也。"言訖而終，時嘉靖辛酉七月十九日辰時也，識者咸憾其享年弗永云。公生於弘治壬戌二月初一日酉時，配即石峰公女。子三，長琰，次即一德，郡庠生，幼鳳。女一，適武義徐。孫男三，孫女一。賢子若孫，振振焉方興未艾也。余謝事家居，每樂道人之善，矧得於見聞之實，寧不爲之詞，以彰其德？

汝思徐公行狀

嘉靖四十二年夏六月庚午，故山東按察司副使近齋徐公卒於家。厥仲弟郡學生汝孝攜所遺孤一瓏，屬不佞布狀，將介此乞海內命世作者之撰，以示信將來。

不佞與憲副同里居，且知憲副於弱冠，迄今餘三十年，相信如一日，則習憲副宜莫若不佞也，曷其可辭？

狀曰：憲副諱文通，字汝思，別號"近齋"。系出宋皇佑癸巳省試第一無黨公，注《五代史》，以文章垂統。傳至宗正寺丞祠鄉賢竹齋公木。木與陳同甫并有才名，乃因同甫交於考亭朱子。朱子嘗過其家，爲書《大易家人卦辭》於廳事之壁，墨迹至今猶存。禮樂簪纓，繩繩未艾，家世於吾邑著矣。高祖寶富而好義，當正統季年，官將夏秋二稅數千兩，付寶收貯傾銷。已而括寇掠境，居民多逃亡，寶將銀貯空棺，埋土中。寇去人還，室廬既燼，公私一口，謂銀爲寇齎矣。縣官方議重徵，寶囊以獻曰："銀固在，勿復也。"縣官大異之。詳見舊志及臬憲應公廷育《先民傳》。曾大父得晟，大父恪弈，世願修鄉，人皆將長者。父時，以太學生起家，爲徐聞丞，再補商丘。所至士民，懷其愷悌，并勒石頌德。後以憲副爲山東參議，考再封如爵。母孫，封太安人，加贈太恭人，卓有士行。憲副方在娠，少參公夢江淹訪其家。越一日而憲副生，少參公喜與夢協，乃以淹字命名。憲副生而穎異非常，五歲能屬對，稍長學書於郡守北川吕公欽，窮覽墳典，日誦數千言，操觚屬文，聲蜚藝苑。無何，少參公赴南雝，卒業攜憲副，與俱會大司成湛公若水，倡明二業合一之學於甘泉講院。乃介太學生錢子薇、許子應元輩，謁公面質宗旨，恍然若有得焉。於是盡洗經生之猥瑣，而體認身心矣。從南雝還，僅勝冠，遂補邑博士弟子。越明年，邑令覺山洪公垣，校諸生，得憲副卷，擊節歎賞曰："何物英俊，而究理若是？"遂首諸生。士論僉然，莫不推轂。歲甲午，領浙江高薦，上春官不偶。比還，下帷讀書，不問家計，食蔬衣布，亡異寒生。大母周歿時，少參公在粵東，喪俱皆取辦憲副，未嘗以一勞煩諸父。歲甲辰，成進士，授尚書郎，主司寇事，勤習法家，用以平恕，凡涉疑似者，率與昭雪。大司寇石塘，聞公清廉而器之，嘗語人曰："徐郎今之有功也！"

放衙亡事,與同曹濟南李攀龍、吳郡王世貞、廣陵宗臣、布衣臨清謝榛輩,結社裁詩,殫精著述,構思振藻,比迹風雅,大曆以來勿論也。海内號稱文章家者,皆籍籍推徐郎矣。時少参公佐商丘,將解馬入囧寺。憲副聞之喜,賦詩云:"何處到來梁國雁,幾年不著老萊衣。"惓戀之情,托辭以見,宛乎陟岵風人之遺響也。

歲戊申,奉上命,審決江南十郡獄囚。乃會同部使者,窮日夜翻閱成案,必無隙然後刑之,十郡獄囚無枉死者。竣事還,轉員外郎,尋轉郎中,并司寇署。歲辛亥,復奉上命,慮刑四川。命下,憲副曰:"死不復生,斷不復續。緹縈猶能言之。兹行不能爲囚求生道,豈惟有孤德意哉?且覥顏漢女矣!"比入蜀,囚得從末減者,亡慮萬餘人。謝良忠毆阮桂父瀕死。桂怒,格殺良忠。憲副曰:"桂以父故殺人,與無故殺人者殊,科罪難論死。"乃免桂。楊嘉武爲王表所殺,兄嘉德怒,格殺表。憲副曰:"兄弟之仇不反兵,嘉武死表,表死嘉德,冤相當矣,安得復罪?"嘉德竟出之。葉鋭嫂杜拉,鋭妻王,同出樹藝,王素惰,反誶杜。鋭怒,逐而毆之,王避毆,奔跌而死。憲副曰:"讓妻將以善後也,原無故殺意。"亦從輕議。有賀登瀛者,貧甚,欲鬻女以償積逋。有司具白,憲副愀然曰:"是及挐也。蜀人之爲登瀛者,豈少也哉!"乃查坐積逋,逮繫男婦袁閣、蔡玉兒等七十九人,爲具疏請願,其略云:"臣竊見追贓人犯,父死子代,兄死弟代,叔死姪代,宗死族代,義男代家長,族婦代户人,動千百計。監數十年,身無完身,體無完膚,抱痛含冤,所不忍見。此豈我皇上德不遠逮,而澤不旁究哉?良由奉行者不原情,不責實之過也。伏乞敕下法司,再加詳議,特賜寬赦,以廣好生之恩。"疏入,竟得俞旨,遂釋之。褰幃行部,恩浹三巴,罪人咸爲感泣。

蜀中若劍閣、峨嵋、錦江、涪水之勝,聞於宇内。旌節所過,必極窮探。題瀼西草堂云:"古人能避地,山水似桃源。"用韻酬學使陳公鎏云:"一官今策馬,萬里共行人。"部使者吳皐喻公,時蓋騷壇之雋也,閱憲副諸作,謂文采風流,不謝司馬。

竣事還，進福建參議，取道歸省。適孫太恭人嬰痰疾，謀乞恩終養，太恭人揣知其意曰："吾兒起自諸生，由司寇而參藩，主恩屋矣。即捐軀未足云報。吾旦夕且愈，不赴之謂何？"憲副不得已就道。越數日，疾轉劇，憲副得耗，兼程而反，甫脱驂，而太恭人氣盡。憲副自傷不遂初心，慟哭頓地，絶復醒者數四，顔色摧毁，幾於立骨。讀禮三年，足迹不出閾外。喪畢，補山東主督運京儲，額外羨贏，悉却勿納。尋分守濟南諸郡，會青州大祲，憲副欲發廪以賑。吏循故事，請先資撫巡。憲副曰："青人饑甚，待報可，則盡爲溝中瘠矣，瘵民以博官，誠有所不忍也。"竟發之，全活人數萬。

公暇常從部使者段公顧言，登太山，弔往事，探奇蹤，翩翩然若鳳凰翔於千仞之上者。乃賦《紀游詩》八首，如云："振衣日觀三秋曙，倚劍天門六月寒。""夜探海日臨蓬島，朝撥山雲禮玉皇。""玉女空傳三島藥，秦皇不駕五雲車。""秋風試問尋源客，夕照還登封禪臺。""攬轡誰深天下計，秋來要使海波澄。"辭多矩麗。部使者覽而詑之，曰："登高能賦，可以爲大夫，其謂公乎？"乃命有司刻籍流布。

往歲庚戌，醜虜犯我京師，山東添設民兵一枝，蓋重翊衛計也。上獨難禦者，乃擢憲副山東兵備，駐節德州。先是每歲秋，將添設民兵，赴邊以守，事已則各還諸路。憲副謂兵練則精，士拊則附，今提客兵備，點虜正法，所謂驅市人者，非計之得也。乃條陳議團練，復舊規，明職掌，乘時機，置戰車，易盔甲，撥塘馬，別材藝，明賞罰，查舊兵，假便宜十二策。撫巡韙其議，遂合七道兵，盡集麾下，訓練以備戎行，軍聲視昔大振。部中惡少，往往彎弓躍馬於平原，白晝攫行者金，甚而并殞其命。憲副嚴爲設禁，有觸之者，立鎮於法。惡少率畏罪，斂不敢肆，旅人無有逢害者。夫邊地若馬蘭、大水二峪，固天門關之吭也，一失守則建瓴下圻甸，莫知所終矣。憲副己未守馬蘭，庚申守大水，帷帳惟明，甲卒惟馭，坐握勝算，聲裭氊裘。捕獲偵者言，虜中知嚴備大阻，不敢南向。

嘗與唐參將玉行邊耀武，過福泉寺、湯池，詩云："神女功深秦宇宙，玉魚蹤斷漢橋梁。"又云："山中自是多靈境，塞上誰當靖虜塵。"覽者壯之，謂當與岳武穆北伐之篇爭雄長矣。《語》曰章縫之流不可語金革，豈盡然哉！先後總督大司馬虞坡楊公博、默齋許公論，謂憲功在社稷，足當長城。疏薦於朝，賜白金文綺，時方擬封定遠，同官者顧以其形己也，陰擠之。貝錦行而大夫之車懸矣。騎劫代樂，薏苡誑馬，惜哉！憲副得報，遂即日解兵柄命舟而南，無幾微見於色。歸謁少參公，長跪謝教，曰："兒待罪封疆三年，不知稅駕，仰賴聖天子德威，幸而亡事，且得放還山中，少盡烏鳥之私，即三公不以易也。"已而進卮酒爲壽，少參公喜爲歌《四牡》以勞之。憲副歌《南山有臺》，汝孝歌《常棣》，其樂于于，竟日而罷。越三日，謁宗祠，出俸金二鎰，樹樓三楹於祠前，上揭累世之誥敕，重王命也，復割負郭，常稔田若干畒，以備祭饗。

　　明年春得地於李溪之北，結屋數椽，穿池築囿，環牆植木，屋後爲樓，貯古今書史，乃杜門謝客，獨處其中，盡究六籍百家之奧，倦則枕書鼾睡，而寤寐義皇矣。嘗著方巾句履，與田翁漁父笑傲於蒼山碧水之間。興盡，乃放歌陶淵明《歸去來辭》而返。其視世之榮利，直等浮烟於中漠無著也。

　　憲副故病肺，靱掌王事，轉入膝理。懸車甫逾二年，因勞復舉，遂不可藥。趙恭人問後事，憲副張目曰："白髮高堂，有仲可托，無愍於恤。所遺孤尚在童昏，字之教之，俾一豆之祀不斬，是在未亡人而已。"言訖而逝。距生正德七年壬申十月初三日，享年五十二歲。配即趙，其封如母。子一，即一瓏，聘金華黃氏女，側室出。女三，長玢，適太學生朱天德；次瑋，許配舍弟太學生王洪男王秉鐙；次瑜，未字。并側室出。

　　憲副疏曠彊我，不能徇人。在成都會蜀王壽日，禮有宴長史，遣教授，議位次，意主嚴部使者。憲副以會典折之，卒如禮。在德州往

183

謁撫巡議合兵，方伯朱公衡職司餽餉，欲臨期提以從。憲副執必合，誶方伯爲書生，不知國家大計。衆皆愕然，方伯慚而退，兵卒合。此固巧宦所不能爲，而憲副爲之，難矣！且從束髮嫺於文學，所著篇什，直將與漢唐并軌。其爲法吏，則破拘攣而雪民冤；爲守臣，則定擘畫而伐虜謀。體用不偏，華實，并茂。郎詩所稱文武吉甫，又何加焉？而卒捐中道，豈憲副之罪哉？

憲副生平著述，半毀祝融，所僅存者《四川恤刑題稿》《山東民兵議略屯田》或《問泰嶽篇》詩集數卷而已。天既嗇其官，而復，逸其詞藻，何造物之忌全至此耶！

噫！片角卜麟，一毛占鳳，後之賞音者，當自得於牝牡驪黄之外矣！不佞深惜憲副之弗竟也，謹撮其較著者布而爲狀，以備命世作者采焉。

賜進士通議大夫兵部左侍郎奉敕總督湖廣川貴等處地方軍務都察院右副都御史前禮科左右給事中邑人麓泉王崇撰。

《徐氏宗譜》卷十一

西池黄先生狀略

先生德良之三子，諱一麒，字文瑞，又字文行。西池，其別號也。生而聰慧，穎悟絕群。從諸暨思齋朱先生講明經術，弱冠即蜚聲黌序，歲季校課，恒列優選。未及立年，憂詠《蓼莪》，乃喟然歎曰："夫人之所以欲，赴公車者，希圖禄養，以事二人也。吾今雖禄享千鍾，將安所奉哉？"遂置心仕進。教諭者屢催之考復，竟堅托不起。自是以後，建西池精舍，日與二三同志談笑其間，或圍棋而賭墅，或設竿而垂釣，逍遥自適，怡樂天真。且與人無驕吝，持己惟恭儉，又以是而訓戒其子孫。嗟夫嗟夫！先生真所謂儒隱者耶！

永康姻生麓泉王崇撰。

民國《金華東池黄氏宗譜》卷二

少源府君行狀

府君世居義烏之雙溪，沈其姓也，孟鴻其諱也，漸夫其字也，少源其號也。府君爲富室，幼於忠愨，收斂不事表暴。其言呐呐，其貌恂恂，其言不移，其行不矜。人以其動，彼以其靜；人以其炫，彼以其晦；人以其肆，彼以其約。分産惟三兄之畀，絶不開一言以較，兄亦美腴讓之。日事葆和靜養，以顧其神，世故悉置不問，自在至老，與人未嘗有片言之加遺。雖爲邑城館甥，足迹未嘗至邑門，故鄉族以"木訥翁"稱之。翁聞而笑曰："我木訥乎？是善名我也！雖然，莊周放誕，遺嘲百世；老聃守靜，聖人師之。《語》曰木訥，近仁詣道者不棄也。吾將含茹光晶，以完天地之純，肯與的然日亡者倫乎？石藴玉而山輝，水藏珠而川媚，是篤實光輝，《易》之道也，四聖之所珍也，我其木訥乎？"

噫！玩府君之言，足欲以靜制人，動以晦制人，炫以約制人。肆彼雖諄諄以此意暴諸人，而知其德者，則每以爲不可及也。階庭蘭桂，而濟濟森森，謂非府君餘慶之所致乎？

府君生於辛亥三月廿六日，卒嘉靖己酉七月初九日。娶在城陳氏，合葬磊岡山先塋之側。生二子：鳳訓、鳳祥。訓爲鄉井豪傑，能克承家緒，孝親敬長，尤著光聲。孫男五：學周、學程、學張、學遜、學讓。女適山盤庠生朱友儒。予嘉府君素行崇樸，有古人遺度，且喜訓之知所重也，謹狀。

兵部侍郎眷生麓泉王崇撰。

義烏《雙溪沈氏宗譜》

墓誌銘

思齋公墓誌銘

公諱贇,字朝欽,號思齋。七世祖順睦,嘗爲東陽教諭。曾大父彰,大父佑,以潛修昌世。父勝,訓導金山衛學,是爲南川先生。先生負奇亢志,生二子,授以經術,俾服先王。長即公也,以家學自奮,茹潔搴芳,軌於古碩,欲凌厲焉。既壯益淳耀,時雅賢之受經者無慮數十百人。舉正德丙子進士於鄉。嘉靖己丑,授繁昌令。宣則蠲慮,亮操峻防,察民隱以平賦,敦學政以作士,擊豪孽以衛良,斥奸宄以貞法,訊冤諜以慎刑,凡品處章程,幷有條理,典中肯綮,薦者交剡。得旨以臺諫召如,邦人去思,廟貌以祀。會忤時,拜邵武同知,然猶贈南山翁爲文林郎,母樓氏爲太孺人,妻董氏爲孺人,以繁績也。邵武之行,公以母夫人起居,不載家以隨,而惟累累然一僕,理盥櫛耳。比至日,修緝官常,諸所經緯,視繁以嚴,時勤恤盡愛、糾剔盡威者,無弗至也。嘗總署都醝,都醝財利之府也,有勸資囊橐。公曰:"封利殖怨,以自焚也,此言何爲?"勸者慚。不覺盤錯之才,冰蘗之望,超然益四孚矣。諸行部以聲最爭上,當方須殊拜也,乃乙未六月丁母夫人憂,以悲毀寢疾,明年奉竁窆修備,疾且日革,曰:"是可以死矣!"其年七月二十一日卒。公生於成化癸卯,享年五十有四。男五人,文珙蚤世,文玠、文瓔、文璨、文琳,皆好學,而交游邑庠已三人,而瓔尤精武舉也。婦三,曰玉,曰玹,曰回。孫四,大圭、大遷、大第、大墀。將以今年十一月二十七日,附葬於南山翁墓次前山里之原。先事,公上舍弟

相偕公子請銘。崇以其戚也,知公,遂辭不獲,而系之以銘:

握元以生,爰止於白。恭默惠宏,克宣炳翼。位不稱德,而有勳業。載貽嗣人,以引華澤。前山之原,潛歸完璧。維千斯年,光此冥宅。

龍山忍齋處士墓誌銘

余以老倦退休,荷府主鶴墪葉公賓延郡城,續修郡志,思訪巖穴隱逸可矜式人者次其間,以昭世勸。聞龍山有張鐧者,脱文骨於火中,人皆嘖嘖稱其孝。方欲訪知其詳,而程淑人家眷張子世龍偕其叔璟踵館來謁,乞銘其父墓。詢之,璟即鐧子也,快極。

按狀,處士家婺東五十里,宅地龍山,諱鐧,字世通,號忍齋。考其所自,乃副使大同翁之嫡裔也。曾大父諱良坦,大父諱友仁,父諱文進。文進生三子,處士次之。自幼失怙,恃家亦涼,值時勢艱,人所不堪。處士年將弱冠,即善居室,勤儉自尚,致家寖穰,充業百倍於先,其富可稽也。多歷年所,幾及古稀,其壽足徵也。優游自得,而橫逆不侵,非謂"康寧"乎?好仁履義,雅重斯文,捐貨以奉宗祀,為首以建宗祠,晚年應太府曹公副賓之請焉,非謂"修好德"乎?書於座右,訓厥子孫,惟曰"以種德為心田",屬守溫公之龜鑑,以正而斃,餘無所歉,又非"考終命"乎?噫!處士儷茲五福,是人所至願,而不可必得者,獨得之矣,非天所以報其孝乎?生於宏治己酉六月十三日申時,卒於嘉靖甲寅三月五日未時。厥配施氏,閨教清肅,内助多方。生於弘治戊申又正月十二日戌時,卒於嘉靖丁巳十一月廿八日午時。以嘉靖己未六月元吉,合厝於上雅塘山之原。男四,長璟,即來乞銘者;次玔;三玒;幼瑗。女一,適本邑七都生員黄渝。孫男十五,澄、澤、浩、準、澧、潮、湍、沖、涵、景祥、濡、涿、汶、如松、如栢。孫女三,一適浦江蔣溥;一適義烏洋塘府庠生駱良忠;一適本邑十三都莊一臣。曾孫十,坊、垞、鳴鳳、坎、壇、鸞、增、奎、鳴鶴、增。曾孫女二,一適五都邑庠生曹一鯨;一適本邑洪村方汶。稽實與銘,勿哂疎拙。

銘曰：龍山鍾秀，處士問生。潛德勿耀，廣譽四聞。天報其孝，備膺五福。生順沒寧，孰云不足。余搜巖穴，惟寶善人。實其有知，庶慰斯銘。

隆慶己巳夏四月，總督雲貴軍務兵部左侍郎永康麓泉王崇書。

邦鼎公墓銘

永之逸叟徐君，諱沄，字邦鼎，生天順辛巳年十二月初六日申時，卒嘉靖乙酉年八月廿四日辰時，今已二十年矣。其孫庠士文鳴字良之，懼祖德弗耀，奉狀乞補墓銘。

按狀，君曾大父諱玄，大父諱安旺，父諱得佐，皆隱德弗仕。母舒氏。君幼穎悟，讀書即有成人志，長明去就之方，識進退之節，爲人好善，尤長於書數，人皆敬憚之，遇善事則樂爲，雖寒暑不憚。鄉黨處之有恩義，朋友待之以誠信。友愛兄弟，和睦宗族。晚年尤好善。其端士或與之游，始知其非凡器也。忽嬰疾，氣息奄奄，有頃遂瞑目。享年八十有一，厝於十五都五崗塘。配胡氏，繼配林氏。子男四，孫十，孫女三，曾孫六。余與君從孫文桴字遜之相知深，請銘，余義不容辭，宜銘而歸之。

銘曰：嗚呼徐君，善有諸己，無忝厥生。養生以壽，治家以勤。處世不奪於紛華，豈非一鄉之善士哉？

時嘉靖廿三年歲次甲辰桂月吉旦。

誠齋墓誌銘

道莫大乎敬，敬莫大乎敬身，敬身莫大乎妻子。或曰敬身、敬妻、敬子是爲君子之道乎？殊不知《禮》曰："身也者，親之枝也。"敢不敬乎？妻也者，親之主也，敢不敬乎？子也者，親之後也，敢不敬乎？故君子無不敬，而敬莫先於身，身莫重於妻子者也。不能敬其身，是傷其親，傷其親是傷其本，則枝亦從之亡矣。枝從而亡，則爲之主者，爲之後者,亦從而殞矣,可不敬乎?能敬則天下之大本立,將身及乎其身,子及乎子,妻及乎妻矣,故君子誠能行此三者,則推而達之四海無不準,其於天下也何有?然而君子之敬身,其道有二:言過於律,則民作辭;行過乎度,則民作歌。言行,君子之樞機,所以動天下者也。故君子言不過律,而民莫不順;行不過度,而民莫不恭。夫如是則能敬其身,能敬其身則能孝其親矣,能孝則無所不用其極者也。其唯戚丈誠齋者乎?於親則能孝,於子則能慈,於妻則能敬,而君子之道立矣。或曰其然,豈其然乎?予曰:"乃作之者作之,作之不止,乃成君子,其斯之謂歟。"

誠齋,福二九之第五子,生皇明成化甲辰十月十九日,卒嘉靖庚申二月初七日,葬郭文。娶陳氏,生弘治癸丑六月十五日,卒萬曆丙戌正月廿二日巳時,安厝於桐川後沈。生二子,曰龍,曰□,俱能成其祖武。

又爲銘曰:"克敬一身,克化子孫。能安於土,能敦於仁。"又曰:"維石盈由盈川,允能知命,允能樂天。"

賜進士第通議大夫兵部左侍郎加奉二級兼都察院右僉都御史奉敕巡撫總督川湖雲貴軍務前禮科左給事中眷生麓泉王崇頓首拜撰。

道光《吴寧葛氏宗譜》卷十六

時容公墓誌銘

五雲之東,潤川之上,有名族曰楊氏。楊氏之彥,有曰時容者,予居鄉時嘗聞其行誼,綴綴仕途,愧未能接議論。繼丁內艱家食,而公已謝世矣。余猶子秉鈞,獲配公之孫女。壬子冬,乃孫彥則氏奉公素狀,速姪請銘。

謹按狀,公諱巨舒,時容字也。其先自成周受姓以來,世有采地。漢爲關西望族,唐爲東京宦家,宋有武科,得雋仕將領者,自汴遷仙居。而潤川之祖,又自仙居遷來繼業者,狃樂林泉,厭薄簪組,蓄德自珍,奕葉流芳,克承太尉清白之風。曾祖桄,祖大炬,考仕蘭,咸業儒自適,力本厚生,聲譽播騰,遐邇稱重。妣曹氏,稟性賢淑,婦道聿修,閨門稱羨。公凝重寡默,不干利禄,奉親菽水,曲得歡心。兄弟友于,克全天樂。尤盡恩意於宗族,義之所在,竭力爲之。與人交坦夷清徹,接之無貴賤親疎,皆歡笑款洽,雖卑下亦迎勞撫慰。樂道人之善,而不及其過,故上者敬其德,而下者感其恩。然能勤以律己,儉以豐財,處事以公,待人以直,幹家政,歷官事,勇往直前,無所畏避。家庭雍肅,矜式鄉邦,嘗戒諸子曰:"居安慮危,有家者宜識之。慎用可以持家,正德可以傳永,汝曹勉之!"吁!公之素履若斯,宜享不既之齡,豈知陰陽闔闢,等爐冶於微茫,胎息孕化,以殫一元之氣,浮散六合,陳迹邱墟。嘉靖乙酉六月十七日考終於家,上距成化庚寅十月初三之生也,享年五十有五。娶方山盧氏,四德具閑,克全内則。生成化戊子十月十一日酉時,卒於嘉靖辛丑十月廿二日子時,以嘉靖甲寅十月二十日,合附葬郭未成林祖墓之側。英允四,長景貴、次景護、三景愛、四景化,咸能紹述先休,益振家業,好禮尚義,愷悌乎名聞彰著。孫十四,惟快、惟準、惟曹、惟龍、惟鳳、惟保、惟齊、惟盛、惟全、惟信、惟練、惟仁、惟義、惟欽,皆讀書崇本,步武前風。曾孫五,普榮、普公、普華、普正、普霆,悉呷美質,他日光偉,端有待也。吁!觀後允之賢肖,若夫彦則氏輩,足以徵公之盛德,何待於碑銘之刻哉?余久涉吏事,翰墨荒唐,素慕公之行誼,兼忝姻婭之末,義不容委,謹述行實爲銘,以副永懷。

銘曰:内飭家庭,外禮鄉曲。樸素自居,不干利禄。賦予克全,仰不愧先。道義是守,俯範后賢。生順没寧,悠悠千齡。鶴歸華表,來徵斯銘。

嘉靖壬子冬十二月穀旦,賜進士第嘉議大夫山東按察司使前禮科給事中眷生永康王崇拜書。

《金華宗譜文獻集成・磐安宗譜》

龍湖公墓誌銘

嘉靖壬戌年十一月十六，五雲兩峰公將葬其考龍湖公於西巖之麓。先期持狀詣余而請曰："家大人存日，承公意氣，茲將定矣。寒山片石，敢以相累。"余從冠青時即醉公行。公在内臺，不以余爲不肖，引爲心友。追憶往誼，每懷感激，表公墓者，非余而誰哉？

按，公諱山，字鎮卿，别號龍湖，自幼端凝，不苟言笑，族中諸父以大人期之。及正德庚午登鄉薦，偕計上春官試，會疾，不果赴，乃往南雍卒業，丁丑中式。念二親淺土，不忍從子大夫後，遂謁告南歸。辛巳廷試，賜同進士出身。嘉靖改元，授宣城令，會亢陽彌月，公積誠遍禱，須臾大雨。高淳苦蓄馬，奏移於宣，公與其令面折行臺巡撫吳公，卒是議得覆。此實偏德宣人之大者。故天子聞而賢之，召爲廣西道監察御史。宣人念之，相率建祠樹碑，以紀遺愛。乙酉冬，奉命偕錦衣衛張千户巡河南山東兩路。張怙勢恣賄，竣復，抗章劾之，褫其職。貴州逋寇流毒，天子廉公風力，復下新命。公選將授略，殲厥渠魁。捷聞，璽書褒諭。貴州秋試夙附雲南，挾書者苦於跋涉。公請設科廣額，貴士至今誦之。己丑奉命巡按福建，時鎮守復命選侍經筵。會畿輔缺巡按，復以公輕車熟路，風紀益揚，銓曹擬擢廣東副使。冢宰緡溪王公念資勞，欲處以京堂之職，乃不果，擢都御史，王公應鵬奏牘誤空職名，當國者欲以不敬坐之，公率同列論救，得薄其罪。給事饒秀挾制銓曹，公劾罷之。

癸巳，會當考。京朝官故事，凡遇京考科道，例得互糾。科中遂文政公闕，以紓夙憤。左遷無爲州判，朝論咸爲不平。而公怡然就道，無幾微顔面。尋遷大名推官，明允多平反，復遷松江同知，辛丑擢廣西僉事。丙午六月邁疾醫，霍州君及兩峰方迎（霍），公曰："吾起秀才，官大夫，下壽安所事醫？"固止。以至問以後事，但云："孝悌力田，遵先儒禮制。"所著有《龍湖雜味》《柏臺文稿》。

子二，長耀，娶虞氏徐氏；次炔，娶鄭東湖女。孫十一，廷賓、廷相、廷臣、廷柏、廷佐、廷翰、廷赫、廷宰、廷卿、廷輔、廷揚。曾孫十，萬猷、萬鎰、萬全、萬春、萬家、萬源、萬祺、萬垓、萬津、萬泓。霍州君又於辛酉年卒於宦邸。兩峰君乃率諸姪卜葬地，得里西巖，筮之大吉。霍君家居孝友，服官忠廉，丞宛平，傾己私囊，代民輸課，九原有知，公應爲解頤云。兩峰不遠數舍，將公當年遺命具述於予。夫當封而銘，禮也。乃採公及孺人生平大較，而爲之銘。

銘曰：系維公母，式如金玉。表樹儒林，則境女族。羔羊標節，雞鳴式躅。青鳥告祥，黃塘即屋。德福攸同，生榮殘谷。勒石我銘，永垂景福。

宅基《施氏宗譜》

平十三府君墓誌銘

東陽陳貞山，余友也。先是與余偕程太史習業壽山之巖，與吳太史同釋褐。顧獨貞山坎壈，一諸生不售也。予兩人每鄰之，予得告歸奄先人，數從堪輿氏卜兆不得。貞山一日訪余廬中，譚形家甚悉，余訝其何從得此，亦以父故從湖海遇異人，授以元秘，故自景純以下，曾揚諸名家，無不窺其奧蘊，而又能以儒理恭契，非沾沾一先生之言也。貞山謂余："子大夫謀爲先人治壙，不佞奄其先人而未銘也，子大夫之兆，不佞爲政先人之銘。"余曰："是。"乃據狀而爲之誌曰：

府君諱珪，字原璞，號養素，姓陳氏。世居東陽之路西，梁合浦太守修之裔，至宋渡江後，科名大顯，所稱四名家之一也。厥祖椅復由路西遷鄉之柳塘，是爲柳塘人曾祖。元穹祖真敬父友松翁，咸以隱德著。母張氏。府君爲人好剛使，氣勢在吾上必擠之。然性敏達，習世故，以讀書能譜諸家縱橫及法家言。遇事非公正不發憤，輒能分剖是非，人人推讓之。府君亦喜爲鄉族里持衡，庶不爲勢家操左右手。即他人先持，不以聞則復攘詬之，曰有乃公在，誰敢哉？爭境而治也。

是時鄉鄰邵氏，驟起而居，址錯於雲峰寺或嗒之兆吉，侵寺山爲葬地。住持以聞公家，不念先人墳墓在乎，而縱彼奪之。府君則聚族與抗，訟諸廷會。邵氏紫溪侍御公已舉孝廉，邑長吏右之。府君争之，强不能決久之度，郡邑終無奈。孝廉何授筮族，某傑少撻登聞鼓上，聞都下。鄉縉紳知其事阻，不以聞然，郡邑亦稍稍抑邵，及決得中分而籍焉。府君怏怏自咎曰："吾儕偷不書不孝廉，是宜受此遏天。"

貞山幼白晳穎異，時摩弄而程其課，曰："是佳兒，寧但伊家孝廉耶？"既習爲文，輒從縉紳先生問海内名家，而蘭溪唐文襄公，以文雄當代，家世其陰，有是從侄進士泉陽公，聲奕甚。府君則典修，便屬紹介，遣貞山受業其門，曰："奔蜂不能化藿獨，越雞不能伏鵠卵，吾兒非里社所能師也。"已復與余兩人讀書壽巖。府君躬涼薄而資一子，鼓篋四方至傾囊槖，不厭其天性獨往。如此，貞山既困不售，晚年遇觸則恚恨，曰："兒誤我。"嗟乎！倘來者名，即余兩人，謬貴初心，豈邃謂能屈貞山也？府君以嘉靖壬辰五月卒，享壽七十有一。娶馬氏，先賢莊敏公之裔。丈夫子五，端、珊、田、深、道。道即貞山，深繼從弟方，任俠尚義，有父風。貞山居悒悒，不能成父志，及葬朱山之原，去家二十里，顧塚哀號而不忍也。廬於塚次者數年，晨夕泣，行道之人爲悲焉，或諷之廬墓豈古禮與則，對曰："不孝，孤烏知禮。憶昔華堂，生我育我，而忍其瀟瀟荒草與猿兔爲鄰耶？"

嗚呼！貞山之里今猶傳所謂白鹿峰者，非昔攀松柏而悲號之許孜耶？貞山猶是心也夫。東陽自赤烏來，富貴而名，湮滅不可勝數，惟白鹿峰稱焉。府君尚其知之，是爲銘。

銘曰：鬱鬱朱山，峴山以南。俠骨磊磊，松檜毿毿。淚枯其枝，以黿紐易兔芝。

東陽《柳塘陳氏宗譜》卷一

規　條

學　規

　　嘗聞學貴自強，須戒宰予晝寢；言必及義，且休王衍清談。起清晨，弗使東方既白；坐午夜，無落北窗殘紅。讀經史須惜"三餘"，而用"三到"；作文字必求一理，以成一家。期躡青雲路，莫蹈花街；願德鹿鳴歌，罔馳鴻鵠。今也幸同雪案三更，異日共奮鵬程萬里。勉旃！勉旃！予日望之。

會試問答

會試第一場問答

《四書》：唯天下至誠，爲能經綸天下之大經，立天下之大本，知天地之化育。夫焉有所倚？

聖人之能事，一無所事者也。夫勉而爲者，非聖人之能也，宜《中庸》舉此以發明天道也歟。蓋謂無妄之謂誠。動以天爲無妄，動以人則妄矣。故唯天下至誠，乃能以渾然之實德，發而爲自然之功用。孰不爲道？而民彝乃率性之道，是之謂大經。聖人經綸之，而五典惇焉，五禮庸焉。天下之人，庸外此而他法乎？孰不爲性？而降衷乃天命之性，是之謂大本。聖人立之，而萬善足焉，萬化出焉。天下之道，庸捨此而他由乎？

至於天地化育，是命也，又大經大本之所自出也。聖人知天地之化育，則純一不已，與於穆不已，吻合無間矣。夫惟經綸天下之大經，是能致和也；立天下之大本，是能致中也；知天地之化育，又能窮理以至於命也。蓋其出也，以誠不以妄；其動也，以天不以人。體信以達順，固有不依形而立者焉；誠精而神應，固有不恃勢而行者焉。夫何倚著之有？

噫！至誠無妄，自然之功用於此可見矣。抑考《中庸》，首曰命、曰性、曰道，此則曰道、曰性，而後曰命者，何也？先儒胡氏謂，首章由造化說，聖人由體之隱，達於用之費也。此章言聖人之所以爲造化，由用之費,而原其體之隱也。斯言得之矣。

   同考試官給事中李批:爾雅可則。
   同考試官編修張批:旨達詞莊。
   同考試官右贊善蔡批:精切。
   同考試官右贊善林批:詞簡意足。
   考試官學士霍批:得旨。
   考試官大學士張批:切實。

   《書》:兢兢業業,一日二日萬幾。

  人君切天下之憂,正以總天下之要。夫天下幾務,至要也。爲人君者,能無憂乎?皋陶陳知人之謨於舜,而推本於君身如此。蓋謂人君以一人之身,臨兆民之衆。崇高矣,而非可安之地也,其得不兢兢矣乎?尊榮矣,而非可樂之地也,其得不業業矣乎?蓋成天下之務,惟幾也。而隳天下之務,亦幾也。幾也者,發動之所由也,善惡之所由分也。一念不謹,或以貽四海之憂。一日不謹,或以致千百年之患。而況一日二日焉,有萬幾焉。紛然而至,其何以應之?遝然而來,其何以處之?故非至明,不能以察之;非至健,不能以決之。圖難於易,猶恐甚難,兢兢其可已乎;爲大於細,猶恐將大,業業其可已乎。

  噫!皋陶以是告帝,其警之也,至矣。觀帝庸作歌曰:"敕天之命,惟時惟幾。"則幾之一言,虞廷君臣交相戒飭,誠保治之樞要也。先儒真氏謂,後世人主不此之戒,故雖事幾暴著,猶不知省。及至禍機,激發始思,所以圖之,亦未如之何矣。噫,可鑒也夫!

   同考試官給事中李批:皋陶陳謨之意,溢於言外。

同考試官編修張批：先君之忠，讀之竦然。

同考試官右贊善蔡批：是知幾者。

同考試官右贊善林批：發明幾字親切。

考試官學士霍批：悃愊。

考試官大學士張批：警切。

天一閣藏《明代科舉錄選刊·會試錄》

會試第三場問答

問：道德一，而後風俗同。士習不正，則道德不一，欲風俗之同難矣。故自古論治，必以養士爲先。蓋以士習汙隆，國勢亦隨之，所關至重也。我國朝養士，設學校、選舉、考課之法。歲月講求，視古加密矣。而浮薄奔競之風，猶未之息者，何歟？以爲時使之然也。然而聖明在位，雖凡民且亦興起，爲士者乃不凡民若？吾未之信也。昔之善論士風者，莫如伊川程子、後山陳氏。其見於《試漢州學策問》《上林秀州書》者，可考也。不知其説，有合於今否歟？兹欲士類所養者純而無浮薄之習，所持者正而無奔競之風，思其術而未得也，願明言以告。

人才繫於所養，而尤繫於所自養。夫士習必養，而後正者，猶有待於人也。若夫忠厚正直，乃士之所當自養者，而豈以時之勸沮爲哉？是知有世道之責者，固不可以不養士，而士之自待，又誠有不可以不自重者矣！宜廑執事之憂也。

夫士民之紀也，衆之望也。士習既正，則衆正以興，而國勢隨之。是故古之待士者，有學校之設焉，有選舉之制焉，有考課之法焉。正德育才，莫大乎學校；取賢達能，莫大乎選舉；循名責實，莫大乎考課。三者立，而待士之道得矣。而天子公卿，又皆躬行於上，而道之路焉。是以當時之士，業有定習，行有定執，官有定守。少而習焉，久而安焉,不見異物而遷焉。治化之隆,人才之盛,有自來矣。

我國家養士,取法成周,得人爲盛。顧習尚日久,乃或有不然者。姑以明問所及者言之。夫治經術、爲文章,雖爲儒者事也。使爲文而適於用,談經不詭於聖人,亦何不可乎?若惟華靡其詞,以取悦人之耳目;立異説,攻先儒短長,是乃喪志之資,而奚以經術文章爲哉?其弊見於前宋,伊川憂之。而在今日,則亦有然者矣。至於士之從人,尤不可不慎。三代之士,不輕於請謁,以有禮爲之防也。及禮亡而俗敝,於是有自鬻其身者矣。蓋不能謹其分守,則貴得凌賤而辱其身;不能順於時命,則下必援上而屈其志。始之不善,而能有以善其終乎?其俗成於當時,後山傷之。而在今日,殆有甚焉矣!

夫空言不可以爲教,徒法不能以自行。是數者之弊,以爲不由於學校、選舉、考課乎?吾不敢以爲然也。以爲盡由於學校、選舉、考課乎?吾亦不敢以爲然也。無亦率之者有未至,而守之者有未慎乎?吾於是又知浮薄奔競之所自來,而欲救其弊,亦惟亟反之而已。是故敦本實,則浮薄者熄矣;崇廉退,則奔競者遠矣。若夫工軋茁之體者,雖已見黜,而力學好古者猶待以常流。無書抵政府者,雖已登進,而是兩及門者猶得以偕升。是何足繫士類之勸沮耶?愚故以爲率之未至,此在上者之責也。

雖然,士亦有責焉。夫士一身,而綱常之責攸繫,其爲善也,非有待於人之勸者。勸而後爲,亦已淺矣。況於使人維持之、督責之,而猶有弗至者乎?夫惟明道以修身,而無事乎空言;秉禮以待物,而不動於利誘,如伊川、後山所以望後學。箴末俗者,則所養純,而所持正,自無二者之弊矣。奈之何其不盡然也?愚又以爲守之未慎,此在下者之責也。

方今聖天子在上,雅意作人。棫樸、菁莪之化,行且見之。而執事猶惓惓,以士風爲憂,豈過計耶?蓋有激於中,而不能自已焉耳。

愚也亦因其所激，而肆言之，執事以爲何如？

  同考試官給事中李批：有見者之言，可錄。

  同考試官編修張批：此作可以風矣。

  同考試官右贊善蔡批：是探本之論。

  同考試官右贊善林批：讀此，知子所養矣。

  考試官學士霍批：知本尚實之語。

  考試官大學士張批：知自守者。

        天一閣藏《明代科舉錄選刊·會試錄》

附　編

附録一

麓泉王崇人物傳

王崇,字仲德,永康人。嘉靖己丑進士,授吏科給事中。寇犯寧夏,總兵趙英逗留敗績,欲以賄脱。崇奉命往,正其罪。謝駙馬侵馬場,崇時巡青州,發之,貴戚畏其直,出爲廣東僉事。轉山西副使,備兵井陘。親簡閲,明賞罰,兵雄諸鎮,轉湖廣參政。諸苗陷印江,崇破之,遂聽約束。升貴州按察、山西左布政巡撫。山西以保障爲急,藉城厲兵,倡勇敢,嚴斥堠。寇至輒以捷聞,召貳本兵。丁巳,湖廣川貴苗民犯順,命崇以原官出鎮。二年,苗穴底定。蔭一子。致仕。

《浙江通志》卷一百六十一

王崇,字仲德,嘉靖己丑進士,授吏科給事中。直言讜論,一時著稱。寇犯寧夏,總兵趙英逗留敗績,欲以賄脱。崇奉命往正其罪,朝論快之。謝駙馬侵馬場,崇時巡青州,發覺之。詔還縣官。貴戚畏其直,出爲廣東僉事。轉山西副使,備兵井陘。崇親簡閲,明賞罰,兵雄於諸鎮,有緋衣金帛之賜,轉湖廣參政。時諸苗攻陷印江,崇破之,遂聽約束,升貴州臬司。尋轉山西左藩,以凤望,擢中丞,巡撫山西。崇既受節鉞,慨然以保障爲任,繕城厲兵,倡勇敢,嚴斥堠。寇至,輒以捷聞,召貳本兵。丁巳,湖廣川貴苗民犯順,廷議推老成練達者往平之,乃命崇以原官出鎮。二年,苗穴底定。蔭一子。以疾致仕。文章

203

汪洋浩瀚,爲世所宗,有文集若干卷行世。

《康熙金華府志》

　　王崇,字仲德。嘉靖己丑以禮闈第二人賜第,授吏科給事中。直言讜論,一時著稱。寇犯寧夏,總兵趙英擁兵不前,我師敗績。英欲以賄免,崇奉命往正其罪,朝論快之。謝駙馬侵馬場,崇巡青州,舉發之,詔還縣官。崇在臺,貴戚嚴憚,出爲廣東僉事。尋丁外艱,服除,補河南僉事,升本省參議。踰年,轉山西副使,備兵井陘。井陘當三關要衝,崇躬親簡閱,明賞罰,兵雄諸鎮,醜寇遁迹,有緋衣金帛之賜。丁未,轉湖廣參政。會諸苗攻陷印江,崇設策破之,悉聽約束,升貴州按察使。復丁内艱,服除,補山東,歷轉山西左、右布政使,遂以夙望擢副都御史,巡撫山西。崇既受節鉞,慨然以保障地方爲己任,除器械,繕城隍,倡勇敢,嚴斥堠,寇至輒以捷聞,加兵部左侍郎,仍兼督撫。丙辰,召貳本兵。丁巳,湖廣川貴苗民不順,廷議推老成諳練者往平之,乃命崇以原官出鎮。二年,苗穴底平。蔭一子。以疾致仕,卒於家。崇爲文汪洋浩瀚,爲一世所宗,有文集若干卷行世。

《道光永康縣志》卷七

恭賀少司馬麓泉王老先生還朝序

　　今年六月廿七日,少司馬麓泉王公諏啓行,移鎮代州,爲防秋計也。副使忭至自河坦,伏謁公門下,退而詢於衆,曰:"防秋也,而以夏行,何居?"僉曰:"公先事而慎,每如此。往者涉夏交秋,先將領,次監軍,畢隸信地,督府後之。今公先焉率人,以己先事而致慎。"忭曰:"慎,德之聚也。以己率人,衆罔敢弗恪,且在兵法,以逸待勞者勝。"又曰:"先人有奪人之心若是,公之謀素定,而戰豫具也,宜虜之弗能逞乎?"公至鎮不旬日,而召還之命下矣。時中丞水東関公爲藩司長,謀於藩臬閫三司,謂忭也,宜有文焉,以申虔賀。忭唯唯而退,序之曰："若在古昔，忠臣以委身事主，艱險不避，內外一心。內之贊襄左右，外之捍禦邊陲，鞠躬盡瘁而已。其在明君體下卹私，出入均勞，出焉試以諸難，入焉資其經略，同心一體而已。故忠貞不二者，全節之臣也；知勞假逸者，主上之仁也。我皇上之所以待我公，與公之所以仰答皇上者，殆古明良際會之盛歟？"

惟山西一省，制在外服，控扼虜衝，遠畿輔之雄藩，實京師之右臂。雁門迤北，與虜爲鄰，自大邊不守，進迫三關。壬寅以來，憑陵日甚，踰嵐石而抵澤潞、雲中、上黨，如踐無人之境。當時邊臣忽設險之言，廟算厭徂莒之策，徵兵別鎮，師老財匱，十載之間，迄無寧宇。皇上每拊髀興嘆，思得頗、牧、韓、范輩用之。歲癸丑，山西撫臣缺，敕下冢卿，集廷臣會議，僉以公久任山西，熟知西事，群臣無出公右者，上亦久知公名，璽書賜公晉位大中丞，巡撫山西，付以討虜節制之權。公自左轄入督府，秉鉞建旄，撫臨夷夏。受命之日，焚香矢告，期以此身報國。乃晝夜罩力貞度肅寮，約浮省費，安內以爲攘外之本，保民以寓禦戎之機，瘡痍黎氓若蘇生焉。乃飭武揚兵，峙糧秣馬，採攬輿圖，考論扼塞，分兵易將，益寡裒多，繕垣築保，謹墩嚴堠，而又重賞以鼓士心，必罰以警衆怠。不期月而號令風行，威名雷震，先聲所至，氈裘以喪膽矣。甲寅之歲，賴以寧謐，尋以功拜少司馬，督撫如故。乙卯六月，面縛虜諜，知秋必大舉。冒暑臨邊，分佈將士，副將而下皆束手聽公約。或提兵遏之於內，或伏兵襲之於外，相時而動，舉中機宜，玄岡、寧化之間，猛士雲屯，材官輻輳，虜知有備，狼而遁歸，戎兵薄之，斬馘無算。御史上其事。上用嘉悅，親灑宸翰降綸音，獎諭超乎常格，文綺兼金，頒錫寵賚，三軍之氣爲之騰湧，且延世胄公子得蔭武焉。以公之勤勞，垂及二載，三晉安枕，野無踩躪，垂髫載白，獲保生生。至於保釐之澤，浸潤淪浹，大者作興文教以正士風，請求水利以墾民田，邇者地震之變，祇承德意，躬臨蒲阪，虔誠祭告，發廩賑貸，民雖阽危，尋即安堵，有捍患禦災大功德。皇上弛西顧之憂，赤子免流離之授，其功比之頗、牧、韓、范，又鉅不倫矣。

今南北多事，海內虛耗，兵分於故衆，財竭於供繁，方費經營，虛席元老。皇上每當推議，必及公名。廷臣數擬公進，遲回未允者，欲公久於其地而措置固也。乃今少司馬缺，首擬公代，上即諭允。知公措置已定，而南北大勢總歸邦政，朝諮夕度，仰贊神猷，指授運籌，共裨廟略。故今兹之行也，在山西爲小，而關乎天下者爲大。在皇上所以優渥邊臣者，似以逸之，而我所以擔當宗社生靈，以建無疆鴻烈者，責任更甚重矣。雖然歷羊腸之險，則禦䡘順適，經洞庭之危，斯風波不警，況公經濟宏深，流於既溢。自舉進士爲天下第二人，當時徑入諫垣，慷慨論事，不阿所好。歷僉事、憲副、大參、憲長、左右方伯，官階七轉，冰蘖一操，所至著聲，才名滿世。吾聞公理學淵源，直接金華一脈。文章議多，獨見超識，後生罕窺藩籬。語云"本深末茂，實大聲宏"，公之謂矣。嗣此晉位臺衡，秉持鈞軸，如先朝余肅敏、馬端肅，皆自督撫還朝，列冢卿而執大政，使金甌完固，玉燭調和，實自兹行始。怵不佞，敬拭目以俟。

歲嘉靖丙辰季夏上澣之吉，賜進士出身山西按察司副使奉勑提舉學校屬下吏晚生曹忭頓首拜撰。

明通議大夫兵部左侍郎麓泉王公行狀

公諱崇，字仲德，別號麓泉，其先溧陽人也。宋紹聖元符間，有諱樅者，由京朝官出守婺州，宜厥土俗，因占籍焉。王氏之籍金華，實自郡侯公始。曾祖兆護。祖福，行豫七，時人以其長厚，一口以豫七公稱之。父科，號雙川，率潛修昌世，而豫七公承先開後，志行猶卓。嘗夜過縣門，道拾遺金如干兩，至夜分，竟俟遺者而還之。其他修橋梁，建祠宇，賑睏乏，蜚英逷邇者，更僕未能悉也。里間嗑嗑，咸謂豫七公因果無邊，後必有食報。及雙川公娶邑令族李孺人，實誕公，岐嶷敏慧，迥異凡兒，髫齡橫書家塾，日記數千言，試以課句，率口而應，悉中矩矱,則又相聚語曰:"此千里駒也!曩謂豫七翁之後當食報,今果然矣。"

弱冠從水部主事石泉李公授安國《尚書》,口誦心維,妙契宗旨,及操筆爲舉子文字,天趣逸發,如郢人運斤,不假摹擬,而巧思常在繩墨外。石泉公策其可以遠到,攜至金陵官署,倒囷廩以益邃其涵養。比回,隨郡投牒,學使西蜀五清劉公奇其文,遂檄儒士取應漕試。落解還家,將前聞人所聚群書,蓋實"麓泉精舍",窮日夜讀之,發爲文辭,縱橫吐放,如懸河倒峽,莫可涯測。嗣後,學使王公、江右午溪萬公相繼校藝,率寘高等。嘉靖乙酉,侍御史臨清王公清戎行部至金華,檄九學士合試之。閱至公卷,擊節賞羨,以爲賈長沙、蘇欒城再世,取弁多士,仍榜其文於郡庠。惟時大司成甘泉湛公方輯《聖學格物通》,覆試六館諸生,簡其卓識治聞者,分局貯材,以備參考。公首膺妙選焉。及各上所貯,出自公者多見採輯。甘泉公大奇之,凡有詮次,必與商榷,仍延至講院,以其生平所自得者相與印證。己丑,復偕計吏,奏捷南宮第二人。尋奉廷對賜第,授吏科給事中。

及入省,讜論正言,轟雷迅電,中外一口,稱爲朝陽鳴鳳。辛卯,醜犯我寧夏,總兵趙英擁兵不前,都御史翟公鵬提孤軍禦之,我師緣是敗績。及朝旨問狀,飾言業已抱病在告。失律之獄當拘,撫臣且厚賄中貴,遙爲唇舌。中外皆知其罪有歸,而文致周內,難於發言。朝議以公風裁,特命往勘。公至,立取公座閱之,曰:"豈有一日之間能押字,而不能備戎行耶?"遂按正其罪,物論翕然稱快。先是,戊子賓興,言者論兩京同考試官,各省考試禮聘儒臣,閱卷掄才,屢事觀望,請擇京朝官之有才望者代充之,制報曰可。至申卯復申前請,乃命公偕江右大廓王公往典陝西試事。日夜披閱,務得真才,以副簡命。屆期啓糊,悉關中名士。郊祀禮成,推恩中外,晉階徵仕郎。父科封吏科給事中,母李封太孺人,配謝封孺人。尋轉吏禮左右給事中,侍儀經筵。奉旨巡清,會駙馬都尉謝,侵馬場益第,發覺之。主聞訴之宮,衆悉爲公恐。有旨下，毁第還縣官，仍罪其門下諸給事者。復論銓衡者數事。勢人畏公口，出公，遷廣東雷廉僉事。雷廉僻在一隅，諸凡局簡，卒多逸伍，士罕嚮學。公至，肅紀貞度，起敵振頹，武事既修，文教復撰。甲午賓興，徵至會城監試，侍御史四明吳公雅公才望，場中文卷已經品評者，悉推覆閱，慧眼所照，明珠魚目立辨。越丙申年，會雙川公違養，奔訃還家，哀毁骨柴。

服闋赴京，補河南睢陳兵備僉事。訓齊卒伍，深有紀律，至於臨民聽斷，口決筆落，如懸明月以照豐蔀，兩造神明不暇。巡臺撫院交章薦之，轉本省布政使司右參議。會計京貯留都下者，彌年未嘗濡足勢門，以覬速化。踰年，轉山西井陘兵備副使，駐節獲鹿。念井陘三關走集之區，且密邇通天京，非據險設重，則無以控咽喉，壯根本，乃躬親簡教，上下功賞，以作其勇敢。燕趙三晉之奇才劍客，聞風蝟集，而井陘之兵遂虎視中原。醜間肆窺伺，不旋踵而膏蕭斧。天子聞而嘉之，賜緋衣銀帛有差。先是，獲鹿黌宇隘陋，風氣弗萃，科第緣是落寞。公選旺地更建，仍策令劬學，豫人傑以應地靈。於是鉛槧之士，舉樅樅然鶩於文學，歌鹿鳴登虎榜者相項背。其他興利革弊，勸民牗俗以福綏，獲者甚腆。部使者薦其學貫天人，才兼文武，朝議僉以爲確。

越丁未年，轉湖廣布政使司右參政。將發間，士民遮道攀留。仍建祠繪像，俎豆世世，以答覆露之造。湖廣居民與諸苗錯處，過猛則囮怨，過寬則媒侮。公至，峻疆域以別之，疏文法以羈之。諸苗樂其寬，而畏其嚴，各職所負，遵約貢誠，不煩聲色，而狎野安蒙，四境晏如，無復暴骨橫屍之苦。先是蠟爾諸苗苦土官田興爵貪婪，串司鎮溪銅平其叛，湖貴諸守臣討之，不能定。亡何，復攻陷印江縣治。上降詔切責。公至，建議以撫固無益，久戍亦無良策，欲奏蕩平，當協力一戰耳，總督净峰張公深然之。不旬日而諸苗創艾，其湖廣聽撫諸苗，仍令公如前撫處。公亦撫綏有方，向之面首者，至是悉革心向化矣。

詳見《鴻猷録》。越幾年，陞貴州按察司使，爲李太孺人違養，奔訃還家。

服闕，朝旨即其家補山東按察司使。踰半載，轉山西布政使司右布政使，尋轉左，規時量勢，布令宣條，民荷覆露，吏景法程，保釐之政，裒然與諸藩稱首。遂由左轄，擢都察院右副都御史，巡撫山西，提督雁門等三關。山西鄰邊，騎出沒無歲無之。公既受節鉞，慨然以保障地方爲己任。除器械，倡勇敢，繕城隍，嚴斥堠，訂諜中授，神機外運，醜内訌，輒就俘馘。捷奏，天子嘉其茂績，擢兵部右侍郎，撫督如故，仍蔭長子秉銓。次年復大舉，公出銳師逆擊之。名王貴人，扶傷救死不暇。捷奏，蔭其次子秉鑑。乙卯地震，圯垣歇屋，殭屍如麻。百姓轉徙無常，甚者群聚剽劫。公檄所在官司，凡被災之地，悉以粟賑濟，仍復其一切輸將如是。仍前剽劫者，則待以斧鑕。於是轉徙之民還定安集，而剽劫之風浸息。

越丙辰，召貳本兵，從中石畫，密贊廟謨，立朝丰采，傾動中外。及循資考滿，晉階通議大夫。祖福封給事中，父科各贈如其官，祖母方封太孺人，李俱贈太淑人。元室封孺人，謝贈淑人，繼室程封淑人，復蔭其第三子秉鑰。

越丁巳年，爲湖廣川貴跳梁，朝議以坐鎮三方，非老成諳練者不可。天子降璽書，命公仍兼都察院右副都御史，出典機務。比至，宣德音，棄瑕疣，臨以威武，結以至誠。諸苗畏威懷德，率面首受納，數十年根盤之孽銷矣。天子鼎建正殿，工師取材荊蜀。有司拘攣成規，疲民耗財，不能卒具。公具疏條陳便宜，請無泥舊額，詔旨報可，霎時立辦，公私咸稱便焉。朝野延佇，冀公旦夕居中柄政，究宏抱以福蒼生。會忌者巧辭肆黔，奪職還家。行至中途，以征養鵝苗寨功，詔復冠帶。

比回，即家側隙地，壘石栽花，穿池畜魚，日與騷人墨士觴詠其間，視釋機務，不啻負者之馳擔也。或勸其通書京貴，洗雪心迹，爲賜寰地。公怫然曰："起自諸生，遭際聖明，都官卿貳，於願足矣。即今賜閑田里，惟有歌詠太平，畢此餘齡耳。安能更白爲黑，作悲憐門下之聲，以祈再齒班行也？"族姓碩大，隅都錯處，代易世移，恐至渙散，乃關白衆老，卜地建堂，尊祖合族，以收渙散。每月朔望，屢領袖子弟，詣祠肅竭，仍申明家訓，以致提撕。丁巳，島夷犯我仙居，所過村落率罹荼毒。邑人聞之，相顧錯愕，罔知所措。公糾集豪俠，各率丁壯，日夜演習，以待不測，仍巡行鄉堡，佐其聲援。島夷聞之氣奪，從別道宵遁。麻兵戍海上，道經永康。縣官倉卒不能具饋食，彎弓反射，徹於廳事。家人聞變告公，公亟出片紙戢之。衆駭曰："此王恩府澤豹地乎！"相與踵門，蒲伏階下請死。公正色戒以自今伊始，各奉法遵度，勿蹈前愆，以取不戰自焚之禍。各叩首唯唯而去。康邑食鹽仰給山商者十之七，惡其分利，飾情巧抵。掌醝者溺其一偏，嚴設厲禁，山商無置足地。鹽價踴貴，細民苦之。公具水陸行鹽之便，移書醝臺，當弛爲禁。康邑侈靡成習，豪家巨姓一席數金，公虞其終也。乃與藩伯柳溪徐公、臬憲晉庵應公、群侯北川呂公，協議立約，革薄從忠，侈靡爲之頓弛。

　　四明有王公伯祥者，以句讀代耕，年頹目眩，餬口無謀。公憐而廩之，及物故，又殯葬之。江右有何姓者，挾興游縉紳間，不幸客死，公具棺殮之，仍命僕人貿舟還其族櫬。一夕，輒念松楸，命輿展謁北面，憑几無疾而逝。時隆慶五年十二月廿一日戌時也，距生弘治丙辰十月初九日寅時，享年七十有六。訃聞之日，自學士大夫以至田畂牛隷，涕洟嗟吁，以爲斯民之不幸。丈夫子五，女一。公修軀豐頤，聲如黃鐘，矢口而言，肝膽畢露。事雙川暨李太淑人愛敬融掖。及相繼考終，塚上木已拱，而顧復惓戀，無異膝下。奉二叔敬如嚴父，保如嬰兒，諸父之孝，往牒罕儷。與弟京、洪、禄憂喜相共，酒食相延，居官分俸，割産讓腴，姜之同被，田之共爨，後先一轍也。遇宗親，老則齒，幼則慈，喜有慶，戚有吊，患難有卹，貧乏有佐，驩然恩愛，彌久彌焉。石泉公官居廉介，就木之日，囊無剩錢。配徐夫人蔗境處索莫中，歲時存問，授粢餽肉，不缺甘旨。及以天年終，復厚賻以相其成禮。接引亹亹不倦，被容接者，如坐春風，溶溶自足。至於里閭，無賢愚貴賤，悉以恭遜接之，雖村翁野叟有故伏謁，亦必致其款曲，未嘗以臚位眇之。公行無忌，得罪清議者，深惡痛絶，色不假借。若細過微瑕，即每事覆護，終不以口郵暴人缺短。從通籍至焚魚，敭歷中外者逾幾三十年，大抵以洪巽博大爲務，雖執法柏臺，授鉞西土，及總督軍務，職在威克，而慧日慈雲，未嘗不行乎其中。故宦轍所如，道碑路碣，在處有之。

公之學受於石泉，石泉之學受於楓山，又親受業於甘泉之門，迹其師友，亦既淵源。然未嘗創立門户，高自標致。至總其生平履歷，在朝在野，忠孝大節，種種可書，與置心空妙，漫無實用者迥别。自六籍以至百氏，靡不網羅，尤好《左氏》《國策》《楚騷》《吕覽》及太史公、班孟堅書。陶意匠辭，筆嶂翻覆，如懸崖斷岸，壁立萬仞，有陵厲千古之態。詩取材《騷》《選》，而寄興於山川景物之間，玄機神解，追逼盛唐，大曆以還無論也。至於作字，筆法遒勁，而風姿不減，得晉人三昧。公於捐館前一歲，將生平諸作，端詳閲擇，其猶馴雅者，若叙記，若詩賦，若疏議，及諸雜體，裒集類分，付之治書蒼頭，餘悉火之。隋珠和璧，鬼神呵護，行且録梓，流布海内，自當有賞音者。余所評騭，窺豹一斑，嘗鼎一臠，未足以概公也。公風裁在諫垣，政事在藩臬、部臺，豐功偉績在旂常。四方立言君子，與夫石渠天禄載筆之彦，自當大書特書，不一書揭之墜道，載之國史，以表往鏡來，余無容贅云。

賜進士第資善大夫刑部尚書眷生盧勛拜撰。

明通議大夫兵部左侍郎麓泉王公墓誌銘

智六諱崇，字仲德，號麓泉，禮十五府君之長子。弱冠從楓山文懿公之門人，工部主事石泉李公，自家塾受業，攜至金陵官署，授以理學真傳。公潛心玩誦，妙契宗旨，發爲文，理透周程，辭沛左馬。以書經登嘉靖乙酉鄉試榜。上春官不偶，往南雍肄業。大司成甘泉湛公輯《聖學格物通》，選局出自公者，多見採輯。甘泉今亟稱聖門羽翼，延至講院，以其生平所自得者，相與印證。己丑會試中第二人，海内瞻仰，與荆川唐先生相頡頏焉。

歷任三十年，所至并著懋績。致政家食十有四年，建宗祠以萃涣，立真率以維風，與人坦易寬洪，尤多陰德。不驕里閈，更篤宗盟，居官分俸，割産讓腴，即姜之同被，田之同居，後先一轍。教督子弟，躬行率先，即萬石君家，尤爲過之。其生平履歷，有《縣志人物傳》及尚書後屛盧公行狀，諸不具論，叙其概，又著其歷任官績之略。

初授吏科給事中。二任升本科右給事中。三任升禮科左給事中，辛卯命往陝西典試，悉得真才如王太史、周侍御并入觳，士林稱得人焉。侍儀經筵十三次，奉旨巡清，劾駙馬謝都尉侵馬場益第之奸及冢宰汪宏阿附大臣之罪，直言讜論，中外稱爲"朝陽鳴鳳"。四任升廣東按察司僉事。丁外艱，服除，補河南按察司僉事。六任升河南布政使司右參議。七任升山西按察司副使駐節獲鹿。公念井陘當三關走集，且密邇天京，乃躬親簡閲，以作勇敢，兵遂雄於諸鎮，有緋衣金帛之賜。獲鹿黌宇隘陋，風氣弗萃，科第緣是落寞。公選旺地更建，仍親爲講學策勵，自是登科者不絶，士民因建生祠，今遂爲明神於其地。亦人心感之，故神之也。部使者薦公，學貫天人，才兼文武，時以爲確評焉。八任升湖廣布政使司右參政，其地居民與諸苗錯處。公至，峻疆域，疏文法，諸苗樂其寬，畏其嚴。親臨其境，如郭汾陽，單騎悉遵約束。納貢土官田興爵叛，攻陷印江縣。公建議決戰，不旬日，而諸苗創艾，革心向化，詳見《鴻猷録》中。九任升貴州按察司按察使。丁内艱，服除，復補山東按察司按察使。十一任升山西布政使司右布政。十二任升本司左布政。十三任升都察院右副都御史提督，雁門等關時醜内訌，公設神鎗火器之法，俘馘尤多。奏捷，蔭子秉銓。十四任升兵部右侍郎,仍照舊巡撫地方,次年復大舉。公出銳師逆擊之,名王貴人扶傷救死不暇,復奏捷,蔭次子秉鑑。丙辰,召貳本兵,從中石畫,密贊廟謨,立朝丰采,傾動中外,及循資考滿,晉階通議大夫,封贈祖父母、父母及元室封孺人、謝淑人、繼室程淑人,復蔭第三子秉鑰。丁巳湖廣川貴諸苗跳梁,朝議推公,天子降璽書,以原職兼都察院右副御史,總督湖廣川貴軍務。公至,臨以威武,結以至誠,養鵝苗寨叛,以計擒之,諸苗率面首受納。天子鼎建正殿,取材荊蜀,有司拘成規,不能卒辦。公具疏條,陳便宜,無泥舊額。旨報可,霎時立辦。公私便焉,尋致仕。

公生弘治丙辰十月初九日寅時,卒隆慶辛未十二月廿一日戌時。娶八都謝世寧之女,生弘治丁巳六月廿四日酉時,卒嘉靖己酉二月三十日。繼金華城隍廟前程泗公之女,生嘉靖乙未四月廿二日辰時,卒嘉靖庚申七月十九日,合葬九都不二寺。子五:秉銓,上林苑監左監丞;秉鑑,指揮使;秉鑰,淮府長史;秉鋼,縣丞,俱嫡出,秉鎮繼出。女一,適廿五都吕南宅國子生吕培。

賜進士第南京禮部左侍郎前翰林院侍讀學士掌院事纂修玉牒兩京國子監祭酒庶吉士眷生葵日陸可教頓首拜撰。

永康《道堂王氏宗譜》

附録二

復王麓泉同年書

程文德

山城僻寄，忽承枉使書惠，真空谷足音也。奉誦感激，殊不自勝。第聞貴體違和，兼之巡歷辛苦，不能無念爾。高涼風氣易調，人士淳樸，與之言學，儘有興起。昔東坡云："日啖荔枝三百顆，不妨長作嶺南人。"況得朋友真味，又何厭高涼久客耶？即未忍言去矣。厚意惓惓，敬謝敬謝。信宜在萬山中，二水合流，孤城中起，頗有武陵風致。而人民雞犬，亦若先秦之遺。數日，山谷中父老，龐眉皓首，褒衣幅巾，皆携持來見，以爲久傒顏色，今始獲遂，人人喜悦。而城中老稚迎視，動若堵牆，飄雲遷客，豈意如此？達官貴人聞之，或亦有羨於謫居乎？一笑。會晤未卜，臨楮茫然，伏惟懋德加餐，慰此耿耿。

《程文德集》卷一四，上海古籍出版社2022年

與王麓泉書

胡 松

同升故人，顯晦勿論。即今存且健者，盡海以內追數之，不過三四十人。而止弟與吾丈幸俱健，且相近相聞。而兄不可來，弟不能往，豈亦所謂禮之於賓主也，命耶？然丈人雄才遠略，抱安民、治族旌之具，恐旦夕蒲輪。且至，會應有時也。白頭老吏，抱簿趨庭，西澗橫

舟，不勝痞寐，伻歸紛糾，不盡依依，嗣因便風，更布私曲。

（編者按：胡松，1503—1566，字汝茂，號柏泉，滁州來安縣人。嘉靖八年進士，官至吏部尚書。）

隆慶三年《胡莊肅公遺稿》

王麓泉先生侍郎趙方山先生太守同啓

久別無任，懸念，易歲想起居安好爲慰。吕胡二宅鄉士夫欲與處好，衆謂執事明達，且知二家事之始末，必得尊駕一來方得成事，亦須今日到方可，少緩恐不能濟矣。《吕氏鄉約》云患難相扶持，自是吾輩本分事，況欲以聖賢之學自名者計，不當坐視人患也。謹此敦請，幸即命駕，餘容面盡不悉。

贈王麓泉同年使寧夏三首

程文德

其 一

麓泉王子使關西，朔雲點澹玄風凄。
男兒策勳輕萬里，腰間寶劍涂鸍鵜。

其 二

龍函敕賜奉天殿，鴻臚承旨大官宴。
九重宵旰切邊陲，甘陳功罪早須辨。

其 三

皇華古昔重咨諏，司馬山川豈漫游。
陽春遲爾觀風疏，賀蘭山北胡塵收。

《程文德集》卷二五，上海古籍出版社 2022 年

會麓泉子於蒼梧因通前元宵二作愴然言和

程文德

其 一

炎荒今夕看燈絲，兄弟相逢感舊時。
青瑣爾嘗分尚膳，玉堂吾亦醉金卮。
明良自喜賡歌會，獻納深慚補袞詩。
回首馳驅各萬里，悠悠心事可陳誰。

其 二

憶昔紫閣聯青瑣，同近蓬萊尺五天。
千峰萬峰此何地，得意失意來其前。
聚散只須看往日，窮通何必問明年。
憂時却抱賈生痛，關山西北正狼烟。

《程文德集》卷二七，上海古籍出版社 2022 年

明故雲南右參政致仕適齋朱公暨配封宜人王氏合葬墓誌銘

　　嘉靖壬寅，余師適齋朱公以滇藩右參政仕旋家。越十有四載乙卯，余亦獲遂家食。是秋九月望，適公八旬弧旦，余捧觴爲壽，睹公矍鑠，方竊喜公之遐壽無期，又喜余之得追隨於杖履也。登期未期歲，而公乃遽棄余而長逝也。嗚呼！此豈予一人之不幸，將斯文之不幸也。居無何，公之孤時敏，手持其所自爲狀，泣拜余，告曰："惟先生知大人之深，敢丐一言以垂不朽。"嗚呼，余奚忍銘公之墓耶？雖然，余於公無能爲役，銘墓之委又焉敢以不斐之文辭？

　　據狀，公諱方，字良矩，姓朱氏，別號適齋，世家永康之金城，漢槐里令七世孫，東陽郡守湞之裔。世有聞人。曾祖仲澄、祖叔祺，俱隱

德弗耀。考諱隆,號澹庵,明聰豪杰,善詩,以公贈南京刑部署郎中事員外郎。妣魁山胡氏,贈宜人;繼可投應氏。公,胡出也。公生而岐嶷,甫七齡,胡宜人以疾卒。是冬居室又災,家爲蕩然。公質美雖過於人,然累年以貧廢學。十九始從從兄學訓楓崖先生受壁經,習舉子業。弘治丙辰,入邑庠,充廩員。正德丙寅,督學沂陽陳公試公置居首。明年丁卯,領浙闈鄉薦。甲戌登春榜,觀政御史臺。乙亥冬,除知南陽之泌陽縣,受知巡察東塘毛公,委任無虛日,且薦公才堪治劇,遂更尹於南甸之丹陽縣。泌有紅棗,歲市可二百金,故事悉入令之私橐。至是泌丞持吏檄齎饋公於丹陽,公仍檄返之。丹陽有練湖,歲市蒲草恒十百金。舊例止課二百餘官,餘悉爲令有。公貯之於庫,用代里甲之需。他乃毀尼庵,以祠宋太學生陳東,革呂城驛,以省不貲之費,皆其政之大者。大學士邃庵楊公亟稱之曰:"好廉能官,一錢不苟取,一錢不妄使,一事不妄爲。"蓋知公之深者。

庚辰春,聞澹庵翁訃,哀毀時至,嘗爲詩哭翁,見者輒爲流涕。中途復聞應安人訃,接服守制。嘉靖改元,服闋赴部,復除知河間之南皮縣,數月聲稱赫然。時東光廖公紀由南冢宰轉北冢宰過其家,鄰封競遠致謁賀。公去廖甚邇,竟不一往見,反爲廖所重。後由淮別駕入南曹,皆廖之簡知也。癸未春,擢同知淮安府事。去任之日,皮民遮道留靴,以繫去思。未幾,復纂公入滄州《名宦志》。後去皮且三十稔,皮士有官北戶曹主政湯君賓者,特遠致翰幣於公,述公在皮之善政,至今爲法者十數條,以爲公頌。其去後見思類如此。

在淮歲大歉,卹饑賑乏,具有成算,全活甚衆。淮產鹽,鹽院張公珩選於衆,委公鹽掣,羨鹽之課視昔倍七八焉。蓋公惟以至公行之,故雖甚寬假於商,而猶不自覺其課入之踴也,督漕胡公定及巡察鹽院交疏薦公。丙戌夏,遷南京刑部福建司員外郎,未兩月,復遷本部河南司郎中。刑名公素所加意者,部堂高公友璣、周公倫,知公特深,遂拔公爲本科。凡公成獄,辭輸北曹者,北曹胥嘖嘖嘆羨。己丑考最之部,實授公爲郎中,誥贈公考如公,公妣胡氏、配王氏俱宜人。辛卯擢守湖廣寶慶府。公以其所以治郡邑者治慶,慶復大治。甲午王氏宜人寢疾,公多方療治,竟弗起,哀戚致疾,遂引疾乞休。撫按林公大輅、王公袞堅不允,且各疏薦公,公不獲已入覲。乙未科冬擢副滇憲職,主清戎,而蒞任後復兼署督學屯田事。時屯政久弛,公身巡諸衛,首一衛以賕入公,會多官發其私,置諸法,諸衛凜凜,奉令惟謹,屯政大舉。巡撫白洋汪公最慎許可,每建議,獨韙公,且特疏舉薦。己亥冬,遷本藩右參政。時朝廷問罪南交,滇當三道進兵。公領中哨兵兼督糧餉,事集而民不賴擾。既而逆庸效順,大司馬毛公疏公勤勞,有白金綵幣之錫。歲壬寅,銓司方兩擬公臬長,而公已引年乞休矣。撫按白崖劉公、蒙泉包公檄二司留公。公求去至再三,益堅。二公知公不可屈,乃爲轉請,仍進公一階。既而上賜可,二公胥製爲詩歌,以華公行。

公抵家,即首葺黃花澗以明志。時按浙侍御訪家食士大夫可薦用者。婺守雙山陳公、鳳厓洪公,胥以公名聞。督學山峰阮公移文,稱公敦實行,崇古道,隆高士,堂扁以表異焉。公自筮仕至藩臬,無一毫妄取於民,亦無一毫以賄當路,以至公之官類,不得不循資一遷而再遷,亦竟無顯且美者,僉咸爲公不平,公裕如也。平生詩文直寫己意,清和直淡,如公爲人,有《適齋集》行於世。自王宜人喪後餘二十稔,止以一身自給,雖妾媵亦不置。布衾疏食,清約如寒士。

公學以誠爲宗,嘗言大學以誠意爲自修之首,而愼獨又爲誠意之要,即此是希聖着實工夫,何事他求?嘗書"愼獨"二字以爲區。又謂前人講明道理略盡,吾人直當身體力行,空言何補?以故公惟務躬行實踐,而不立門戶,不爲訊言,勤學至老不倦。嘗於至日詩云"反身猶自嚴齋戒,恐有關防不了情",其勤勵不息如此。浙東僉憲焦煜,嘗對庠學諸生,稱公爲真道學。滇寮玉溪石公以理學自任,獨屈節於公,以爲不可及。公致事日,石公特爲十章詩以贈,詞極褒美焉。配王封宜人，象珠王翁綸之女也。自歸公以孝慈稱，且善綜理處分，才綽有餘。公於家事一罔聞知，而井井有條，悉宜人力也。先是，宜人以甲午歲卒於寶慶官舍。戊戌冬，子奉宜人，窆旋里之青塘山，自爲誌，述宜人之懿行甚詳。至是令子復奉宜人，附公於後葛山之原，卜丙申歲八月初一日之吉，而合兆焉。公生於成化丙申九月十五日，卒於嘉靖丙辰六月二十三日，壽八十有一。宜人生於成化乙未十月二十五日，卒於甲午六月十日，壽六十。子男一，即時敏，邑庠廩膳生，能世公之家學。女一，知書識禮，適在城樓偉。偉早卒，女誓志不渝，部使以其事聞，詔旌其節。孫男三，長宗尹，次宗益，幼宗孟，俱庠生。孫女三，長適在城王秉鑑，少司馬麓泉公之仲子也，以泉公功，補衛指揮；次適石溪童汝籽，雲夢令正庵君之第三子也；幼未行。曾孫男四。

銘曰：有美君子，金玉其姿。學主慎獨，至老不衰。涖官臨政，公廉無私。壯宦耄歸，仕止惟時。邦之典型，士之蓍龜。後有作者，視此其師。

賜進士及第前嘉議大夫掌詹事府事吏部左侍郎兼翰林院學士門人松溪程文德撰文，賜進士第徵仕郎刑科給事中竹峰王楷書丹，賜進士第通議大夫兵部左侍郎兼都察院左副都御史奉敕總督湖廣川貴軍務眷生麓泉王崇篆蓋。

附錄三　王崇資料彙編

《嘉靖己丑科進士同年便覽錄》

　　永康王崇,字仲德,號麓泉。丙辰吏科給事中、广東僉事。丁憂,復除河南,升參議、參政,丁憂。廉使、布政,巡撫山西。

《天一閣藏明代科舉錄選刊·嘉靖八年進士登科錄》

　　第三甲二百二十五名,賜同進士出身:王崇,貫浙江金華府永康縣民籍。國子生。治《書經》。字仲德,行一。年三十四,十月初九日生。曾祖肇護,七品散官。祖福,壽官。父科,母李氏。具慶下。弟京、洪。娶謝氏。浙江鄉試第四十三名,會試第二名。

《國朝历科題名碑錄初集·明洪武至崇禎各科附·明嘉靖八年進士題名碑錄己丑科》

　　賜同進士出身第三甲二百二十五名:王崇,浙江金華府永康縣民籍。

《皇明進士登科考》卷一一《嘉靖八年己丑》

　　第三甲二百二十五名,賜同進士出身:(第一百五十七名)王崇,浙江永康縣人。

《皇明貢舉考》卷六《嘉靖八年》

　　第三甲二百二十五名,賜同進士出身:王崇,浙江永康縣。

《万姓統譜》卷四五《王》

王崇,字仲德,永康人。嘉靖己丑進士,历總督兩广軍務、兵部侍郎、都察院右副都御史。

《類姓登科考》卷二

王崇,兵部左侍郎兼右僉都御史、總督川貴軍務,浙江永康人,三甲,字仲德。

《國朝列卿紀》卷五一《兵部左右侍郎年表》

王崇,浙江永康人,嘉靖己丑進士。三十五年左,三十六年兼左僉都御史,出督川、貴軍務。

《國朝列卿紀》卷一一〇《總督川湖貴州右都侍郎年表》

王崇,浙江永康人,嘉靖己丑進士。三十六年以兵部左侍郎兼都察院右僉都御史任,三十八年閑住。

《國朝列卿紀》卷一一〇《總督川湖貴州行實》

王崇,字仲德,浙江金華府永康縣人,嘉靖己丑進士。三十二年,任右副都御史,巡撫山西。三十五年,遷兵部左侍郎。三十六年,兼左僉都御史,出督湖廣川貴軍務。三十八年,閑住。

《國朝列卿紀》卷一二二《巡撫山西侍郎都御史年表》

王崇,浙江永康人,嘉靖己丑進士,三十二年以右副都御史任,詳川湖總督侍郎。

《弇山堂別集》卷五七《卿貳表·兵部左右侍郎》

王崇,浙江永康人,由進士,三十五年任左。

《本兵疏議》卷一《開陳防守薊鎮事宜責成邊臣疏》

又該巡撫山西都御史王崇題爲《傳報賊情整兵聽援事》内稱：欲將老營堡、北樓口游兵，應否應援薊鎮，早爲定議等……一議山西游兵。臣等議得，山西地方相去薊州委爲隔遠，其老營堡與北樓口游兵二枝，即如今春調援薊鎮，不速進則不能及虜，徒疲士馬；若速進則千里兼程，法蹶上將，進退無益。誠如巡撫都御史王崇所論。合無從長定議，將老營堡、北樓口游兵二枝，止在本鎮利器抹馬，一以防守本鎮，一以應援紫荆。以後薊鎮有警，不必遠來策應。

《本兵疏議》卷二《覆巡撫山西侍郎王崇論游兵免援延鎮疏》

題爲走回人口，供報緊急夷情事。職方清吏司案呈奉本部，送兵科抄出，提督雁門等關兼巡撫山西地方、兵部左侍郎兼都察院右副都御史王崇題。奉聖旨：兵部知道。欽此。抄出送司卷查。先該巡撫延綏都御史王輪題前事，該本部議擬，如賊侵犯，調集附近兵馬，協力截堵等因。又爲預計虜情，廣集兵糧，以尊京師，以安畿甸重地事。該本部條議，將老營堡、北樓口游兵二枝，一以防守本鎮，一以應援紫荆，以後薊鎮有警，不必策應等因。俱經題奉欽依，通行去後。今該前因，通查案呈到部。看得巡撫山西侍郎王崇具題前因，大率謂山西三關，止設有老營堡、北樓口游兵二枝，既有策應宣、大之文，又承入援紫荆之命，東逐西馳，已自難反。復欲應援延綏，非惟轉掣惟艱，竊恐顧此失彼。欲要請明，以便調遣一節。爲照延綏、山西地方，接攘如唇齒，原設游兵，彼此交相應援，敕諭開載詳明。但宣府、大同，京師之門户；紫荆、倒馬，京師之肘腋。揆酌輕重緩急，山西之兵，止當東援宣、大、紫荆，事體甚明。若使再援延綏，顧此失彼，誠如侍郎王崇所慮。既該本官具題前來，相應依擬題請。合候命下，本部備咨王崇，查照先今事理，將前項游兵二枝，加意整搠。如遇宣、大、紫荆有警，悉聽總督尚書許論，徑自調度截殺。其延綏縱有警報，免行徵調。

嘉靖三十四年七月十九日題。奉聖旨：是。欽此。

《本兵疏議》卷二《覆大同鎮巡官齊宗道等傳報虜情隄備薊鎮疏》

　　本部一面咨行許論及大同都御史齊宗道、副總兵田世威、山西都御史王崇、總兵官李賢、保定都御史艾希淳、總兵官龔業，同心戮力，守者務成保障之功，以圖萬全；戰者務收斬獲之績，以期三捷。賊退之後，朝廷自有重大陞賞。如或怠緩誤事，國典具存，難以輕貸。其大同新任總兵官趙卿與提督蕭漢交代明白，即便星馳赴任，不得遲緩。嘉靖三十四年九月初六日題。奉聖旨：是。欽此。

《本兵疏議》卷三《覆宣大薊遼等處總督尚書許論等獻捷陞賞疏》

　　題爲捷音事，職方清吏司案呈奉本部，送兵科抄出。總督宣大山西等處地方軍務兼理糧餉兵部尚書兼都察院右副都御史許論巡撫大同地方，贊理軍務，都察院右僉都御史齊宗道，鎮朔將軍鎮守宣府總兵官中軍都督府署都督僉事歐陽安，巡撫宣府等處地方，贊理軍務，都察院右副都御史劉廷臣各題爲捷音事。提督雁門等關兼巡撫山西地方兵部左侍郎兼都察院右副都御史王崇，題爲大舉韃賊入犯，官軍奮勇血戰，獲功報捷事。總督薊遼保定等處軍務兼理糧餉兵部左侍郎兼都察院右副都御史王忬，整飭薊州等處邊備兼巡撫順天等府地方兵部右侍郎兼都察院右僉都御史吳嘉會，題爲大虜突至攻牆，仰仗天威，官軍奮勇敵退，保障京陵重地事。又該王忬、吳嘉會，與同鎮守薊州、永平、山海等處地方總兵官、前軍都督府都督、同知周益昌，題爲大虜乘秋糾衆，謀窺薊鎮，仰仗天威，官軍勠力拒守遠遁事，俱奉聖旨兵部知道欽此，通抄送司卷，查先爲大虜擁衆東寇仰仗天威，嚴布官軍堵截持久遠遁，功收不戰事。該總督侍郎王忬，巡撫侍郎吳嘉會題稱：本年二月內，虜酋把都兒辛、愛打來孫諸部，糾結近邊，日夜爲謀，必圖一騁。督率官軍，極力拒守，幸保無虞。所據先任總督軍務、右都御史，今陞兵部尚書楊博，料敵明如觀火，應變決若江河，威惠素孚，於官軍防禦得其死力，經略曲盡於邊鄙，調度中乎機宜，逆折初至之鋒，俾絶可乘之隙，功當首論也。并各該効勞人員，欲要分別等第陞賞一節。該本部議照。蠢茲醜虜，自春徂夏，如果窺伺薊鎮，月無虛日。萬一得遂所謀，未免繹騷畿輔，震動京師。乃今相持數月，竟保無虞，徙薪曲突之功，委當甄録。但即日正在防秋，若使賞典一行，未免人心弛縱。兵驕之戒，亦當深慮。係干激勸，相應議擬，合候命下，備行王忬等，明諭主客兵將，以爲時當早秋，各要益勵前功，力收後効。如果竟保無虞，防秋畢日，查照去春河坊口事例，即當一并論叙。其王忬、吴嘉會、周益昌，更須仰思聖明眷遇之恩，下念生靈懇切之望。一切邊計，協心整飭，聿修門户之防，用成堂室之固。朝廷自有重大陞賞，所據奏抄通行案，候在部另議施行等因。奉聖旨：是，欽此。已經案候在卷通査，案呈到部，看得宣、大、薊、遼總督撫鎮等官許論、王忬等，交章具題前因。在宣大總督，則極言官軍斬獲之功；在薊遼總督，則歷叙地方保障之略，臣等逐一參詳。今歲虜情委與往歲不同，粤自古北失利之後，春既糾合醜類，窺伺郊關；秋近遂分遣奸宄，往來畿甸。西部之虜，蜂屯威寧海子一帶，經月不移；東部之虜，蟻聚一馬兔舊大寧一帶，三時未散。悖逆天道，罪不容誅。已而知我有備，東部者不得已，而分犯遼東；西部者不得已，而分犯山西。又自宣府北境掩至居庸關外，擁衆攻牆，勢極猖獗。若使得遂狂謀，利害緩急不在去秋古北之下。萬一潰牆而入，臣等與邊臣萬死何足以贖？乃今宣大總督許論，奮勇血戰，斬獲虜首多至五百三十餘級；薊遼總督王忬，多方拒守，千里邊關萬無一失。以守則一矢不遺，遠邁漢師；以戰則一月三捷，有光周雅。是豈人力所能爲哉？寔由我聖皇在上，誠感上玄，協百靈而助順惠，流下土馨九，有以同歡。尚書許論，謂道參天地，治冠百王。精誠一念，上格於穹窿；皇極庶徵，旁流於荒徼。侍郎王忬，謂玄貺昭靈，助百萬無形之兵甲；王氣葱鬱，壯山川甫繕之金湯。允矣,不戰屈人;衛哉,萬全取勝。二臣之論,極爲明盡。臣等待罪本兵,目擊玄功,躬逢盛事,不敢隱蔽。伏望聖明,擇吉恭舉謝玄之典,以答玄貺。敕下禮部。具儀,奏請祇告宗廟社稷,以彰我皇上格天紹祖之烈。臣等不勝懇切,祈望之至。其一時効勞諸臣,雖不敢貪天之功,以爲己功,既該各官具題前來,係干激勸,似當分別酌議。在外宣力之臣,如總督宣大、山西等處軍務兵部尚書兼都察院右副都御史許論,深憤狂虜之憑陵,躬冒矢石,而膚功屢奏。總督薊遼保定等處軍務、兵部左侍郎兼都察院右副都御史王忬,惟恐郊圻之震動,心懷忠藎,而壯略獨閑,在論則當錄征戰之功,較之威寧、柳溝真不多讓。在忬則當錄保障之功,比之河坊、古北,猶爲過之。以上二臣,合無超格陞賞,仍爲廕叙?……提督雁門等關兼巡撫山西兵部左侍郎兼都察院右副都御史王崇,虜之出没雖不能周全,連歲區畫,難掩勤勞之績。總督尚書許論,謂歐陽安力遏猖狂之勢,劉廷臣多資保障之功。巡按御史劉應熊亦謂,王崇經理不遺乎餘力,合無將歐陽安准復原降職級?劉廷臣准復俸級,王崇量加陞俸,仍各加恩賚。……王崇廕一子。……

《禮部志稿》卷七七

嘉靖三十四年十二月,巡撫山西右副都御史王崇奏稱,慶成王表欒,仁孝和睦,朴實寡言,讀書好禮,謹守憲度,壽登八十,乞要旌表。本部查照節年恩詔,及慶成王奇湞事例覆題。奉聖旨:是,欽此。

嘉靖三十五年十月,該巡撫山西右副都御史王崇,奏稱隰川王府輔國將軍成錢,篤盡忠誠,三廬孝節,爲善尚賢,禱雨屢應,乞要旌表。本部查照嘉靖十一年題準事例,覆題準與旌表。奉聖旨:是,欽此,藩王存問。嘉靖九年詔書内一款,親郡王年七十以上者寫書并賜羊。

《萬曆會計録》卷二四

本年都御史王崇題尚書方鈍,覆查得大同起運稅糧,近議本色叄分,折色柒分,俱每石加徵腳價銀貳錢。今據奏稱,歲徵本色,民不堪命。合將叁百里以内地方坐徵本色,若果輸運較難,將折色分數免加腳價。其餘寫遠州縣,俱折銀壹兩,腳價貳錢。

《萬曆會計錄》卷二五

叁拾叁年巡撫王崇題,乞將叁拾叁年歲坐叁關秋糧本色,共捌萬壹千石,除代、岢貳州,責令依限解納外,其餘汾州、陽曲等縣,仍查照叁拾壹年事規,折徵銀兩。本部覆準,代、岢貳州原派本色米豆壹千肆百肆拾貳石,俱徵本色;汾州、陽曲等州縣,該柒萬玖千伍百伍拾捌石,姑準折徵。其叁拾肆年應徵稅糧、馬草,聽本部會派,查照節次,奏準事理。坐派叁關附近州縣完納,無得仍前,希圖改折,致損國儲。

叁拾肆年都御史王崇題,比照宣府事例加增折色糧草,本部覆準將山西原派叁關本色米豆陸萬叁千貳百柒拾柒石,仍徵折色,每石加腳價銀貳錢,共增銀壹萬貳千陸百伍拾伍兩零。

叁拾肆年巡撫王崇題,本省提編銀兩,定議停寢,本部覆準將山西提編均徭銀貳拾柒萬餘兩,量免伍分,定徵伍分,解赴叁關交納。準作叁拾伍年主兵年例。

本年總督許論題,發防秋銀兩,本部覆準,除預發銀拾壹萬兩,又發壹拾壹萬叁千玖拾兩零。本年本折,總計共用過叁拾萬捌千伍百伍拾玖兩。

叁拾伍年巡撫王崇題,加民運腳價。本部覆準,減發年例銀肆伍千陸百柒拾肆兩壹錢。

叁拾肆年巡撫王崇題,要將山西各營部馬匹應支陸個月豆,通給本色或本折間支。本部覆議,查得各邊馬匹止給陸個月料豆,例不支草。即宣大極邊,冬春月料本色叁斗,折色陸斗。新議每月始加草拾束。山西於月料之外,得支草叁拾束,已爲破例,難準議給。

《皇明肅皇外史》卷三〇

（嘉靖二十七年九月）張岳進兵討貴州苗。

初，苗陷印江縣，帝切責岳。岳乃知撫成俱非策，力主進討。其湖廣苗，仍令參政王崇如故撫處，而大集土漢兵，討貴州苗。總兵官沈希儀、督總理參將石邦憲等分哨并進。岳命湖廣參議張景賢、貴州副使趙之屏監督之。

《國朝典彙》卷四二《吏部》

十八年正月，給事中劉一麟等，劾原任山東巡撫王崇尅取軍需，冒報功次；雁門副使路可由索受賄賂，姦淫詭惡，乞亟罷斥。章下部覆，回籍閑住，詔褫職爲民。

《國朝典彙》卷一七七《兵部》

二十九年，張岳至辰州，集諸司議，多言林箐深密，累剿無功，撫之便。即不就縛，成之使不出掠可耳。岳不然之。巡撫李義壯執撫議，不欲變。岳劾義壯不受節制，弗肯協謀勦賊。下兵部覆議，奪義壯官，回籍聽調。亡何，苗攻陷印江縣，復寇石阡府，殺掠軍民，焚燬房屋無算，貴州震動。事聞，上降詔切責岳。岳乃知撫成懼非策，力主進討。其湖苗仍令參政王崇如故撫處，而大集土漢兵，討貴苗。總兵官沈希儀、督聽理參將石邦憲等分哨并進。岳命湖廣參議張景賢、貴州副使趙之屏監督之。張岳以九月進兵，至十二月屢破諸苗，俘斬二千餘人。龍許堡母妻姬女皆就擒。餘苗跳匿林箐，凍餒死殆盡。巢些俱燬，窖藏俱發而火之。許保實逃匿，諸卒漫稱已獲，第未逮至。岳信之，具以捷聞。撤所徵兵歸鎮，留石邦憲搜捕餘黨。初，邦憲以印江陷，被劾解職聽理。岳歷數其功，疏留之。至是，賴破苗云。

《五邊典則》卷九

初，虜入山西，生得漢人輒降之，啖以厚賞，令詐爲口外饑民，行乞入邊，偵我虛實，故虜入數得利去。至是，虜酋俺答謀犯邊，先遣降人王青等入偵，而按兵威寧海子待之。會青等三十二人俱爲山西三關邏卒所縛，巡撫王崇上疏言狀，詔盡誅青等，賞崇銀三十兩、紵絲二表裏，其有功將吏各陞賞有差。

《五邊典則》卷一七

初，寧夏總兵署都督僉事趙瑛與巡撫都御史翟鵬有隙。會虜至，瑛、鵬議遣游擊李勛禦之，語侵瑛，不肯行。鵬遂別遣他將而劾瑛威令不能制下。瑛憾甚，乃訖疾辭任。鵬遂爲瑛疏請，且舉副總兵江桓代瑛，詔不許。瑛尋出視事，於是套虜大入，江桓逗遛不戰，所亡失無筭。瑛遂奏鵬專權自用，以致失事，鵬亦奏瑛驕抗怯懦，有詔各解任去。遣給事中王崇會巡按御史朱觀勘狀。至是勘上，言二臣逞私忿以誤軍機，厥罪惟均，因參江桓等失事罪狀，及翟鵬在任嘗私遣官軍護其子詔光歸娶，所過給驛，并以爲鵬罪。刑部議覆得旨，降瑛實職三級，桓二級，俱革任回衛，鵬革職閑住，游擊把鈊以下，各降級逮問有差。

《五邊典則》卷二三

總督湖廣川貴侍郎王崇上，去年八月中，剿平叛苗功次。先是，地隆阡苗龍得奎、龍老三等，龍停寨苗小龍、老夭，扳凳寨苗石章保等，結連地崩、岑彭朵等寨叛苗，縱兵剽掠，執石耶洞土官楊仁妻冉氏以歸。尋發兵攻邑，栩平茶土司，官軍要之於路，擒龍老三及其黨龍友和、龍得鮓等，得奎走免，仍同老夭等攻破平南營囤。總兵石邦憲偵知冉氏在老夭所，乃陽言議贖，而潛以兵掩其不備，老夭戰死。官軍遂入龍停寨，并執扳凳苗長龍老丙，令縛獻章保與其黨石浪濟等自贖，於是諸叛苗悉請降。

《全邊略記》卷二《大同略》

九月，虜大舉自平陽方口。許論遇于朔州，擊之，虜遂北。路將丁碧遇虜鋒于馬宂,突入虜陣而死。詔蔭贈如例。虜按于威寧海子,而遣人降者王青三十二人詐饑行乞,三關邏得其情。巡撫王崇以聞,詔誅青等,賞賚將吏。同撫楊慎以饑甚,請損本色之額。部覆:屯田之法,兵食所自出者,取敵一鍾當吾二十鍾,屯田一石可當二十石。我祖宗時,同額至五十萬石,故塞下之粟常充,而虜不能害。今日虧月耗,存者僅十萬餘石,而又以三分告折,殊窮蹙矣。邊臣縱不能盡恢全額,奈何區區于七分之數,復不能守耶？虜抄暴無時,民不得盡緣南畝,固也。然考之古人,充國屯於金城,曹操屯於許下。夫強虜在前,勢艱而難田,莫如充國;四面應敵,迫不暇田,莫如操。當時猶且爲之大同,□□苦虜,然出入可預謀,非有倉卒轉戰、朝不謀夕之患也。頃畝尚存,成規具在,又非若金城、許下,創建於窮荒絕域之所,開墾於干戈擾攘之秋也。人罹流竄,地多荒蕪,沃者并豪強,寒者困牛種,耕耨奪於私差,輸納病於重斂,武職慣浸漁,文臣事姑息,屯法之壞,職此之繇耳。當事者不務反本澄源,□此數弊,依違於人情之便,苟且日前之安,此臣之所未解也。上從所議,邊屯本色七分、折色三分爲率,不許違例,奏改焉。

《鴻猷錄》卷一六《平湖貴苗》

嘉靖戊申,遷兩廣總督侍郎張岳爲右都御史,撫勦之,仍開府,駐師辰州。岳至,集兩省官議。衆多謂林箐深密,累討無功,撫之便。即不聽撫,以兵戍守之,使不出掠可也。亡何,賊復攻陷印江縣治,上降詔切責之。岳詢前故,知撫無益,久戍守亦非策,乃力主討之。其湖廣聽撫諸苗,行令參政王崇如故撫處。崇亦撫綏有方,苗遂不復叛。惟近貴數村寨黨,比貴苗龍許保等猖獗。岳乃大集漢土官兵,以嘉靖庚戌九月進兵討之。總兵則沈希儀,領兵則參將石邦憲等,監督則貴州副使趙之屏、湖廣參議張景賢,而銅仁防禦皆石邦憲先所規畫。時邦憲以印江失事,故被論劾制下,當解任聽理。岳歷敘邦憲功次,上疏留之。

（編者按：范景文《昭代武功編》卷七《嘉靖·張襄惠平湖貴諸苗》略同。）

《國朝獻徵錄》卷一《宗室一·慶成端順王奇湞》

慶成端順王奇湞,晉恭王玄孫也。弘治十二年襲爵。正德中,以賢孝聞,賜敕褒獎。嘉靖十一年薨。子表欒嗣爵,是爲恭裕王。王樸茂寡言,篤於孝友,好文謹度,譽動國中。嘉靖三十年冬,王壽八十。撫臣王崇上疏乞旌表。詔賜書嘉獎,賚以金幣。尚書王瓊,嘉靖初上言：慶成王生子七十人。吳郡王世貞著《皇明盛事述》,稱慶成王生百子,長封王,餘九十九人并鎮國將軍。每會,紫王盈坐,至不能相識,而人皆隆準,極異事也。考其世,蓋端順王云。

《北虜事迹》

六月初二日,賊由鎮遠關渡河,石嘴墩入套。事聞,翟鵬、趙瑛俱罷免。趙瑛因奏翟鵬專權,阻誤軍機。命給事中王崇,會巡按御史朱觀勘問。

《皇明馭倭錄》卷七

分別犒賞……侍郎王崇、沈良才十兩,各一表裏。

《嘉靖倭亂備鈔》

王崇、沈良才十兩。

《小山類稿》卷四《極陳地方苗患并論征剿撫守利害疏》

題爲地方苗情事。嘉靖二十八年二月十五日,據貴州布政司分守新鎮思仁撫苗右參議楊儒,前到軍門,禀稱各苗賊今年正月以來,雖不大肆劫掠,時常有十數爲羣,在於道路,邀截行旅不絶。該臣看得各賊因去年用兵,耕穫失時,今春乏食窮逼,搶奪勢所必至。就經行令該地方多方防備。隨據湖廣守巡湖北道撫苗右參政王崇、兵備副使陶欽夔,呈稱……

《涌幢小品》卷八《考選臺諫》

祖宗舊制,凡給事中、御史缺,止於進士内年二十以上者選補……嘉靖初……再及進士王崇等十八人,次年復停。

《四鎮三關志》卷七《巡按御史黃洪毗條陳疏略(嘉靖二十四年)》

據紫荆兵備副使陳愷、井陘兵備副使王崇各呈稱:會同大名兵備副使喬瑞、保定副總兵周徹,將會議事宜,開款具呈等因到。臣會同巡撫都御史鄭重議照:犬羊之性,出没無常,今年之備,尤宜加處。所據各官會議,臣等覆行酌議,理合開具條陳於後……

《四鎮三關志》卷七《巡撫都御史蘇祐請改挈參將駐扎疏略(嘉靖二十五年)》

據井陘兵備副使王崇呈:勘得茨溝添設守備,行府議報另行外,所據故關參將欲改挈真定一節,地勢甚便。及照參將移置府城,前項軍人二千名,告要比例,每月添糧二斗。今議除一千九百名,月糧照舊八斗不加外,惟有軍人閻得等一百名常川居住故關,别無生理,相應加添二斗等……

嘉靖《欽州志》卷四《官署》

按察分司舊在千户所之右,成化五年,僉事林錦建。時海北兵備居雷州,後以合浦、靈山地方弗靖。正德二年,僉事鄧概奉命駐扎靈山鎮之。嫌其隘陋,改建于守備公館。司堂昔南向,爲白虎山所欺,改東向,建正堂、後堂各五間,厢房前後共三十間,儀門、大門咸備,大門之外有厢房,有榜房。正德七年,僉事李志剛仍改堂及儀門南向,大門仍其舊。正德十四年,僉事汪克章改回舊制,堂之北增建天涯書舍一座。嘉靖十五年,僉事王崇重修,以司前榜房基址,建督捕廳三間,房六間,爲宿衛者棲止。

靈山千户所署在縣城之東。正統五年,兵備副使甘澤奏調南海衛後千户所官軍守禦靈山,改屬廉州衛。千户趙敏、曾雄建正廳、後堂各五間,左吏目廳,右鎮撫廳。十所司房,東西分列,歲久而圮。成化九年,僉事林錦命千户李定、鎮撫馬隆督工修葺,久復圮,咸爲荒丘。嘉靖十四年,僉事王崇令廉州衛千户周璧督工重建守備館。正德六年,僉事李瑾遷於分守道故址,重建大門一座,前後堂二座,各三間,厢房十六間。嘉靖九年庚寅,指揮劉滋增建儀門一座。

軍器局在海北書院之東射圃亭故址。嘉靖十五年,僉事王崇建,未就。嘉靖十七年,僉事孫世祐建正堂一座五間,厢房十間,儀門、大門各一座。

嘉靖《欽州志》卷五《學校》

靈山縣儒學……嘉靖十四年,僉事王崇從衆議,復遷於故石六塲。啓聖、名宦、鄉賢三祠,師居仍在故址。

海北書院,故所無也。嘉靖十五年,僉事王崇遷學於城外,即其故址建正堂五間,號房、門庑,計八間。

嘉靖《欽州志》卷六《祠廟》

啓聖公祠,在海北書院之後,嘉靖十五年僉事王崇建。

林公生祠……嘉靖十五年,僉事王崇增建儀門一座。

名宦祠在海北書院之後,啓聖公祠之左,舊無。嘉靖十五年,僉事王崇建,以祀宋知縣鄭光祖、主簿毛温,本朝典史鄧忠、縣丞王勉、知縣林錦。嘉靖十八年,知州林希元增祀唐遵化尉李邕。

鄉賢祠在海北書院之後,啓聖公祠之右,舊無。嘉靖十五年,僉事王崇建,以祀宋朝奉大夫黃渙。嘉靖十八年,知州林希元增祀唐諫議大夫竇悌原。

嘉靖《欽州志》卷六《兵防》

王崇仲德,浙江永康縣人,進士,嘉靖十三年任。

靈山故無城⋯⋯正統五年,兵備副使甘澤始調軍作城以守⋯⋯嘉靖十三年,僉事王崇謂弗樓傷墻,且不便守者,復建串樓六百三間,扁新東門曰長春,西門曰六峰。又於長春門外隙地起鋪房三十間,歲徵其税,以爲修城之費。

譚家堡在縣治東一十五里上武安鄉。天順六年,僉事林錦建。成化十二年,易砌以磚,蓋鼓樓、窩鋪。正德四年,僉事李瑾修,調永安所官軍防守。嘉靖十三年,地方寧謐,僉事王崇將軍掣回,守城外窩鋪。

嘉靖《欽州志》卷七《坊表》

成德坊,在學門之東。達材坊,在學門之西,二坊俱嘉靖丙申僉事王崇建。

萬曆《雷州府志》卷七《分鎮志·海北巡道》

王崇,永康人,進士,僉事,嘉靖十二年任。

附錄四　王崇年表

明弘治九年(丙辰)1496,一歲

十月初九寅時,王崇生於婺州永康縣前祖居。

資善大夫刑部尚書盧勳《通議大夫兵部左侍郎麓泉王公行狀》云:"公諱崇,字仲德,別號麓泉,其先溧陽人也。宋紹聖元符間,有諱樅者,由京朝官出守婺州,宜厥土俗,因占籍焉。王氏之籍金華,實自郡侯公始。曾祖兆護。祖福,行豫七,時人以其長厚,一口以豫七公稱之。父科,號雙川,率潛修昌世,而豫七公承先開後,志行尤卓。嘗夜過縣門,道拾遺金如干兩。至夜分,竟俟遺者而還之。其他修橋梁,建祠宇,販窮賙乏,蜚英遐邇者,更僕未能悉也。里閭嘖嘖,咸謂豫七公因果無邊,後必有食報。及雙川公娶邑令族李孺人,實誕公。"

明弘治十年(丁巳)1497,二歲

九月,同鄉,同舉羅洪先榜進士程文德生。

明弘治十五年(壬戌)1502 左右

父雙川家教甚嚴,王崇幼時聰慧好學,迥異凡兒,橫書家塾,日記數千言,試以課句,隨口而應,完全符合規矩法度。二叔南山先生尤其器重。

明正德五年(庚午)1510,十五歲

入縣學,中秀才,與諸生特別同芝英應廷育及諸叔兄弟伯宣、天純、抑之、克之、崇周、崇賢等，交流切磋，競爽爭輝，文聲蜚起。

明正德十年（乙亥）1515，二十歲

弱冠，師從章楓山先生門人、正德進士、素負"寒苦清修"之譽的工部營繕司主事石泉李滄先生，授安國《尚書》。口誦心記，妙契宗旨，得理學真傳，直接金華一脈。及操筆爲舉子文字，天趣逸發，而巧思常在文墨外。石泉先生見其爲不可多得的可造之才，遠道攜金陵官署，精心培養。

明正德十一年（丙子）1516，二十一歲

王崇從南京回永康，隨群投送報名表。學使西蜀五清劉公奇其文，於是由儒士取應漕試，未被錄取。回家聚書"麓泉精舍"，窮日夜讀之，從六經到諸子百家無不涉獵，發爲文辭，縱橫吐放，如懸河倒峽。王崇身材高大，賦性耿直，聲如洪鐘，於讀書作文習字之間，頗喜劍盾之事，好王霸大略，兵機利害，概然有經略四方之志。

明嘉靖四年（乙酉）1525，三十歲

侍御史臨清王公清戎行部至金華，發布告示，合試九都縣學士。閱至王崇之卷，擊節欣賞歎美，以爲賈長沙、蘇欒城再世，乃榜其文於郡學。秋，省試中舉，以書經登鄉試榜。惟時，明學大家、國子祭酒甘泉湛公，方編撰《聖學格物通》，覆試六館諸生，挑選學識廣博、見解獨到的文章以備參考，出自王崇者多被採用。甘泉大奇之，凡有選擇和編排，必與商榷，還請至講院，以其平生所自得者相與印證。

明嘉靖五年（丙戌）1526，三十一歲

春，赴禮部試，不第。秋，入南國子監深造。

明嘉靖八年(己丑)1529,三十四歲

王崇參加會試,高中第二名貢士,俗稱"亞元"。殿試進羅洪先榜二甲進士,本邑同科進士尚有程文德、趙鑾二人。

作《烈武王像贊說》。

明嘉靖九年(庚寅)1530,三十五歲

授吏科右給事中,徑入諫垣。直言讜論,如轟雷迅電,朝廷內外,稱爲"朝陽鳴鳳"。

明嘉靖十年(辛卯)1531,三十六歲

是年,韃靼犯我寧夏。總兵趙英擁兵不前,致使我軍大敗,皇帝下旨追責,無人敢於告發趙英。朝議令王崇依法裁處,特命前往勘查。王崇查清事實,按正其罪,衆口同聲,拍手稱快。

明嘉靖十一年(壬辰)1532,三十七歲

王崇與江右王公大廓,前往陝西主持試事,日夜披閱,務得真才,以副簡命。屆時啓封,中者悉關中知名之士。

明嘉靖十二年(癸巳)1533,三十八歲

參與主持郊祀大禮,禮成,晉階徵仕郎,推恩封父科吏科給事中,母李封太孺人,配謝封孺人。

升禮科左給事中,侍儀經筵,奉旨巡查清州,發覺駙馬都尉謝,侵占馬場擴建宅第。即以文書呈報朝廷,大家都爲王崇捏把汗。結果聖旨下來拆除擴建的宅第,把侵占的馬場還給縣官,同時懲處門下的辦事人員。從這幾件事的情形看,權勢者都畏懼王崇之口,王崇被調出京城。

取道過家,居三旬,辭別去廣東。

奉調廣東雷州廉州僉事,到任伊始,肅紀貞度,起敝振頹,武事既修,文教復撰。

届時,二叔南山先生前往探視,遇恩命授七品散官。

明嘉靖十三年(甲午)1534,三十九歲

被徵召到省城監試。侍御史四明公向來敬重王崇的才能聲望,場中文卷已經評定,但仍全交由王崇重新復閱,慧眼所照,明珠魚目立辨。

明嘉靖十五年(丙申)1536,四十一歲

父雙川公去世,奔喪回家,守孝三年,因悲痛過度,損毀身體,骨瘦如柴。

作《思齋公墓誌銘》。

明嘉靖十七年(戊戌)1538,四十三歲

正月十六,舉杯拜於堂下,壽二叔六十之慶。

三年喪滿前往京城,補爲河南睢陳兵備僉事。王崇嚴格訓練,整治隊伍,整齊軍容,嚴明紀律。臨民聽斷,口決筆落,果斷幹練。巡臺撫院都具奏章推薦,升爲本省布政司右參議。

明嘉靖十八年(己亥)1539,四十四歲

調山西井陘兵備副使,駐節獲鹿。井陘靠近京城,是三關人員往來密集的地方,不據險布重兵,無以控制咽喉,壯大基礎。王崇親選精兵嚴加訓練,官兵上下例同,立功受獎,以振作勇敢精神,因而井陘之兵雄視中州,韃靼不敢輕舉妄動。天子聞而嘉之,賜緋衣銀帛有差。

駐地獲鹿縣學校舍狹窄簡陋,學風不盛,科舉因此冷落。王崇選

王　崇　集

旺發之地另建,督促策勵士子勤學,從此人才輩出,部使者薦舉他學貫天人,才兼文武,朝議一致認同。

明嘉靖十九年(庚子)1540,四十五歲

秋八月,作《昌陽説》。

明嘉靖二十三年(甲辰)1544,四十九歲

八月,作《邦鼎公墓銘》。

明嘉靖二十六年(丁未)1547,五十二歲

冬,爲横溪《鄭氏宗譜》作序。

明嘉靖二十七年(戊申)1548,五十三歲

轉湖廣布政使司右參政。湖廣居民與諸苗錯雜居住,王崇至,嚴分疆界以區別,疏導法律以約束。苗民樂於寬大而畏於嚴厲,於是各自擔負賦税和貢品,遵守約定,真心誠意地進貢。此前,先是蠟爾山諸苗民苦於土司徵收賦税的貪婪,串通磧溪銅平苗民起事。那時湖廣貴州守臣征討不能平定,不久又被攻破印江縣治,皇上下旨嚴厲斥責。王崇一到就建議,如果安撫無益,長期派兵屯駐也不是好辦法,只有奏報朝廷,大家同心協力,一舉蕩平。總督張净峰對此深表肯定和贊同。不過十天,諸苗害怕,湖廣守臣也同意安撫。正是王崇安托有方,諸苗强壯男子都願接受教化。

明嘉靖二十九年(庚戌)1550,五十五歲

夏月,作《石倉子記》。

秋七月,作《梅坡公記》。

作《世賓鄉飲記》。

明嘉靖三十年(辛亥)1551,五十六歲

是年,王崇升任貴州按察司使。

李太孺人違養,還家守孝三年。

明嘉靖三十一年(壬子)1552,五十七歲

冬月,作《時容公墓誌銘》。又作《富六十二處士墓誌銘》。

明嘉靖三十二年(癸丑)1553,五十八歲

三年喪滿,朝旨即其家,補山東按察司使。過半年,轉山西布政使司右布政使,不久,轉本司左布政使。山西撫臣缺,皇帝敕集廷臣會議,朝議一致以王崇久任山西,熟悉西北邊疆,群臣無出其右者,"璽書賜公晉位大中丞","公以尚書左丞入督府",巡撫山西,提督雁門等三關,付以討虜節鉞之權。"天子嘉其茂績,擢兵部右侍郎撫督如故,仍蔭其長子秉銓。"

秋七月,作《贈黃君東山旌異序》。

明嘉靖三十三年(甲寅)1554,五十九歲

甲寅秋,韃靼四十萬騎大舉入侵。王崇派出精銳之師迎擊。虜內訌。設神火器之法,俘馘尤多。奏捷,以功拜少司馬督撫如故,蔭其次子秉鑑。

明嘉靖三十四年(乙卯)1555,六十歲

冬閏十一月,山西地震,圮垣歛屋,僵屍如麻,百姓轉徙無常,盜賊趁災打劫時有發生,社會秩序非常混亂。王崇與名王貴人扶傷救死不暇。

明嘉靖三十五年(丙辰)1556,六十一歲

初春,王崇受命賑恤災民,發公告,忙濟賑,治劇劫。由於舉措得

當,災民還集安定,搶劫之風寢息,社會秩序很快安定下來。王崇不但有捍患之大功,又有禦災之大德。

時作《從軍行奉命賑恤蒲州度靈石》詩。

是年六月,同邑名臣適齋朱方卒,時年八十一歲。學生程文德爲其撰墓誌銘,王崇係姻親,爲其墓誌銘篆蓋。

七月,奉召回京,以兵部左侍郎,參與商訂國家大計,運籌謀劃,立朝丰采,傾動中外。經過考核晉升通議大夫。祖福封給事中。父科各贈如其官。祖母方封太孺人。母李贈太淑人,元室封孺人,謝贈淑人,繼室程封淑人,復蔭其第三子秉鑰。

明嘉靖三十六年(丁巳)1557,六十二歲

時,天子鼎建正殿,工師取材荆蜀。主管官員拘泥成規,疲民耗財。王崇具疏條陳方便,請示不拘泥舊額。皇上詔旨同意,霎時立辦,公私稱便。

十二月,作《松軒翁行狀》。

明嘉靖三十七年(戊午)1558,六十三歲

湖、廣、川貴苗民起義,事關三省,議者必倚總制以爲重,求大臣之可任者,甚難其人。朝廷集九卿之會推,一致推舉王麓泉以兵部左侍郎兼都察院右副都御史總督三省,出典機務。天子特賜節鉞令旗,得專生殺,擁百萬銳師,文武悉聽節制,擬之以出將入相之望,與之以前新後奏之權,鎮撫辰州沅州等處,常在沅州駐扎,控制湖、廣、川、貴接界苗夷。王崇一到,宣以德音,臨以威武,結以至誠,諸苗畏威懷德,首領率強壯男子接受安撫,幾十年盤根錯節、難以處理的隱患消除。

正當王麓泉外平憂患,内安我西北邊疆,又撫治西南苗夷,設金湯於萬里,朝野引頸盼望他早日進入中樞爲相,發揮宏偉抱負造福天下蒼生之時,却橫遭忌恨者的惡毒中傷,肆意抹黑,竟被奪職還家。

行至半路,以征養鵝苗寨功,詔復冠帶。

還家以後,在家側空地壘石栽花,穿池養魚,日與文人墨客觴詠其間。

同年,倭寇侵犯仙居,所過村落,悉遭荼毒。當人們聽到倭寇將路過永康的消息,感到事出突然,不知所措。王崇當即以保衛家鄉爲己任,糾集豪俠之士,各率精壯民丁,日夜演練,還往來各地巡邏,互相聲援接應。倭寇得知,氣勢喪失,乘夜從另外的路綫退走。

一直以來,永康食鹽,十之七八靠肩挑的山商供給,富商巨賈厭惡山商與其爭利,就掩飾真情向鹽務官署告狀。鹽務官員偏袒一方,嚴厲設禁,山商無法插足,鹽價因此飛漲,百姓叫苦不迭。王崇具體分析水陸運鹽的利弊,致書鹽務官署,變禁止爲開放,百姓高興,山商叫好。

有詩《湖廣道中述懷時總督三省軍務》。

作《七里橋記》。

爲叔祖彥德公作八十壽序。

明嘉靖三十八年(己未)1559,六十四歲

永康富室奢靡成習,一桌酒食耗數兩黃金。王崇會同藩伯徐柳溪、臬憲應晉庵、都侯吕北川等,以他們的聲望和影響,協議立約,倡議改變奢靡之風,樹立節儉之俗,世風因此得以改變。

至於永康民間錢糧、盜賊兩个最大的疾苦,王崇凛然挺身而出,剴切力陳當路,以解康民心腹之患。

菊月中浣,作《永一公始遷長恬志》。

冬十一月,程文德卒,時年六十三歲。

明嘉靖三十九年(庚申)1560,六十五歲

王崇還家后,即倡議擇地建祠,尊宗合族。每月初一十五,帶領

子弟到祠堂拜謁祖宗,申明家規,不斷提醒爲人處事必須堅持的準則。對父母尊長,社會賢達,敬愛有加,與弟喜憂與共,歡然有愛。遇宗親,老則敬,幼者慈,喜有慶,戚有吊,患難有恤,貧困有佐。

作《謝官祭墓文》。作《誠齋墓誌銘》。

秋,爲黄崗《胡氏宗譜》重修作譜序。

明嘉靖四十年(辛酉)1561,六十六歲

恩師石泉李滄官清如水,去世之時,囊空如洗。徐夫人晚境落寞。王崇逢年過節探視慰問,平時送糧送肉,使師母美味不斷,及壽終正寢,又出錢爲她舉辦隆重的喪禮。

平時,對鄉親無論賢愚貴賤,都恭敬謙遜交接,雖村翁野叟有事求見,亦必殷勤接待,從來不因自己位高而小看他們,使他們如沐春風。

仲夏,作《竹庵華七七公壽文》。

明嘉靖四十一年(壬戌)1562,六十七歲

春正月,作《樸庵陳公行狀》。

王崇心直口快,賦性耿直,言行無所顧忌,對那些空談不幹實事,却以"清議"之名對人説三道四者,深惡痛絶,神情臉色一點都不假借。

九月,作《壽梅軒陳君七秩序》。

十一月,作《龍湖施公墓誌銘》。

明嘉靖四十二年(癸亥)1563,六十八歲

是年夏六月,山東按察司副使徐汝思(諱文通,號近齋)卒。作爲同里鄰居,從小到大,相識相知的王崇,對其過早離世扼腕不已,爲其作行狀,洋洋三千言,述其平生事迹,褒獎有嘉。

爲《環溪吴氏宗譜》作序。

作《明豫九府君行狀》。

明嘉靖四十三年(甲子)1564,六十九歲

作《邑中楊氏祠堂碑記》。

明嘉靖四十四年(乙丑)1565,七十歲

作《奉賀大儲湖山金先生尊妹丈壽躋七秩》。

明嘉靖四十五年(丙寅)1566,七十一歲

正月,作《奉賀大秋元濟塘朱君六秩序》。

作《芝英應氏重修家譜序》。

秋,作《仰高祠記》。

作《泰九十三石屏五十壽序》。

明隆慶元年(丁卯)1567,七十二歲

王崇的不白之冤,得以辨白昭雪,加俸二級,奉詔退休。

四月,作《奉贈大隱德伴松俞翁八十壽序》。

八月既望,爲處士一峰陳君作八秩序。

臘月,作《奉賀南峰翁八十安人七十壽序》。

爲程文德《松溪文集》作序。

明隆慶二年(戊辰)1568,七十三歲

爲《太平吕氏文集》作序。

三月,作《贈胡一川》詩。

六月,作《奉贈大儲封王母趙安人七十壽序》。

孟夏,作《贈松月田三九府君八秩序》。

孟秋，爲仲彰弟五十歲作壽序。

孟冬，作《贈龍田公六秩壽序》。

明隆慶三年（己巳）1569，七十四歲

四月，作《龍山忍齋處士墓誌銘》。

七月望日，作《思存說》。

仲秋望日，至婺城，端心盡力編修《婺州志》。

十月，作《明故處士慎庵呂公行狀》。

臘月，作《竹窗君七十壽序》。

明隆慶四年（庚午）1570，七十五歲

《婺州志》，始克成帙。

返家即將生平諸作端詳閱擇，裒集類分，行將付梓。

季秋，作《贈中山盧子隱德序》。

又作《胡氏科目世系序》。

明隆慶五年辛未（1571），七十六歲

五月，作《奉慶王母六旬壽序》。

仲夏，作《竹庵公六十壽序》。

十二月二十一日夜，王崇輟念松楸，命輿展謁北面，戌時，憑几無疾而逝，享年七十有六。

後　記

在《王崇集》即將付梓之際，有一個問題須得補充説明：爲什麽王崇的著作要重新進行編輯整理？

在這次《永康文獻叢書》組稿之前，王崇的著作曾經有過兩次整理：首先，是筆者在 2005 年，用綫裝書形式，合詩近百首，文六十八篇，衰輯類分六卷，厘定二册，名以《王麓泉集》，印行三百部。其次，是王石周先生在 2014 年，又發現了數十篇王崇散佚詩文，遂將其整理點校，編爲十四卷，以《王麓泉遺稿》之名發行。以上兩種版本的面世，篳路藍縷，都爲搶救和保存王崇遺稿，作出了努力和貢獻。

2017 年仲春，本市地方文獻愛好者王海滔，影印了明刻本嘉靖《池州府志》六十部，分諸同好。筆者有幸亦獲贈一部，但一直束之高閣，未曾展卷細觀。壬寅年某日，秋高氣爽，筆者臨窗伏案，捧出嘉靖《池州府志》静心翻閲，尤其對王崇序言，檢讀一過，發現在序言落款處，有"任丘王崇"的字樣，心中不免爲之一震，難道還有另外一個王崇？巨大疑團盤旋腦海，匆忙尋找身邊資料，企盼能馬上化解心中疑慮，結果一無所獲。上網查找王崇資料，亦無"任丘王崇"記載。最後以"嘉靖池州府志王崇"求助百度，才出現下列字樣："王崇，字子謙，直隸任丘縣（今河北省任丘市）人，保定後衛前所官籍，明朝政治人物。嘉靖十年（1531）辛卯科順天府鄉試第十九名舉人。嘉靖十四年（1535）中式乙未科進士。歷官刑部郎中。嘉靖二十三年（1544）出爲直隸池州府知府。任内修嘉靖《池州府志》。"由以上介紹可知，編纂嘉靖《池州府志》的王崇，肯定不是婺州永康的王崇了。始料不及，明代嘉靖年間竟有兩個同名同姓、又都是進士的王崇，只不過籍貫和字號不同而已，在信息不發達的古代極易發生混淆。

那麽，我們永康是從什麽時候開始，把纂修嘉靖《池州府志》誤植到永康王崇名下？經翻檢舊志得知，最早記載嘉靖《池州府志》爲王崇所編的是光緒《永康縣志》，當時的編纂人員依據《明史·藝文志》録入，此爲始作俑者。後來1991年的《永康縣志》、2006年的《永康市志》、筆者的《王麓泉集》、王石周先生的《王麓泉遺稿》，均沿襲光緒《永康縣志》的説法，幾成定論，從未有過質疑。直到影印本嘉靖《池州府志》到永康後，才爲糾錯提供了條件和可能。因此，這個流傳了百餘年張冠李戴的烏龍事件，必須正本清源還其歷史真面目，再也不能讓其繼續以訛傳訛貽誤後人了。這就是我們要重編王崇著作的緣起。

既然要重編，進一步搜集王崇的散佚詩文，是題中應有之義，但王崇著作在20年内，已經有過兩次整理出版，再行搜集散佚詩文，恐非易事。值此躊躇之時，同事麻建成先生提議搞一個有獎徵集活動，筆者聽後不禁撫掌叫好，既然已近山窮水盡，不妨放手一試，或許能達到柳暗花明的境地。於是就草擬了一個有獎徵文啓事：無論是詩是文，不管文章長短，一經確認是王崇的佚詩佚文，由筆者自己掏錢，每篇立即兌付200元。啓事在朋友圈廣爲散發，效果非常明顯。在短短一個月時間内，筆者就收到從各種渠道發過來的不少信息。經篩選檢查，最後確認王崇佚文45篇，佚詩7首。這一結果，大大出乎筆者的意料，令人驚喜，充分證明重編王崇著作的必要性，從而也增加了我們繼續整理的工作底氣。

回顧整理王崇遺稿的日子，我們十分感激王石周老先生，這次整理吸收了不少他的研究成果，我們因此減少了許多麻煩。期間，還得到項瑞英老先生，胡朝暉博士，麻建成、朱維安、李旭升、程嶠志先生

後　記

以及永康、蘭溪、武義、義烏、磐安、金華不少同道好友的大力支持和幫助。章竟成先生長期活躍在永康文史界，曾參與《王麓泉遺稿》的整理，對王崇的史料頗爲熟悉，這次筆者邀請其參與王崇遺稿佚文的點校和文集重編，章先生做了大量具體細緻的工作，在此一并表示謝忱。

最後還要特別指出，儘管王崇的遺稿已經第三次整理了，但拾遺補闕無上限、糾訛正誤無止境。在新的《王崇集》中，誤收、失收和不當之處，必定還有不少，敬請專家同好和讀者批評指正。

李世揚

癸卯年春於還讀齋燈下

《永康文獻叢書》已出書目

1 陳亮集　[宋]陳亮 著　鄧廣銘 校點
2 程文德集　[明]程文德 著　程朱昌 程育全 編校
3 吴絳雪集　[清]吴絳雪 撰　章竟成 整理
4 胡長孺集　[元]胡長孺 著　程嶠志 整理
5 樓炤集　[宋]樓炤 著　錢偉彊 編校
6 徐無黨集　林大中集　應孟明集　[宋]徐無黨 等著　錢偉彊 林毅 編校
7 (正德)永康縣志　民國永康縣新志稿　[明]吴宣濟 等 纂修　盧敦基 莊國瑞 校點
8 (康熙十一年)永康縣志　[清]徐同倫 等 纂修　盧敦基 校點
9 (康熙三十七年)永康縣志　[清]沈藻 等 纂修　盧敦基 校點
10 (道光)永康縣志　[清]廖重機 應曙霞 等 纂修　盧敦基 校點
11 (光緒)永康縣志　[清]李汝爲 潘樹棠 等 纂修　盧敦基 校點
12 永康縣儒學志　五峰書院志　(民國)永康鄉土志　[清]趙凝錫 等 纂修　盧敦基 程朱昌 程育全 校點
13 胡則集　[宋]胡則 著　[清]胡敬 程鳳山 等 輯　胡聯章 整理
14 程正誼集　程子樗言　[明]程正誼 程明試 著　程朱昌 程育全 編校
15 徐德春集　徐德春著　徐立斌 整理
16 **王崇集**　[明]王崇著　李世揚 章竟成 整理